Le Marin des Sables

Michel Ragon

Le Marin
des Sables

roman

Albin Michel

IL A ÉTÉ TIRÉ DE CET OUVRAGE :
*trente exemplaires sur vergé blanc chiffon, filigrané,
des Papeteries Royales Van Gelder Zonen, de Hollande,
dont vingt numérotés de 1 à 20
et dix hors commerce numérotés de I à X.*

© Éditions Albin Michel S.A., 1987
22, rue Huyghens, 75014 Paris

ISBN 2-226-03201-0

Tous droits réservés La loi du 11 mars 1957 interdit les copies ou reproductions
destinées à une utilisation collective. Toute représentation ou reproduction
intégrale ou partielle faite par quelque procédé que ce soit — photographie,
photocopie, microfilm, bande magnétique, disque ou autre — sans le consente-
ment de l'auteur et de l'éditeur, est illicite et constitue une contrefaçon
sanctionnée par les articles 425 et suivants du Code pénal.

à Henri Laborit,

au marin
au biologiste-urbanologue
au Vendéen

Au temps qu'Alexandre régna
Un homme nommé Diomedès
Devant lui on amena
Pouces et doigts liés
Comme un larron
Car il était de ces écumeurs de mers
Que nous voyons faire la course ;
Ainsi fut mis devant ce capitaine
Pour être jugé à mourir.

L'empereur ainsi l'interpella :
« Pourquoi es-tu larron de mer ? »
L'autre, réponse lui donna :
« Pourquoi larron me fais nommer ?
Parce qu'on me voit écumer
Sur une si petite barque ?
Si comme toi armer me pusse,
Comme toi empereur je fusse. »

François VILLON
Grand Testament, 1461.

1.

Le gabier du *Saint-Dimanche*

Dans la brise humide et froide du petit matin, le voilier se détacha lentement du quai où, au milieu d'un amoncellement de ballots de sucre et de tabac, s'affairaient quelques hommes à la lueur pâle des lanternes. Le mât de misaine craqua comme une vieille poutre lorsque ses voiles, gonflées, firent tourner le navire sur sa quille. Il s'engagea doucement, glissant sans bruit sur les eaux calmes du port, entre les deux tours qui en défendaient l'accès. Puis, face au large, les voiles s'orientèrent dans un grand claquement de toiles. Aux ordres du maître d'équipage, hurlés comme des aboiements, répondirent bientôt les chants des matelots. Le navire obliqua pour prendre les vents d'ouest dominants de l'Atlantique Nord.

Du pont, on n'aperçut bientôt plus de La Rochelle que son éperon rocheux surmonté par la flèche octogonale de la tour de la Lanterne qui, longtemps, servit de phare. Vite, les toits roses de la ville et la blondeur du sable de sa baie se confondirent avec les lueurs ocres de l'aube. Des mouettes suivirent le bateau en tournoyant autour des mâts, puis s'enfuirent brusquement vers la terre en jetant des cris rauques.

Dans un grand bouillonnement d'écume, le navire s'élança en creusant son sillon, seul, dans l'immensité de l'Océan.

Comme à l'habitude sur tous les bâtiments de commerce, le bateau si surchargé de caisses, de barriques de vin, de tonneaux d'eau-de-vie de Cognac, de sacs de sel, avait dû se délester de six canons, sur les dix dont il était armé, au risque de ne pouvoir se défendre d'une attaque des pirates. Cent cinquante passagers s'entassaient parmi leurs hardes, désemparés devant la perspective des deux mois de traversée où ils allaient vivre dans la promiscuité la plus totale. Tous émigraient pour travailler dans des plantations de la Martinique et de la Guadeloupe, à l'exception d'un jeune homme qui se rendait à Saint-Domingue.

Le navire s'appelait d'ailleurs du vrai nom de cette île des Caraïbes : *Saint-Dimanche.*

Le *Saint-Dimanche,* donc, toutes voiles déployées, voguait vers les Indes occidentales, bourré à ras bord de sa cargaison de marchandises et d'hommes. Hommes eux-mêmes marchandises puisque négociés en fonction de leurs futurs services. Contre le paiement de leur traversée, ne s'étaient-ils pas vendus pour trois ans à des maîtres dont ils ignoraient tout ? Mais la perspective de la nourriture et du logement assurés, sur une terre sans froidure (à ce que l'on disait) eût suffi à les faire s'engager à vie si les lois ne s'y étaient opposées.

L'original qui avait signé pour Saint-Domingue devait être âgé d'une vingtaine d'années. De taille moyenne, rien ne le distinguait des autres passagers à part cette singularité dans la destination du voyage, sinon une vivacité des gestes et comme une impatience qui le faisaient aller et venir d'un bastingage à l'autre, enjambant les corps couchés ou accroupis sur le pont. Ses yeux bleus contrastaient avec le noir de sa longue chevelure. Il regardait avec envie les matelots qui dirigeaient suivant le vent les vergues et les voiles, halaient un cordage, grimpaient comme des écureuils dans les haubans, jusqu'aux cacatois. Si bien qu'un gabier le remarqua et lui cria par provocation :

— Eh ! compère, si tu veux nous donner un coup de

Le marin des sables

main, monte un peu voir jusqu'à moi par le mât d'artimon !

Comme si le jeune homme n'attendait que cet appel, il courut jusqu'au mât, grimpa un peu trop précipitamment et, s'aidant des cordages, arriva face au gabier.

— Marin d'eau douce, va ! Si tu conserves ce train, tu te fatigueras vite. Faut ménager ses forces sur un bateau. Quand la tempête survient, on n'a pas trop de ses réserves de muscles. Tu t'ennuies, hein, sur le plancher ! Tu veux la belle aventure tout de suite. Faut avoir de la patience, mon gars. Où vas-tu, comme ça, d'un si bon pas ?

— À Saint-Domingue !

— San Domingo ! Eh bien, tu ne recules devant rien. Engagé ?

— Oui.

— T'étais tellement gueux que t'as osé signer avec le diable ?

— Pourquoi le diable ?

— Parce que le diable, qui dispose de plus d'un tour dans son sac, appela un jour par dérision l'Hispaniola de Christophe Colomb : Saint-Dimanche. C'est d'ailleurs à partir de ce moment-là que des Français s'attachèrent à cette île comme s'ils héritaient du paradis. Et de quel enfer sors-tu ?

— Du Bas-Poitou. Un port de pêche à la morue qui se nomme Les Sables-d'Olonne.

— Alors tu sais quand même ce qu'est un bateau. T'as une bonne tête. Tu me plais. Si tu veux quitter ces contadins affalés en bas et venir avec nous, le travail ne manque pas. Le temps te paraîtra moins long. Et puis, si un jour tu deviens flibustier dans l'île de la Tortue, ça peut te servir à quelque chose d'avoir navigué.

Des matelots, qui s'étaient rapprochés des deux hommes, s'esclaffèrent et le gabier se mit à rire bruyam-

Le marin des sables

ment avec eux. Comme l'inconnu demeurait impassible, le gabier lui lança une bourrade dans l'épaule.

— Ris avec nous, idiot. Quand tu seras arrivé à bon port, tu n'auras pas l'occasion de te dilater la rate avant longtemps, crois-moi. Allez, les gars, conduisez-le sur le gaillard d'avant et donnez-lui à réparer les fils des vieux cordages. Quand il sera assez malin, on lui donnera à coudre des ralingues.

Le jeune homme fit une moue dédaigneuse.

— Je ne suis pas une couturière. Donnez-moi un travail d'homme.

— Quoi ? Qu'est-ce qu'il dit, ce bâtard ? répliqua un matelot. La voile, pas un travail d'homme ! Un marin doit savoir coudre, même son linceul. Si tu veux pas ravauder, décampe ! Sur un bateau, n'y a que du travail d'homme. Tiens, pour te punir, avant de coudre, tu serviras de marmiton au cuisinier et tu verras si c'est un travail de femme !

— Allez, tope là, dit le gabier. Comment qu'on t'appelle ?

Le jeune homme resta un moment silencieux, hésita et dit :

— L'Olonnois.

C'est ainsi que l'Olonnois, puisque tel sera désormais son nom, passa du plancher des émigrants au pont de l'équipage.

Bien qu'il n'y fût aucunement tenu, puisqu'il avait payé son passage par une avance sur ses futurs gages, l'Olonnois s'appliqua à se rendre utile. Ce qui n'allait pas sans rebuffades de la part des matelots qui le considérèrent vite comme le mousse du bord. Houspillé, commandé à tort et à travers, malmené lorsqu'il loupait une manœuvre, insulté, il subissait cette épreuve librement choisie sans rechigner. De temps en temps ses mâchoires tremblaient et l'on voyait qu'il faisait un grand effort pour ne pas montrer ses dents, comme un chien qui

Le marin des sables

menace de mordre. Le bleu de ses yeux tournait au gris. On eût dit que l'éclat du métal d'un couteau que l'on dégaine passait brusquement dans son regard. Mais il ne disait rien et courbait l'échine.

N'importe quoi lui paraissait préférable à la promiscuité de l'entrepont où s'entassait autour de la chaloupe de sauvetage la centaine d'émigrants. Suant le jour et grelottant la nuit dans leurs guenilles, pataugeant dans leurs vomissures et leurs excréments, assoiffés, engourdis de tous leurs membres par une obligatoire immobilité due au manque d'espace, ils recevaient trois fois par jour leur ration de nourriture. L'Olonnois fut bien sûr de corvée pour aller leur distribuer des lanières de morue salée, quelques cuillerées de légumes secs bouillis avec leurs charençons et des biscuits si desséchés qu'ils s'effritaient dès qu'on les prenait entre les doigts. Mais l'équipage partageait la même nourriture et buvait la même eau trouble. Seulement, les exercices d'acrobate dans les vergues le maintenaient en bonne forme, alors que l'inaction des passagers les menait, au fil des jours, dans un état de prostration qui donnait bien du souci au chirurgien du bord. Quoique ce dernier se contentât comme médecine universelle de prescrire du kermès et de l'émétique, auxquels il ajoutait, si le vomitif ne vidait pas assez rapidement le patient, d'énergiques saignées du pied. Au bout de quelques semaines de purges et de veines ouvertes, le malade se trouvait le plus souvent délivré à tout jamais de ses maux.

— Le malheureux, disait le chirurgien d'un air navré, il a payé le tribut à la nature.

Un capucin, qui rejoignait sa mission aux Antilles et qui, pendant le voyage, servait d'aumônier, venait remplacer le chirurgien, attachait une petite médaille de cuivre au cou du défunt, comme une étiquette chrétienne pour que Dieu reconnaisse les siens, marmonnait quelques prières reprises par l'ensemble des passagers

17

debout face au mort et face à la mer où le cadavre, légèrement aspergé d'eau bénite, basculait dans les vagues pour l'éternité.

Un émigrant passé par-dessus bord, c'était plus de place pour les autres. On le voyait donc partir avec peu de regret.

Une demi-douzaine d'expatriés avaient ainsi trouvé leur dernière demeure dans le ventre des requins lorsque les vigies, grimpées près des cacatois, annoncèrent la proximité d'un navire.

Jusqu'alors, le *Saint-Dimanche* avait navigué seul, entouré par cette infinité d'eau qui, au fil des jours, fait oublier au marin l'existence des terres. Le balancement régulier des flots, le bruit monotone des vagues par temps calme, placent peu à peu l'homme de la mer dans une douce torpeur. De temps en temps, un claquement de voile, le crissement de la quille à la suite d'une manœuvre rappellent la présence de cette frêle coquille qui emporte au gré du vent sa cargaison confiante. Mais, que l'on aperçoive au loin un autre bateau, et c'est le grand réveil, l'agitation, presque la panique. Les ordres fusent. On court de partout sur le pont. Les uns se précipitent vers les canons qu'ils avancent vers les sabords à l'aide de palans. Les autres grimpent précipitamment dans le gréement. Glissant sur les étais et les drisses, agrippés d'une main aux balancines, juchés sur les mâts et les vergues, les matelots scrutent l'horizon. Un navire qui s'approche représente toujours un ennemi potentiel. L'autre signifie danger. Seule l'étendue de la mer, dans sa nudité, rassure.

L'Olonnois, dans ce tohu-bohu, observait le timonier. Bizarrement, l'homme de barre, qui conduisait tout droit le *Saint-Dimanche* vers ce point trouble, au loin, qui grossissait lentement, ne regardait pas au large. Ses yeux étaient fixés sur l'écoutille du gaillard d'arrière, celle des officiers. Un gros personnage en émergea, coiffé d'un

Le marin des sables

tricorne bleu, si gros qu'il se hissait avec peine à travers la trappe, s'agrippant de ses bras courts à la rampe de fer. L'Olonnois, qui commençait à connaître les hommes de l'équipage, s'aperçut alors qu'il n'avait jamais vu le capitaine et que ce pachyderme qui avançait sur le pont, dans une démarche claudicante, devait être le maître du navire.

Il passa tout près de l'Olonnois sans paraître l'apercevoir et alla se placer près du timonier, examinant longuement l'horizon avec sa longue-vue. Puis, toujours sans dire un mot, il se dirigea vers le second qui semblait l'attendre et l'ordre fut donné de hisser le pavillon bleu des marchands traversé d'une croix blanche et orné des armes de France entourées de celles de saint Michel et du Saint-Esprit.

— C'est un portugais, dit le capitaine au second. Nous approchons des Açores.

Les matelots avaient aperçu le pavillon du navire inconnu. Eux aussi, maintenant rassurés, savaient qu'il ne s'agissait ni de l'ennemi espagnol ni d'un pirate. À la corne du volant d'artimon, flottait le drapeau blanc chargé d'une sphère d'or et marqué d'une croix de pourpre des vaisseaux portugais se rendant aux Indes. Les deux bateaux voguèrent pendant quelque temps sur une ligne parallèle. On apercevait, dans la mâture du voilier portugais, des grappes d'hommes qui observaient eux aussi l'autre navire, sans un mot, sans un geste, comme une nuée d'oiseaux, immobiles dans les arbres d'un verger.

Les vents de l'Atlantique Nord avaient poussé le *Saint-Dimanche* vers les Açores. Il s'agissait maintenant de capter dans les voiles les alizés du nord-est qui allaient porter le bateau vers les Antilles.

C'est alors que l'Olonnois retrouva le gabier du mât d'artimon.

— Eh! godelureau, on veut toujours être matelot?

Le marin des sables

L'Olonnois, habitué aux railleries des marins, ne répondit pas.

— Un matelot, poursuivit le gabier, ça ne fait pas que coudre et servir la soupe. Ça doit savoir passer par le trou du chat. Oui, bien sûr, tu ne sais pas où se trouve ce foutu trou. Tiens, regarde...

Il lui montra d'un geste la grande hune.

— Tu montes jusqu'au cacatois, en te tenant aux haubans. Tu fais gaffe aux enfléchures qui ne sont pas toujours solides. Quand tu seras arrivé sur le marchepied du perroquet, tu serreras un peu la voile.

L'Olonnois regarda le sommet du grand mât, qui paraissait osciller au gré de la houle. Surmontant une sensation de vertige, il s'agrippa aux haubans, grimpa jusqu'aux vergues de la grand-voile. Le vent lui cingla le visage et le grondement de la mer lui emplit les oreilles avec une telle force qu'il crut devenir sourd. La tête lui tournait. Il regarda vers le sommet du mât et s'aperçut avec horreur qu'il n'avait guère parcouru qu'un quart du chemin. Il dompta alors sa peur pour grimper aux voiles du grand hunier, puis à la vergue de grand volant. Il lui restait encore deux voiles à escalader : le grand perroquet et le grand cacatois. Toute la mâture craquait. Les toiles, gonflées, semblaient devoir emporter le navire en plein ciel, dans une bourrasque. L'Olonnois sentit qu'il quittait tout point d'appui autre que ces cordages et ces barres de bois oscillant comme des balançoires et qui ne paraissaient fixées que sur du vent. Il continua la montée, ne voyant plus que le ciel. Il s'habituait aux grincements du bois et du fer. Depuis combien de temps avait-il quitté le pont du navire ? Cette ascension lui rappelait les mâts de cocagne des fêtes de village. Mais que ces mâts de cocagne étaient courts ! Il atteignit enfin la barre instable du marchepied du perroquet à travers un étroit passage qui devait être le fameux trou du chat, serra la voile et redescendit.

20

Le marin des sables

Pour tout compliment, le gabier bougonna :

— T'étais donc si mal à l'aise, là-haut, que t'es si vite revenu ?

Curieux homme que ce gabier qui frisait la quarantaine. Maigre, basané, avec une chevelure rousse en broussaille, pieds nus comme tous les matelots, il ne perdait jamais son air moqueur. Mais l'Olonnois voyait bien, malgré ses rebuffades, qu'il l'avait à la bonne.

Il l'entendit d'ailleurs peu après crier à un groupe de marins :

— Le chérubin a passé par le trou du chat. On en fera un marin s'il ne tombe pas à l'eau.

Dès lors, l'Olonnois participa à toutes les manœuvres. Il apprit à se servir des multiples cordages qui jouent dans les poulies et qui servent à mouvoir chaque élément du gréement : drisses, balancines, cargues, écoutes, amures. Un voilier est un écorché aux nerfs mis à nu. Les matelots déclenchent la vie de ces nerfs en les halant, en s'arc-boutant à eux comme à des ficelles de marionnettes. Câbles, espars, vergues, haubans, rides, guis concourent à placer la toile dans le bon vent. Les matelots tirent sur les cordages comme sur les guides d'un attelage de chevaux. Mais des chevaux ailés, énormes et fragiles, fantasques et quasiment immatériels.

L'Olonnois apprit les mots, les tournures, les expressions. Il apprit comme une autre langue. Il apprit à faire les nœuds, aussi compliqués et aussi divers que le vocabulaire maritime : le nœud en jambe-de-chien qui permet de raccourcir très vite un cordage trop long, le nœud de gueule-de-raie pour crocher une élingue sur un croc de charge, le nœud de haubans pour assembler les bouts de deux cordages, et le nœud de bec-d'oiseau, de calfat, de pomme, de tours-morts, de gueule-de-loup ; le nœud de bois ou d'anguille, de tête-de-More, d'alouette, de cul-de-porc... L'Olonnois en arrivait à penser que tous ces matelots s'amusaient de lui, inventaient au fur et à

Le marin des sables

mesure de nouveaux mots et de nouveaux nœuds. Mais jamais il ne fut tenté d'abandonner et de rejoindre le troupeau des passagers sur l'entrepont.

Un soir, le gabier roux vint partager avec l'Olonnois son lambeau de morue salée. Sans rien dire, sinon de temps à autre quelques grognements. Puis il laissa tomber, comme une évidence :

— Il y a trois sortes d'hommes : ceux qui vivent à terre, les âmes errantes des morts et ceux qui vivent sur l'eau. Ceux qui vivent sur l'eau se placent entre les vivants et les morts. Nous sommes des vivants déjà détachés de la terre, voguant au gré des flots et des vents comme les nacelles des âmes mortes. Notre destinée ne tient que dans ces bouts de cordages que tu commences à savoir manier. En halant bouline, nous sonnons tous les jours l'angélus et le tocsin. Qui le sait ? Mais nous sonnons, sonnons, en tirant nos filins.

Puis, brusquement, changeant de ton :

— T'as beau venir des Sables-d'Olonne, t'es pas un marin. T'es pas non plus un valet. Sinon tu resterais avec les autres, comme un mouton bêlant. Les terriens sont des esclaves. La mer récompense les braves, les indociles, les hommes libres. Qu'as-tu fui, toi, pour venir jusqu'à nous ? Serais-tu huguenot ?

L'Olonnois, qui ne se départait jamais d'une prudente impassibilité, tressaillit et répondit avec précipitation :

— Non, pas huguenot !

Le gabier haussa les épaules.

— Y a pas de mal, mon gars. N'aie pas peur. Nous, sur la mer, on ne demande pas aux gens de quelle religion ils sont. On est tous des matelots, un point c'est tout.

— Non, pas huguenot, reprit l'Olonnois.

Le gabier n'insista pas. Il réduisait en poudre les biscuits trop secs en les froissant dans la paume de ses grosses mains rouges et, les mélangeant à un peu d'eau dans une gamelle, en faisait une bouillie qu'il lapait.

Le marin des sables

L'Olonnois se sentit gagner par une sorte de panique. Depuis presque un siècle, autant dire depuis toujours, dans le Poitou, l'Aunis et la Saintonge, catholiques et protestants se livraient à des luttes insensées. Dans le pays d'Olonne lui-même, la ville des Sables se ralliait au parti catholique, alors que les pêcheurs de La Chaume professaient un protestantisme farouche. Les querelles entre les deux communautés, les rixes, les injures, les blessures et les meurtres ne s'étaient pas arrêtés à la promulgation de l'édit de Nantes. L'Olonnois naquit dans une époque de terreur où, après l'envahissement et le pillage des Sables-d'Olonne par le duc de Soubise au nom des calvinistes, Richelieu et Louis XIII assiégèrent La Rochelle au nom des catholiques. Pendant toute son enfance, l'Olonnois entendit cette rumeur de guerre civile, latente, qui couvait comme un feu sous la cendre.

Il revoyait cette ville de La Rochelle, où il était venu s'embarquer pour les Îles. Elle essayait de reprendre vie après son anéantissement voilà plus de vingt ans, pendant les douze mois du siège où les trois quarts de la population moururent de la guerre et de la famine, où la presque totalité de la cité fut rasée. L'Olonnois avait erré dans des rues désertes, aux immeubles éventrés, jusqu'aux faubourgs de Maubec et de Gagne-Folle, sacrifiés aux besoins de la défense, mais où la vie pourtant s'acharnait à reprendre dans des masures rafistolées. Le grand charnier de Cougnes servait de rendez-vous d'affaires aux armateurs et aux marchands qui remettaient sur pied le commerce avec les Antilles. À l'enseigne de La Truie Qui File, l'Olonnois signa son engagement pour Saint-Domingue.

— Alors, reprit le gabier, si t'es pas religionnaire tu dois être d'une famille de faux sauniers ?

L'Olonnois murmura :

— Faux saunier, vrai saunier, qui distingue l'un et

l'autre dans nos pays d'Olonne? Nous sommes des hommes du sel comme vous êtes des hommes de l'eau.

— Bien dit, compère. Et l'eau et le sel, c'est le sang de notre océan. Voilà qui nous rapproche.

— Mais je ne suis pas un faux saunier.

— Ne te vexe pas, petit. T'as échangé la corde avec laquelle on voulait te pendre pour celle de notre mâture. C'est un bon choix.

Les voiles du navire se mirent tout à coup à frissonner et la coque eut comme un brusque mouvement d'arrêt. Tous les cordages grincèrent. Le gabier se releva brusquement, regarda le ciel et courut vers le mât d'artimon. Une nouvelle fois, l'attention de l'Olonnois fut attirée par le timonier qui scrutait l'étroite écoutille du gaillard d'arrière, en allongeant le cou. Bientôt la trappe de fer se souleva, un tricorne bleu apparut, puis la masse énorme des épaules du capitaine. Il émergeait du ventre du bateau, tel un gigantesque crabe, s'aidant de ses bras courts comme de pinces. En équilibre instable sur le pont qui commençait à tanguer, il vint de nouveau tout près du timonier. Mais, cette fois-ci, il ne prit pas sa longue-vue. Observant attentivement le ciel, il s'écria d'une voix énorme, que l'on ne pouvait s'étonner d'entendre jaillir d'un si gros corps, mais qui sonna comme un coup de canon :

— La tempête! La tempête!

Cette exclamation déclencha toute une succession d'appels, d'ordres. Le silencieux bateau fut la proie d'un tumulte et d'une agitation qui paraissaient désordonnés alors qu'en réalité, les matelots couraient tous vers une destination précise.

— Rentrez les voiles du perroquet, s'écria le capitaine de sa voix tonnante. Carguez les huniers!

Sous le choc inattendu du coup de mer, le navire oscillait, hésitant sur le cap à prendre. Une lame énorme se brisa contre la coque du *Saint-Dimanche* et déferla par-dessus lui. Une clameur épouvantée s'éleva de l'entrepont où les passagers se trouvèrent soudain dans une trombe d'eau glacée. Affolés, ils s'agrippaient à tout ce qui semblait solide, craignant d'être happés par de nouvelles vagues et emportés par-dessus bord.

— Timonier, lofez doucement, claironna le capitaine, comme si ce dernier, qui se trouvait contre lui, ne pouvait l'entendre.

Le *Saint-Dimanche* naviugua au plus près du vent qui frappait par le côté les voiles désemparées.

L'Olonnois se joignit à un groupe de matelots. Ils tiraient sur un cordage pour le roidir, s'arc-boutant tous ensemble lorsque l'un d'eux criait : « Oh! hale! »

Dans la mâture cinglée par le vent, des hommes s'affairaient à diminuer la toile en prenant des ris. Le ventre appuyé sur l'arrière des vergues, ils se déplaçaient lentement, en glissant, vautrés dans leur inconfort. L'Olonnois rallia le mât d'artimon, se cramponnant aux ferrures et aux menuiseries, jeté malgré tout plusieurs fois sur le pont par la violence de la mer. Il voulait tenter de retrouver le gabier, prouver qu'il pouvait être utile. Dans le gréement, les matelots disputaient la toile au vent, carguant les voiles, ferlant tous leurs plis. Puis, la difficile manœuvre achevée, se dispensant des échelles de corde, se laissaient glisser par les étais et les drisses pour rejoindre au plus vite le pont, culbutés à leur arrivée par les rouleaux qui couraient sur la dunette en balayant le tillac, les jetant au sol asphyxiés par l'eau et le vent. Le navire chancelait, craquait.

Grimpant au mât, l'Olonnois aperçut les drisses qui se détendaient puis se raidissaient d'un seul coup, en claquant comme des fouets. Le gabier, juché sur un espar, ses cheveux roux collés sur son visage par les rafales, ressemblait à un oiseau déplumé oublié sur un perchoir.

— Salut, chérubin, viens près de moi. On est au premier rang pour le spectacle.

Le marin des sables

À la hauteur du perroquet de fougue, et les grandes voiles repliées le long des mâts, on voyait mieux en effet le navire piquer du nez, comme si, à chaque coup de boutoir de la tempête, il croyait bon de lui faire une révérence. Tous les câbles vibraient, comme des cordes de violon et, du gréement, venait une musique rageuse qui répondait à l'orchestre des vents. Les trois mâts ployaient en grinçant. La mer était si grosse, si hérissée de vagues, que l'on ne distinguait presque plus le pont du bateau, inondé d'ailleurs à chaque rafale. Il semblait que le gréement se soit transformé en une sorte d'aéronef, survolant la crête des vagues.

— Ça, au moins, c'est de la mer, dit joyeusement le gabier. Ah! ce qu'on est bien!

Des nuages noirs, très bas, couraient après le navire. L'Olonnois connaissait bien ces sautes d'humeur de l'Océan. Pour protéger Les Sables-d'Olonne des assauts de la mer, François Ier avait fait construire un mur de quatre mètres d'épaisseur. Et pourtant, lors des grandes marées, l'Océan trouvait le moyen d'escalader le rempart du roi et se répandait dans la ville. L'Olonnois se souvenait des morutiers qui revenaient de Terre-Neuve, les mâts brisés, leurs voiles pendant en lambeaux, si malmenés par la mer qu'ils paraissaient avoir été amarinés par des pirates.

À une lieue de la cité, il aimait, par gros temps, se rendre dans l'ancienne abbaye de Saint-Jean-d'Orbeistier, *l'orbis terminus*, le bout du monde. C'est là qu'il commença à rêver à cette terre des délices du cœur que l'on disait se situer de l'autre côté de l'Océan. Près de l'abbaye ruinée par les guerres de Religion, se trouvait le puits d'Enfer où les vagues se jetaient en hurlant.

Il lui semblait aujourd'hui, perché sur son espar, se retrouver dans les rochers du puits d'Enfer.

Le gabier lui cria quelque chose qu'il ne comprit pas

Le marin des sables

tellement le vent et les rafales d'eau faisaient un tinta-marre.

— Quoi ?

— Ça, c'est seulement le début du bal. On en est au menuet. Tu vas voir tout à l'heure la farandole !

Comme pour l'approuver, une lame énorme engloutit d'un seul coup le navire. Seuls les mâts émergèrent, mais obliques. Couché sur le flanc, le *Saint-Dimanche* continua à filer bon train, hésita à se retourner, puis se releva dans un fracas d'eau déferlant comme une cataracte. Le gabier et l'Olonnois descendirent précipitamment de leur perchoir pour aider les matelots aux doigts bleuis par le froid, ensanglantés par le contact rêche des cordages et des grosses toiles trempées.

Un bouillonnement d'écume restait sur le pont. Près du timonier, cramponné au gouvernail, le capitaine était toujours là, plus énorme encore avec ses vêtements gonflés d'eau, hurlant des ordres repris par le second et répercutés par le maître d'équipage. Chaque matelot, rouage du navire, pièce articulée, faisait mouvoir d'autres pièces du vaste engrenage. Il vint à l'esprit de l'Olonnois cette image du gabier comparant les matelots à des sonneurs de cloche suspendus au bout de leurs cordages. En effet, ils tiraient de toutes leurs forces, manœuvrant les agrès. Tantôt ils larguaient un cordage en le laissant filer entre leurs paumes, tantôt ils assujettissaient les haubans. Drisses, balancines, bras, actionnaient les vergues. Poulies, étais, caps-de-mouton, couinaient dans les manœuvres. Il fallait arracher à la mer ce navire qu'elle voulait engloutir. Chaque geste, chaque effort concourait à la survie de l'ensemble.

Cramponnés à l'accastillage, les passagers se tenaient à l'écart de ce travail collectif, prostrés, hagards, désespérés. Pour ces terriens qui, la plupart, n'avaient jamais vu la mer, nul doute que leur dernière heure fût arrivée. Au milieu d'eux, le capucin les exhortait à prier. Faute de

Le marin des sables

cierge, il tenait une bougie allumée à bout de bras qu'il disait faire brûler pour la Sainte Vierge. Mais le diable, sans doute, s'amusait à l'éteindre à chaque coup de mer. Comme les émigrants ne plaçaient plus leur espoir que dans cette lueur vacillante, dès que la tempête l'éteignait ils poussaient des clameurs désespérées. Ces plaintes exaspéraient les hommes de l'équipage.

— Ils vont nous porter malheur, avec leurs jérémiades !

L'Olonnois, qui préférait finalement s'agripper dans le gréement, comme une araignée dans sa toile, plutôt que de risquer, sur le pont, d'être balayé par les vagues, aidait à amarrer les espars que la tempête arrachait. Il suivait difficilement le gabier qui sautait d'une vergue et se balançait autour de son mât d'artimon comme un acrobate, se jouant des inclinaisons brusques du bateau, saluant avec des cris de plaisir les jets d'eau bouillonnante qui l'aspergeaient. Bien que les gabiers fussent occupés fort sérieusement à surveiller l'attache des voiles, à réparer des parties de toiles déchirées qui claquaient dans le vent et à les roidir par des garcettes provisoires, il semblait, tant ils y mettaient d'ardeur et même de joie, qu'ils participaient à un jeu collectif, comptant bien gagner la partie.

La tempête dura plusieurs jours. Des trombes de pluie se mêlèrent aux bourrasques. On ne distingua plus le jour de la nuit, tellement les nuages étaient bas, noirs, opaques. Le navire paraissait entrer dans l'abîme, dans le néant.

Les hommes de l'Ouest portent en eux la tristesse de voir chaque soir le disque rouge du soleil disparaître lentement dans les flots. Ils sont venus jusque-là, jusqu'à l'Océan qui interrompit leur marche, parce que, chaque soir, ils gagnaient un peu plus de lumière. Leur marche vers l'ouest faisait reculer la nuit.

Si souvent, l'Olonnois, sur les dunes de sable de la côte,

Le marin des sables

ces dunes qui avançaient chaque jour, insensiblement, mangeant les terres fertiles, avait fixé de ses yeux bleus l'œil bleu de la mer. Il avait écouté le dialogue de la mer et de la lune, la respiration des marées, observé l'inquiétante pulsation de cette énorme chose liquide, impalpable. Homme du sable et du sel, la mer le fascinait.

Jusqu'à ce qu'il vienne embarquer à La Rochelle, il n'avait cessé, aussi loin qu'il remontât dans ses souvenirs, lui et les siens, lui parmi les siens, de lutter contre le sable, comme aujourd'hui il luttait contre la mer. Il appartenait à l'une de ces misérables familles installées dans cette longue presqu'île qui va de La Chaume à Saint-Martin-de-Brem, entre les marais salants d'Olonne et l'Océan. Elles y cultivaient des vignes qui donnaient un vin un peu vert mais qui présentait l'avantage de se soutenir parfaitement pendant les plus longs voyages, vin qui convenait aux marins et que l'on pouvait même exporter dans les Îles. Seulement, poussé par le vent d'ouest, le sable déferlait et asséchait les terres. Les embruns salés grillaient les cultures. Sans cesse soulevé et emporté par le souffle du large, le sable s'amoncelait en dunes de plus en plus hautes qui engloutissaient les vignes. On réussissait à subsister quand même en ajoutant au vignoble le métier de pêcheur de pied et tendeur à basse-eau qui leur valait le mépris des morutiers et des sardiniers. Pêcheur de pied, cela voulait dire ramasseur de coquillages et tendeur à basse-eau, tendeur de filets et de rets sur la grève.

Donc, ni vrais paysans ni vrais marins, mais vivant mi de la terre, mi de la mer. Tout comme ils se trouvaient entre deux vents, celui de l'ouest qui les accablait de sable et celui de l'est qui les altérait de sel. Seuls le chardon bleu, l'œillet, le pavot et la giroflée se plaisaient à pousser dans cette fausse terre. Mais ils n'avaient que faire de ces fleurs qu'ils poursuivaient avec fureur, les arrachant comme de mauvaises herbes qu'elles étaient.

L'Olonnois, embarqué pour aller à la recherche du

soleil, butait au milieu du voyage sur la nuit la plus opaque. Voilà qu'il rencontrait le chaos du monde primitif avant la solidification de la Terre. Voilà que la mer, malade, éructait, secouée de spasmes affreux. Le bateau se trompait-il de route et, au lieu de la terre des délices du cœur, abordait-il les ténèbres des enfers où s'égarent les esquifs des âmes mortes?

Redescendu sur l'entrepont, l'Olonnois se dirigea à l'arrière du navire, vit le timonier seul, dégoulinant d'eau, cramponné à la barre. Il tourna autour de l'homme qui, le regard fixe, immobile, ne le remarquait pas. Serait-il, lui aussi, entré déjà dans le royaume des ombres? Il le toucha, s'attendant à ce qu'il tombe et, même, à ce qu'il se dissolve comme une statue de sel; mais le timonier parla :

— Que veux-tu?

— Reverrons-nous le soleil?

Le timonier leva un bras, pointa un doigt vers le ciel.

— Regarde l'œil de la tempête.

Dans les ténèbres, l'Olonnois aperçut un peu de lumière.

— La tempête ouvre l'œil, reprit le timonier. Elle se réveille d'un bien mauvais cauchemar. Oui, maintenant nous allons retrouver le soleil.

Dans une brusque poussée de lame, le bateau fit une abattée.

— C'est le dernier coup de queue du cyclone, dit le timonier qui s'efforçait de redresser le bateau.

Soudain, comme si le *Saint-Dimanche* avait réussi à percer un rideau opaque, on émergea de la nuit. Les nuages se dispersèrent au loin en tourbillonnant et le bleu du ciel s'agrandit, jusqu'à occuper bientôt tout l'espace. Le vent cessa si brutalement que le navire piqua du nez et s'immobilisa. Le capitaine réapparut à travers l'écoutille, étrangement sec parmi ses hommes ruisselants. S'adressant au second, il demanda :

Le marin des sables

— Rassemblez les matelots. Qui manque à l'appel ?

Les hommes glissaient de la mâture, comme une chute de feuilles. Il en manquait trois. Mais beaucoup montraient des blessures : chevilles foulées, bras cassés, épaules démises. Le charpentier du navire, qui, au plus fort de la tempête, se tenait près du grand mât, une hache à la main, prêt à abattre l'arbre si le bateau couché n'arrivait pas à se redresser, se trouvait fort mal en point, la peau du crâne arrachée par une barre d'anspect venue le frapper à l'improviste, comme pour l'empêcher de commettre l'irréparable.

— Reste-t-il encore quelques passagers ? demanda le capitaine.

Le second alla s'enquérir, dans le fouillis de l'entrepont. Sur cette coquille qui, étrangement, retrouvait soudain son équilibre, des hommes prostrés regardaient le désastre. La plupart avaient perdu leurs balluchons, leur seule fortune. Tous étaient contusionnés, claudicants, transis. Ils geignaient en de longues plaintes, hoquetaient. Certains réussissaient encore à vomir quelques glaires.

Le second revint et fit son rapport :

— Une vingtaine passés par-dessus bord. À ce que l'on croit, le moine a pensé voir une baleine et, se prenant pour Jonas, lui a sauté dans la gueule. On ne l'a pas revu.

— Requiescat in pace ! dit le capitaine.

Le calfat, remonté de la cale, annonça qu'un about, largué de dessous la première ceinte, donnait une voie d'eau. On se précipita pour la boucher avec de l'étoupe.

Le *Saint-Dimanche* répara ses avaries. Les voiles, déchirées, furent raccommodées avec les chemises et les caleçons des matelots qui se mirent torse nu.

Aussi violent qu'ait été le vent, dès le moment qu'il cessa la mer devint aussi calme que s'il n'avait jamais soufflé. Une fois les avaries réparées tant bien que mal, la voix de stentor du capitaine tonna de nouveau :

Le marin des sables

— Toutes voiles dehors. Sauf les focs.

En quelques minutes, le *Saint-Dimanche* se couvrit de toiles.

— Cinglez babord amure !

Il s'agissait maintenant de prendre le vent.

— Orientez au plus près ! Bouline partout !

Le capitaine arpentait le pont, de la proue au grand mât, tapant du pied comme s'il voulait s'assurer de la solidité du navire remis dans le bon chemin. Ses petits bras en arc de cercle contre son gros corps, il ne tenait sur ses jambes maigres que par un prodige d'équilibre. Son inspection faite, il redescendit par son écoutille et disparut.

La suite du voyage fut sans histoire, mis à part la rencontre d'un beau navire arborant le pavillon blanc semé de fleurs de lys d'or et des armes de France. Les deux bateaux se rapprochèrent, amenant les capitaines à portée de voix. Le vaisseau royal transportait aux Îles-du-Vent Monsieur de Saint-Preux, lieutenant général des Isles françaises et Côtes de terre ferme de l'Amérique et Monsieur Bellefont, intendant de Justice, Police et Finances des mêmes pays. Le *Saint-Dimanche* s'écarta vite d'une aussi fastueuse cargaison, ne voulant pas offrir le spectacle piteux de sa gueuserie.

Peu de jours après, une longue bande bleu foncé apparut à l'horizon. Les vigies saluèrent l'approche de la terre. Les basses voiles tombèrent en s'orientant. Perroquets, focs, toiles d'étai se hissèrent à la pointe des mâts. Le *Saint-Dimanche* fila doucement vers Saint-Pierre-de-la-Martinique.

2.

Les boucaniers

L'Olonnois fut débarqué à la Guadeloupe, avec ce qui restait d'émigrants. Un petit bateau devait venir le prendre pour l'emmener à Saint-Domingue.

Après deux mois de traversée, la terre ferme, elle-même, tanguait. L'île semblait flotter. Mais la végétation tropicale, ces énormes palmes des arbres d'un vert cru, ces odeurs poivrées, cette chaleur tiède, tout lui disait qu'il se rapprochait de cette terre des délices du cœur vers laquelle il croyait aller.

Son ami, le gabier du mât d'artimon, paraissait fâché de le perdre.

— Tu ne seras jamais un bon marin, mais t'es un bon gars. Dommage que tu te sois aventuré à signer un pacte avec le diable, j'aurais pu demander au capitaine de t'engager. Tiens, regarde ce lougre qui arrive avec son chargement de cuir. Je ne serais pas étonné que ton maître se cache dedans.

Le petit voilier, chargé à ras bord de peaux de taureau, accosta très vite. L'Olonnois en vit surgir cinq curieux personnages, vêtus de chemises superposées, culottés d'un haut-de-chausses très large et coiffés d'une sorte de calotte de laine. Très basanés, barbus, avec des cheveux longs noués derrière la nuque, leurs vêtements étaient rougis, par plaques, de taches de sang. À leur ceinture, dans un étui en peau de crocodile, sortait le manche d'un couteau.

Le marin des sables

Le *Saint-Dimanche* prit en effet livraison de leurs peaux tannées et, en échange, leur livra l'Olonnois.

La place était fort exiguë sur ce lougre qui, en plus de l'Olonnois, repartait avec des sacs de sel, quelques barriques de vin et des tonneaux de poudre. Toutes voiles dehors, il filait bon train et des paquets de mer inondant le pont, tout le monde se tenait à l'intérieur de la minuscule cabine. Habitué à l'air vif, le jeune homme sentait un malaise l'oppresser. Il ne savait si cela provenait de l'odeur suffocante exhalée par ces hommes trop vêtus dans ce climat chaud, des traces de sang laissées par les peaux de bêtes, ou plus simplement de l'air farouche, bestial même, des individus qui l'entouraient. Les mots du gabier lui revenaient : « Dommage que tu te sois aventuré à signer un pacte avec le diable... T'étais tellement gueux que t'as osé signer avec le diable... Quand tu seras arrivé à bon port, tu n'auras pas l'occasion de rire avant longtemps, crois-moi... »

À peine s'approchait-il du paradis des Îles que des diables semblaient en effet l'emporter dans leurs rets.

— Comment tu t'appelles ? demanda un des hommes.

— L'Olonnois.

— Tu viens du pays d'Olonne ? Nous, on est de Picardie. On a fui les Espagnols et on les retrouve ici, au bout du monde. C'est d'un drôle ! Mais au moins, à Saint-Domingue, c'est œil pour œil, dent pour dent. On leur donne du fil à retordre, à ces maudits chiens ! Les Olonnois ont été de fameux chasseurs de baleines, dans le temps. Nous, à Saint-Domingue, on course les taureaux sauvages et les sangliers. Et on se fait courser par les lanceros espagnols. C'est à qui tuera l'autre... C'est moi qui t'ai acheté cinquante écus.

L'Olonnois regarda son maître. Un homme sans âge, aux petits yeux en vrille comme ceux des cochons sauvages qu'il chassait, le nez cassé, la bouche édentée.

— Tu es à moi pour trois ans, reprit-il. Je te donnerai

Le marin des sables

pour gages cent livres de pétun par an, plus la nourriture et le logement.

Aux mots « nourriture » et « logement » les autres s'esclaffèrent. Ils se mirent à se bourrer de coups de poing, à se bousculer, à rire aux éclats.

— C'est quoi, le... pétun ? demanda l'Olonnois.

L'homme sortit une vessie de porc de sa poche, l'ouvrit, et montra à l'intérieur une sorte de poudre noirâtre. Puis il porta à sa bouche un curieux tuyau de bois, en bourra l'autre extrémité avec la poudre noire, l'alluma. Une fumée suffocante emplit la cabine. L'Olonnois se mit à tousser.

— Le pétun, ça se vend cher en France, plus cher que nos peaux. Tu verras, tu deviendras riche, aussi riche que nous.

Ils recommencèrent à rire, se tenant les côtes, hoquetant, tellement la plaisanterie leur paraissait drôle.

— Je t'ai payé cinquante écus, reprit le maître de l'Olonnois. C'est moins cher qu'un Nègre qu'on pourrait acheter à la Guadeloupe. Mais le Nègre, on le possède à vie. Toi, au bout de tes trois ans, si t'as tenu le coup, je te donnerai un fusil, une calebasse de poudre et tu seras comme nous. Tu vois que t'as réussi une bonne affaire. Les maudits Espagnols, eux, n'ont pas fait tant d'embarras. Quand ils prirent possession des Îles, ils s'accaparèrent les naturels gratis pro Deo. Leurs premiers esclaves ne leur ont pas coûté un maravédis.

— Tous les Indiens de Saint-Domingue sont crevés, enchaîna un autre. Les maudits Espagnols les ont tués à la tâche. Plus d'Indiens, des Nègres trop chers pour nos pauvres bourses. Fallait bien se rabattre sur des gueux de chez nous.

L'Olonnois ne savait trop quoi penser de ses compagnons. Peu rassurants, certes, et pourtant familiers. Son maître ne posait pas au maître. Mais, Dieu ! qu'ils

Le marin des sables

sentaient tous mauvais et cette âcre fumée du pétun qui emplissait la cabine et piquait les yeux !

Le lougre contourna l'île à Vaches, les îles Cayemites, celle de la Gonave et pénétra à l'intérieur de Saint-Domingue en remontant le fleuve Artibonite. Du pont du bateau, l'Olonnois regardait les vastes prairies. Au loin se profilaient les sommets des montagnes noires. Par endroits, une végétation luxuriante de palmiers, coco-tiers, bananiers, ponctuait le paysage. On entendait les cris stridents d'oiseaux. Le ciel était très bleu, sans un nuage, et une forte chaleur mettait le jeune homme dans un état de douce torpeur.

Un choc le réveilla brutalement. Le bateau accostait. L'Olonnois aperçut une sorte de village formé de cabanes de roseaux. Une violente douleur entre les deux épaules le fit se retourner, stupéfait. Son maître venait de lui flanquer un coup de crosse de fusil.

— Allez, fini de rêvasser. Faut me payer mes cinquante piastres à leur juste valeur. Tiens, regarde...

Il épaula son fusil au canon si long qu'il arrivait à hauteur d'homme, visa un oranger éloigné d'une cinquantaine de mètres et tira.

— Va chercher.

L'Olonnois hésita. Sa mâchoire se mit à trembler comme à chaque fois que la colère l'étranglait. Mais il alla quand même ramasser l'orange, dont la balle avait sectionné la queue.

— Si tu tentes de t'échapper, mon fusil ne te manquera pas. Suis-moi.

Ils arrivèrent à une grande case d'où sortit un homme velu comme un ours.

— C'est mon matelot, dit le maître.

Et au matelot :

— Voilà l'engagé... Un Poitevin de la côte. Il s'appelle l'Olonnois.

Le marin des sables

Matelot ? L'Olonnois devinait que derrière ce terme se trouvait autre chose. Mais quoi ?

Le village regroupait une vingtaine de huttes, plus des grands hangars à claire-voie, construits avec des troncs de palmiers, dans lesquels séchaient de larges feuilles brunes. Des chiens, nombreux, renfermés dans un enclos, aboyaient avec fureur. L'Olonnois remarqua que ces étranges paysans portaient tous le même costume : deux chemises superposées, comme des blouses, le haut-de-chausses bouffant et une coiffure faite d'un chapeau dont on avait coupé le bord. La plupart marchaient pieds nus, mais certains se chaussaient de sandales grossières taillées dans la peau de vache. Barbus, chevelus, ils paraissaient tous si âgés que l'Olonnois eut l'impression d'entrer dans une société de vieillards. Ou de gnomes. Oui, ces gnomes des histoires racontées à la veillée, dont tout le monde parlait et que personne n'avait rencontrés vraiment, serait-il tombé par malchance dans leur pouvoir ? Certains, assis sur le sol, tannaient des peaux. D'autres écrasaient des racines avec une meule tournée à la main. Un homme courbé qui marchait avec un bâton, et qui semblait plié par les ans, se redressa soudain avec vélocité et roua de coups le tourneur de meule. Autre singularité dans ce village, l'absence totale d'animaux vivants, à part les chiens. Et puis, soudain (l'étrangeté était telle qu'elle ne l'avait pas immédiatement frappé), l'Olonnois s'aperçut que l'on n'y voyait ni femme ni enfant.

Il s'approcha d'un groupe qui coupait à la hache de gros morceaux de viande que d'autres tranchaient en fines lamelles mises à sécher sur des claies. Il leur demanda d'où venait cette viande et ce qu'ils en faisaient. Personne ne lui répondit. Certains regardèrent avec surprise ce jeune homme imberbe, vêtu comme dans le vieux pays. D'autres se détournèrent vivement, préférant sans doute l'ignorer. Il crut bon d'insister, demanda à

Le marin des sables

quoi servaient ces grandes feuilles brunes qui pendaient dans les hangars. Mais soudain une volée de coups de bâton le fit tituber. Son maître le frappait avec une telle fureur qu'un engagé moins exercé que l'Olonnois à esquiver les coups eût été tué sur-le-champ.

— Tu parleras seulement quand on t'interrogera. Parler fait perdre du temps. Et tout ton temps, tu me le dois pendant trois ans. Trois ans, entends-tu ! Tu n'as que trois ans pour payer ton écot. Je veux que ce soir tu apprennes à boucaner et que demain tu essaies de montrer que tu peux chasser aussi bien qu'un chien. Les bons limiers, on les paie aussi cinquante ducats, comme un engagé. Quand on ne vaut pas plus cher qu'un chien, on ferme sa gueule.

La vie n'avait jusqu'alors accordé que bien peu de cadeaux à l'Olonnois. La peau et le cœur durcis par le vent et le sel du pays d'Olonne, il ne pouvait néanmoins pas supporter l'injustice. La méchanceté gratuite de son maître l'indignait. Rien de semblable à la rudesse des marins du *Saint-Dimanche,* faite de défis et de malices. Que n'était-il resté parmi eux ! Mais il n'avait en tête que cette espérance des îles bienheureuses, des îles tendres, des îles douces, dont tant de pêcheurs des Sables-d'Olonne parlaient. Et ne les avait-il pas aperçues, ces îles, aux escales de la Martinique et de la Guadeloupe, avec sur les quais cette foule d'hommes à demi nus, cuivrés comme le soleil, avec ces Nègres aux cheveux crêpus riant de toutes leurs dents blanches, avec ces femmes aux formes rebondies, drapées dans des tissus bariolés et ces enfants qui plongeaient dans la mer comme des tritons ?

Dès cet instant, sa décision fut prise. Il s'évaderait. Il ne devait pas être difficile de fausser compagnie à ces gnomes. Il suffisait d'attendre qu'il connaisse mieux le pays pour s'orienter et, pourquoi pas, de se réfugier chez ces Espagnols qui disputaient cette île aux colons français.

Le marin des sables

La chasse du lendemain lui offrit une diversion. Les maîtres et leurs « matelots », armés de fusils au long canon, suivaient une meute d'une vingtaine de chiens qui débusqua rapidement un troupeau de bovins. Rampant dans les hautes herbes, les tireurs faisaient mouche à chaque coup. Le tir de ces étranges fusils était beaucoup plus rapide et précis que celui des mousquets. Le troupeau, affolé, se débanda et se mit à galoper si lourdement que le sol trembla. Alors l'Olonnois assista à cette chose surprenante : les chasseurs, abandonnant leurs armes, couraient si vite après les bêtes qu'ils les rattrapaient bientôt et, d'un coup de machette, leur sectionnaient les jarrets.

— Les peaux sont vendues plus cher si des balles ne les trouent pas.

L'Olonnois, stupéfait que quelqu'un lui adresse la parole, se retourna brusquement et vit un gnome, semblable aux autres, qui reprit :

— Je suis un engagé, comme toi. On peut parler maintenant. Tous les maîtres chassent. Tiens, prends cette machette, on va aller écorcher les bœufs tués et couper la viande en morceaux pour la boucaner.

Rien ne distinguait les engagés des maîtres. Vêtus de la même manière, aussi barbus et chevelus, ils paraissaient eux aussi des vieillards. Mais l'Olonnois venait de découvrir que ces faux vieillards étaient diantrement agiles et véloces.

— Qui sont ces gens ? Et toi, qui es-tu ?

— Moi, ça fait un an que je suis arrivé dans ce foutu pays. Je suis normand. On m'appelle Brise-Galet. Ces gens ? Nos maîtres ? Ben, ce sont des boucaniers.

41

Le marin des sables

Brise-Galet devait être assez jeune, lui aussi. Ses yeux bleus, comme ceux de l'Olonnois, lui donnaient un air malin. Peut-être plus rusé que malin. Mais l'Olonnois se raccrochait à cette bouée.

Brise-Galet lui montra comment écorcher les bœufs et découper la viande. Ils allaient tous les deux dans la prairie à la recherche des bêtes tuées. On entendait au loin les aboiements des chiens et les détonations des tirs.

— Si on en profitait pour se sauver ? dit l'Olonnois.

— J'ai déjà essayé. On essaie tous. Mais il n'y a pas d'exemple d'engagé marron. Même les chiens qui marronnent rebroussent chemin. On n'a que deux manières de s'en sortir : crever ou tenir ses trois ans et devenir soimême boucanier. Et puis, ceux qui ont de la chance finissent dans le flibuste.

La flibuste ! On en parlait parfois, au pays d'Olonne, de ces coureurs des mers qui, sur des canots pas plus gros que des mouille-culs, s'attaquaient à des galions espagnols chargés d'or qu'ils réussissaient à prendre. Libres comme l'air, riches comme Crésus, sans foi ni loi, sans dieu ni roi, les flibustiers faisaient rêver plus d'un mousse sur les morutiers des Sables. Mais ça, c'était la chimère, l'inaccessible, le conte de fées.

— Attention, dit Brise-Galet, je les entends qui reviennent. On ne se parle plus. Tu ne me connais pas. Sinon je peux être méchant, moi aussi, pour défendre ma peau.

Les aboiements se rapprochèrent. Les boucaniers apparurent avec la meute : des chiens affamés qui retroussaient leurs babines sur leurs crocs car on les avait fait jeûner pour les rendre plus féroces. Les boucaniers, ivres de carnage, paraissaient aussi excités que les chiens. Brise-Galet mit à nu un gros os qu'il tendit à son maître. Le boucanier s'en empara avec avidité et aspira la moelle crue, sanglante, avec un grognement de plaisir.

Le marin des sables

Lorsque, vingt années plus tard, au temps de sa splendeur, le souvenir de son bagne chez les boucaniers reviendra harceler les nuits de l'Olonnois, l'impression d'une descente aux abysses l'oppressera. Il ne pouvait pas encore savoir que son initiation à la mer, sur le *Saint-Dimanche*, n'était que le prélude d'une vie tout entière absorbée par les forces tumultueuses de l'Océan. Mais si la mer lui jouera de mauvais tours, si elle sera parfois cruelle, décevante, toujours il glissera sur sa surface instable dans une sorte d'ivresse. Sa lutte contre les maléfices de l'Océan restera néanmoins hantée par son esclavage chez les boucaniers qu'il identifiera à un séjour aux enfers. Maintenir ses bateaux à flot, ne pas couler, signifiait ne pas retomber aux abysses, où des gnomes à longues barbes ricanaient en affûtant leurs instruments de torture. Saint-Domingue le plongera dans une telle horreur qu'il ne s'en remettra jamais tout à fait et qu'à son corps défendant cette horreur le contaminera. Pour l'heure il assistait à une si rapide succession de brutalités, de violences, de férocité, qu'il en demeurait médusé, hagard. Il croyait avoir fui la cruauté du Vieux Monde et trouvait dans le Nouveau une inhumanité bien pire.

Dans le lougre qui l'amena de la Guadeloupe, les boucaniers riaient aux mots « nourriture » et « logement ». Il comprenait pourquoi, depuis qu'il devait coucher devant la paillote de son maître, tel un chien de garde, depuis qu'il ne recevait pour pitance qu'un peu de manioc et des lanières de viande boucanée ressemblant à du cuir. Les punitions, les brimades pleuvaient sur les engagés et, comme si cette vision perpétuelle du châtiment ne suffisait pas, toutes les semaines la population du campement se réunissait pour donner en spectacle un

Le marin des sables

châtiment plus exemplaire. Il semblait que les boucaniers s'ingéniaient chaque fois à pousser plus loin l'ignominie.

Alors que le gibier s'amoncelait dans les réserves et que les tâcherons ne suffisaient pas au boucanage et aux salaisons, si bien que la pourriture gâchait une bonne partie du produit des chasses, un engagé affamé, surpris dévorant un cuissot de sanglier, fut amené devant la communauté. Son maître, lui ouvrant la poitrine d'un coup de hache, lui arracha le cœur et se mit à le dévorer, chaud et sanguinolent, s'écriant une fois rassasié :

— Il m'a mangé ma viande, je lui mange la sienne.

Une autre fois, un malheureux, coupable d'on ne savait trop quoi, subit un supplice encore pire puisque son maître l'éventra, tira l'extrémité de l'intestin qu'il cloua à un arbre puis mit une torche enflammée aux fesses du torturé obligé ainsi à courir jusqu'à ce qu'il ait dévidé ses boyaux.

Les boucaniers éprouvaient un plaisir hystérique à ces spectacles collectifs pour ensuite se venger sur les engagés de la perte de leurs tâcherons, pleurant sur leurs piastres perdues.

Que ces boucaniers fussent des monstres, l'Olonnois le sentit tout de suite, dès qu'ils vinrent le prendre à la Guadeloupe. La hantise de la fuite le poussa une nouvelle fois à tenter d'entraîner Brise-Galet dans cette aventure. Mais le Normand s'adaptait à sa vie sauvage et ne pensait plus qu'à finir son temps.

— Patience, soufflait-il à l'Olonnois. Quelques années à tirer et on deviendra nous aussi boucaniers. On s'amatelotera et on s'achètera des engagés. Peut-être même qu'un jour on finira par pouvoir se payer des Nègres.

— S'amateloter ? Pourquoi disent-ils mon matelot ?

Un sourire grivois plissa le visage de Brise-Galet.

— Tu n'as pas compris. On s'amatelote, c'est comme si on se mariait. Les boucaniers sont à la fois mâles et femelles ; plus fidèles l'un à l'autre que mari et femme. Quand on est amatelotés, on ne se quitte plus.

L'Olonnois regarda Brise-Galet avec stupéfaction et horreur. Dans les fresques peintes de l'église des Sables-d'Olonne, le péché de la luxure conduisait aux pires abominations. Et voilà qu'il découvrait que le Nouveau Monde s'adonnait aux pratiques les plus lubriques, celles mêmes qui amenèrent à la destruction de Sodome par la colère de Dieu. Ces hommes sans femmes étaient bien des gnomes, des diables, et il ne comprenait pas par quel sortilège il avait abouti entre leurs mains.

Fuir ! Maintenant il savait qu'il ne gagnerait rien à attendre. Et fuir aussi bien le sourire ignoble de Brise-Galet que les coups des boucaniers.

La première occasion fut la bonne. Envoyé avec une machette couper des branches de palétuviers dont l'écorce servait au tannage des cuirs, il s'évada aussitôt. Très vite, un fouillis de lianes, d'arbres abattus par la foudre ou les ans, d'épineux gigantesques, ralentit sa course. La forêt, dans laquelle il croyait trouver refuge, se montrait aussi hostile que les boucaniers, avec ses multiples serpents qui rampaient sur le sol humide, ses cris stridents d'oiseaux inconnus qui, à chaque fois, le glaçaient d'effroi.

Il sortit enfin de cette végétation folle et déboucha dans un marécage où il se sentit en terrain familier. Les marais abondaient dans le pays d'Olonne. Il se voyait tiré d'affaire quand un vacarme dans l'eau stagnante l'arrêta. Un énorme lézard couvert d'écailles émergea, si gros, qu'ignorant l'existence des caïmans il crut à une hallucination. Celui-ci, l'apercevant, se hissa lourdement sur la

Le marin des sables

berge de ses pattes torses. D'autres caïmans s'arrachèrent de la vase, s'avançant lentement vers l'Olonnois, leurs énormes mâchoires claquant comme des battoirs. Ils se bousculaient, se chevauchaient, vraies bêtes de l'Apocalypse, visqueuses, répugnantes.

Les images de la damnation poursuivaient l'Olonnois. Voilà les dragons qui apparaissaient maintenant ! Saisi d'une terreur panique, il recula dans la forêt, tourna en rond pendant deux jours et revint penaud, furieux contre lui-même, au village des boucaniers. Ses pieds ensanglantés ne lui permettaient pas d'aller plus loin. Il avait pris garde aux serpents, aux caïmans, aux épines, mais sans remarquer les pires ennemis des fuyards, ces chiques minuscules qui se logeaient aux jambes, aux orteils, sous les ongles, perçant l'épiderme, rongeant les chairs pour y pondre leurs œufs.

Lorsque son maître le vit revenir dans un si piteux état il ricana :

— Alors, on a voulu faire une promenade. C'est plus sain par ici. Je devrais te laisser crever dans tes ulcères. Mais ce serait moi le perdant. Alors j'ai pas envie que la gangrène se mette dans tes plaies. Tiens, voilà une aiguille. Débrouille-toi pour arracher les chiques. Tu empliras tes blessures avec de la poudre de pétun. Quand tu seras guéri, on te fera danser à coups de gourdin. Monsieur veut nous fausser compagnie ! Tu t'en souviendras, de ton ingratitude.

La nuit suivante, l'Olonnois fut jeté dans le chenil. On s'attendait à ce qu'il soit déchiqueté par les molosses mais, après avoir subi leurs premiers assauts et quelques morsures, il réussit à les calmer. Finalement cette meute se montrait moins féroce que les boucaniers. Ce phénomène surprit si vivement les gnomes qu'ils n'imaginèrent pas d'autre tourment pour l'engagé.

— Puisque tu te plais avec les chiens, lui dit son

Le marin des sables

maître, tu vivras désormais avec eux et dans les chasses tu conduiras la meute.

L'Olonnois feignit de s'adapter à sa condition pour ne pas éveiller de soupçons sur ses intentions de fuite, toujours aussi vives. Il aimait apprendre. Comme il s'était rapidement initié au maniement de la voile sur le *Saint-Dimanche,* il s'appliqua à boucaner la viande, c'est-à-dire à la découper en lanières, la saler et la déposer sur des claies sous lesquelles il allumait un feu pour faire fondre la graisse et fumer la chair. Il apprit à accélérer le séchage des peaux en les frottant avec de la cendre et du sel. Il apprit à faire de la cassave avec le manioc. Il apprit à fendre le manhot pour lier en bottes les feuilles de tabac (que les boucaniers appelaient pétun). Il apprit à confectionner des souliers avec la peau des pattes de taureau... Tant et si bien qu'il fût peut-être devenu bon boucanier si les maîtres n'eussent pris ombrage de ses conciliabules avec Brise-Galet. Alors que ce dernier ne cherchait qu'à leur plaire et à devenir leur semblable, ils le suspectèrent de préparer une évasion. Une fois de plus le campement se réunit sur le terre-plein central pour un supplice-spectacle. Après une bastonnade de rigueur, le maître du Normand ordonna :

— Qu'on m'apporte mon fusil pour lui serrer les pouces !

Brise-Galet fut pris d'une véritable panique.

— Non, cria-t-il, pas les pouces ! Pas les pouces !

Voyant le fusil, il se débattit, supplia. Ce qui n'eut pour effet que de mettre en joie les boucaniers qui ordonnèrent aux engagés de l'empêcher de gesticuler. Ils durent s'y mettre à plusieurs pour l'immobiliser et le maître de Brise-Galet, attrapant les deux pouces du Normand, les plaça brutalement sur le bassinet du fusil, rabattant dessus les chiens. Brise-Galet hurla, dressa en l'air ses deux bras et l'on vit ses pouces écrasés qui pendaient comme des guenilles rouges.

Le marin des sables

Les boucaniers et, il faut bien le dire, quelques-uns des engagés, se divertirent fort de ce spectacle. Mais, comme toujours, dans les semaines qui suivirent, lorsqu'ils s'aperçurent qu'ils avaient en réalité endommagé un de leurs biens, leur fureur s'accrut. Puisque Brise-Galet devenait malhabile de ses mains, on le mit à tourner la meule qui écrasait les racines de manioc. Et comme il n'allait pas assez vite, son maître finit par l'ouvrir en deux d'un coup de hache entre les épaules. Jurant ensuite tous les blasphèmes de la chrétienté parce qu'il perdait cinquante ducats.

L'Olonnois assista à ce massacre, pétrifié, se maudissant en même temps de sa lâcheté. Il revoyait le regard rusé de Brise-Galet et se disait que le Normand, se croyant trop vite boucanier, n'avait pas été assez sournois. Que ne l'avait-il écouté lorsqu'il lui proposait de fuir ! Il se tenait toujours à son idée d'aller à la rencontre des Espagnols et de leur demander asile.

Parmi les engagés se trouvait un Biscayen dont il rechercha l'amitié. Les Basques, il connaissait. Ceux-ci accostaient si nombreux, avec leurs petits bateaux de pêche, dans le pays d'Olonne, que le village de La Chaume finit par devenir une cité basquaise. Il savait qu'ils parlaient une langue à eux, mais qu'ils s'expliquaient aussi en castillan. Le Biscayen était l'homme qu'il lui fallait.

Mais le Biscayen se méfiait. Lorsque l'Olonnois s'enhardit à lui confier son plan, il lui rétorqua qu'il redoutait beaucoup plus les Espagnols que les boucaniers. Néanmoins le Biscayen, malade, craignait de mourir du scorbut comme beaucoup d'engagés nourris seulement de vieille viande qui ne conservait plus que le goût du sel et qui assoiffait la langue. Il avait pourtant déjà tiré deux années, mais la troisième l'angoissait. C'était un petit homme noiraud qui, malgré sa décrépitude, pouvait avoir trente ans, avec des yeux d'un noir de velours que le contexte de la boucanerie rendait souffreteux et qu'en d'autres circonstances on eût trouvés fort séduisants.

Il finit, à contrecœur, par se rendre à l'avis de l'Olonnois. Car l'idée d'aller à la rencontre des Espagnols qui se considéraient toujours comme les maîtres de Saint-Domingue et de toutes les autres îles des Caraïbes, depuis que Christophe Colomb, cent cinquante ans auparavant en prit possession, lui paraissait absurde et suicidaire.

Les boucaniers qui vivaient à Saint-Domingue ne s'y incrustèrent que clandestinement et leur survie dans l'île ne tenait qu'à l'étendue de celle-ci et à leur faculté de savoir s'y cacher, peu nombreux, dans des régions hostiles. Les patrouilles de lanceros, qui cherchaient à débusquer leurs camps, craignaient la rapidité de tir de leurs longs fusils. On s'évitait donc, par une sorte de tacite convention.

Les battues de sangliers emmenaient les boucaniers fort loin de leur village, jusqu'à proximité de ces montagnes Noires où le gibier pullulait. L'Olonnois mit à profit une de ces expéditions pour s'enfuir avec le Biscayen. Ils coururent longtemps dans une forêt de grands acajous, traversèrent à la nage une rivière pour éventer les chiens au cas où l'on aurait lancé la meute à leur poursuite. Mais tout à l'excitation de leur carnage, les boucaniers ne s'apercevraient sans doute de leur absence qu'à leur retour au campement.

Pendant plusieurs jours, ils marchèrent vers l'est, se nourrissant en cours de route de bananes, de papayes, de figues. À ce régime, le Biscayen se portait mieux et perdait de sa mélancolie.

— Tu vois, lui disait l'Olonnois, avec les Espagnols on trouvera de nouveaux maîtres, pour sûr, mais ils ne seront pas pires que nos boucaniers.

Ils finirent par aller ainsi, confiants, à la rencontre des lanceros, comme à une partie de promenade.

Un matin, comme ils débouchaient d'un bois, ils

entendirent des piaffements et des hennissements. À travers les fourrés, ils distinguèrent des cavaliers tenant de longues piques qui faisaient boire leurs montures dans un ruisseau.

— Va leur parler, dit l'Olonnois.

Le Biscayen hésita, le regarda avec ses beaux yeux de velours qui lui donnaient à ce moment-là un air de chien battu.

— Tu connais leur langue, reprit l'Olonnois. Qu'attends-tu ? Ils ne resteront pas longtemps et nous perdrons notre chance.

Le Biscayen sortit à découvert et cria :

— *Amigos !*

Son appel se mua en hurlement de douleur. L'Olonnois l'aperçut tomber, vit les chevaux virevolter et les cavaliers sauter sur les selles. Le grondement des sabots sur le sol s'atténua peu à peu. L'Olonnois se retrouva seul, dans un grand silence.

Le Biscayen, basculé sur le dos, cloué en terre par une lance qui transperçait son corps, gardait les yeux ouverts. La matité du noir des pupilles était intacte et il semblait que le regard de velours, fixant l'Olonnois, exprimait à la fois la stupeur et la fatalité. Il crut l'entendre prononcer : « Je te le disais bien ! » Mais non, le Biscayen avait été tué sur le coup et seuls ses yeux parlaient.

3.

Les Arawaks

C'était donc vrai ! Les prêtres n'inventaient rien, comme on tendait un peu à les en soupçonner, lorsqu'ils décrivaient le paradis. L'enfer, soit, on connaissait. Mais ces lieux de délices, sans péché, sans honte, sans haine, sans rancœurs, sans effroi... C'était donc vrai ! L'Olonnois comprenait qu'il était mort et qu'il ressuscitait dans la splendeur du ciel. Ce ciel, il le découvrait très bleu, au-dessus de lui. Il faisait chaud, mais les palmes qui se balançaient en haut des arbres ressemblaient à l'agitation de la mer. Des hommes nus, très beaux, d'une couleur rouge surnaturelle, devisaient non loin de lui, accroupis. Des femmes passèrent qui portaient très droits leurs seins, comme des calebasses. Des enfants, nus aussi et tout rouges, jouaient avec de curieux oiseaux bleus, perchés sur leurs poignets.

Il referma les yeux sur cette vision bienheureuse et s'endormit. Lorsqu'il les rouvrit, quelques heures plus tard, un visage le regardait, cuivré telle une bassinoire, avec des cernes noirs peints sur les joues. Ses narines percées s'ornaient d'un petit anneau d'or. Son visage, lisse, ne montrait pas la moindre pilosité. Mais sa coiffure, sorte de longue crinière, venait sur son front. Il dit :

— Homme aux yeux bleus, sois le bienvenu chez tes frères Arawaks.

Il aida l'Olonnois à se relever et le conduisit vers une cabane rectangulaire faite de roseaux tressés. Un homme rouge en sortit, coiffé d'un cercle de bois planté de plumes

Le marin des sables

de perroquet. Tous les deux parlèrent dans une langue incompréhensible. Puis l'homme rouge qui l'avait éveillé prononça lentement, dans l'idiome de France :

— C'est notre cacique... notre capitaine... Il veut bien que tu restes parmi nous puisque tes yeux ont la couleur de la mer et du ciel... Je m'appelle Guacanaric... Tu te souviens de moi ?

L'Olonnois, stupéfait, ne répondit pas.

L'homme rouge, inquiet, reprit :

— Parle, que je sache si ta voix est celle de mon ami.

— Où suis-je ? demanda l'Olonnois. Et qui m'a mené ici ?

— Oui, mon cœur ne m'a pas trompé. Je me souviens de la manière d'agglutiner tes mots et pourtant voilà plus de vingt ans que je ne les avais entendus.

Des hommes et des femmes rouges les entouraient maintenant. Ils écoutaient leur dialogue avec une attention extrême, n'arrivant pas à comprendre comment leur semblable pouvait s'entretenir avec cet homme blanc. Des femmes s'enhardirent à lui palper les bras et la poitrine. Elles s'étonnaient de ces guenilles sales qui lui recouvraient le corps. D'autres lui tiraient la barbe. Sauf Guacanaric, aucun de ces Indiens n'avait jamais vu d'homme blanc. Alors qu'Espagnols et boucaniers croyaient qu'il n'existait plus aucun Indien à Saint-Domingue, par un hasard miraculeux l'Olonnois, dans sa fuite éperdue après la mort du Biscayen, était arrivé dans une région peu accessible, en bordure d'une côte hérissée de récifs. Là se dissimulaient, depuis plus d'une génération, les derniers survivants de ces Arawaks qui, à l'arrivée de Christophe Colomb, peuplaient l'île qu'ils appelaient la Grande Terre. Ils n'étaient plus qu'une cinquantaine, observant, insouciants, leurs coutumes millénaires, mais les plus heureux, certainement, parmi les insulaires.

Guacanaric apporta à l'Olonnois une grosse noix de

54

Le marin des sables

coco qu'il ouvrit avec un silex acéré et lui donna à boire le lait frais du fruit.

L'Olonnois croyait rêver. D'autant plus que Guacanaric continuait à lui tenir des propos étranges :

— Homme blanc, pourquoi as-tu abandonné ton frère pendant si longtemps ? J'ai tant prié les esprits pour que tu reviennes. Enfin, te voilà !

On entendait, tout près, le fracas de la mer sur des rochers. L'Olonnois aperçut des huttes rondes en contrebas d'une falaise, donc invisibles de la côte. Une épaisse forêt dissimulait le village vers l'intérieur de l'île. Comment avait-il bien pu arriver jusqu'ici ?

— Où m'as-tu trouvé ?

— Juste à l'endroit où tu me quittas jadis, quand les hommes blancs méchants, aux yeux noirs, massacrèrent les nôtres et les tiens. Mais pourquoi es-tu resté si longtemps dans le royaume des morts ? Quelles nouvelles nous apportes-tu ? Mon peuple retrouvera-t-il sa terre et ses ancêtres ? Resterons-nous cachés jusqu'à la fin des temps ?

L'Olonnois comprit que Guacanaric mélangeait passé et présent et qu'il le prenait pour un autre, connu autrefois, un Français sans doute, tué dans un combat contre les Espagnols, au milieu des Indiens. Il ne se souvenait plus de ce qui s'était passé entre la mort du Biscayen et cette étrange arrivée parmi les Peaux-Rouges. Guacanaric approchait sans doute de la vérité lorsqu'il lui disait qu'il revenait du pays des ombres. Peut-être était-ce le paradis, après tout. Ressusciter d'entre les morts... Oui, ce devait être ça !

Comme pour le lui confirmer, un groupe de jeunes femmes au beau corps lisse, seulement vêtues de bracelets de coquillages aux poignets et, au cou, de colliers d'ambre, en jacassant et en riant lui retirèrent ses haillons. Elles s'esclaffaient en le dénudant et en découvrant sa peau blanche. Pouffaient comme des petites filles.

Guacanaric s'éloigna.

Couvert de poux, écorché sans doute par des haies d'épines, tavelé d'ecchymoses et de blessures, la nudité pâle de l'Olonnois paraissait cadavérique auprès de la peau dorée de ses soigneuses. Toujours avec des gloussements et des rires, elles le roulèrent dans de la cendre pour le libérer des poux, puis le frictionnèrent avec un jus de plante, lui pansèrent ses plaies. Il se laissait faire dans une véritable béatitude. Avec une herbe coupante, elles lui rasèrent sa barbe hirsute, lui démêlèrent ses cheveux avec une arête de poisson et tentèrent vainement de les peigner à la manière de leurs hommes. Nu, parmi ces hommes et ces femmes nus, l'Olonnois ressentait une gêne. L'habitude de se couvrir le corps lui donnait l'impression de perdre sa peau. Il voyait bien que ces Indiens vivaient nus dans un état naturel, un état d'innocence, comme Adam et Ève au Paradis. Isolés du monde, oubliés des hommes et de Dieu, ils existaient en marge du péché et de la honte.

Les jeunes femmes, souples et félines, bondissaient autour de l'Olonnois, frappaient dans leurs mains en agitant leurs bracelets. Elles regardaient cette pâleur de l'homme debout, si gauche et maladroit dans son dépouillement qu'il en tremblait de froid. Et pourtant le soleil tapait dur dans cette clairière.

Insatisfaites de leur travail, les jeunes femmes se concertèrent, allèrent consulter le cacique emplumé dans sa case rectangulaire et revinrent avec une calebasse pleine d'un liquide rouge. S'y trempant les mains, elles en humectèrent tout le corps de l'Olonnois qui vira très vite à l'écarlate. Puis l'une d'elles prit un morceau de bois à demi consumé et, avec le charbon, traça des raies concentriques sur la poitrine de l'homme blanc devenu maintenant homme rouge.

Le marin des sables

Des Indiens, sortant de la forêt, arrivaient avec des oiseaux qu'ils avaient tués, suspendus à leur cou par des lianes. D'autres apportaient des fruits dans des paniers d'osier. Guacanaric leur présenta l'Olonnois dans une longue palabre. Ils regardaient le nouveau venu sans trop de surprise (mais il faut dire que, sans ressembler tout à fait à un Peau-Rouge, il devait être moins déconcertant pour eux que dans ses haillons de boucanier). On prépara le repas du soir. C'est-à-dire que les femmes jetèrent dans la braise les oiseaux sans les plumer ni les vider et tous s'assirent en rond, sur le sol, en attendant la cuisson. Ils n'utilisaient aucun ustensile de cuisine, pas de couteau ni de cuillère. Chacun se servait de ses doigts, déchiquetant les carcasses. Puis on mangea des fruits que l'Olonnois n'avait jamais vus, aux goûts étranges, crémeux et sucrés à la fois.

Le repas frugal vite terminé, chacun des hommes salua l'Olonnois d'un unique mot : « Haleatibou ! » Lorsqu'ils furent retirés dans leurs cases, une femme vint seule, lui graissa la tête d'huile de palmier, le regarda en riant aux éclats, lui prit la main, comme on fait à un petit enfant, et l'entraîna dans une hutte. La nuit tomba brusquement, comme à l'habitude aux tropiques. Aucune lumière n'éclairait le village. Pas la moindre torche, et le feu de bois avait été éteint sous les cendres. L'obscurité et le silence étaient absolus. Sinon, de temps en temps, le hurlement d'une bête dans la forêt auquel répondaient les cris stridents des aras. L'Olonnois sentait près de lui le corps chaud de l'Indienne qu'il ne pouvait voir. Puis les mains de la femme se répandirent sur sa peau, comme un baume. Une sensation de bien-être, oubliée, lui donna des frissons. Depuis son départ de La Rochelle, à part quelques Négresses entrevues sur les quais de la Martinique et de la Guadeloupe, les femmes avaient disparu de son univers. Aussi bien sur le bateau que parmi les boucaniers, elles n'existaient plus. Et il discernait mieux,

Le marin des sables

maintenant qu'il retrouvait la tendresse et la sensualité féminines, pourquoi ces hommes sans femmes se montraient si durs, si violents, si insensibles. Pas seulement par cette absence d'épouses, mais plus encore parce que privés de mères, de sœurs, de filles. L'Indienne lui parlait, mais il ne comprenait pas. Elle chuchotait quelque chose. Il se rappela la douceur des baisers échangés avec les paludières dans les sables des dunes. Ses lèvres cherchèrent le visage de l'Indienne, puis sa bouche. Elle se dégagea en riant, préférant la sensation du nez frotté contre le nez. Mais à part ça, les gestes de l'amour étaient les mêmes, cette lente coulée vers l'ivresse des sens et l'embrasement des orgasmes.

Dès les premières lueurs du jour l'Olonnois fut réveillé par sa compagne qui, faute de pouvoir se faire comprendre, le prit de nouveau par la main et l'entraîna dans la forêt jusqu'au bord d'une rivière où toute une partie des habitants du village se baignaient en s'aspergeant et en riant. Lorsqu'ils revinrent au campement, des Indiens assis en rond autour d'un grand feu se parlaient avec vivacité et force gestes. L'un d'eux jouait une musique étrange, hululante et stridente, avec une flûte de Pan. Un autre s'épilait en s'arrachant un à un les poils du visage.

Guacanaric s'enroula autour du corps une longue corde faite de végétaux tressés et invita l'Olonnois à le suivre, en lui demandant de porter un grand panier.

Ils arrivèrent en haut des falaises. La mer se jetait avec furie contre les rochers, faisant jaillir très haut des flots d'écume. L'Olonnois se sentit tout ragaillardi. L'étendue d'eau, immense, le rassurait et ce grondement des vagues qui vient comme du fond de l'abîme.

Le marin des sables

— Maintenant Caona est heureuse, lui dit Guacanaric. Les dieux lui avaient pris son homme et ils lui ont rendu.

L'Olonnois s'aperçut que Guacanaric mélangeait toujours les temps ou plutôt que, pour lui, la notion de temps n'existait pas, ni celle de vie ni celle de mort. On disparaissait un jour et on réapparaissait. On perdait un ami, ou un mari, et on le retrouvait un beau jour, un peu différent, mais le monde des esprits est si plein de malices...

— Elle s'appelle Caona ?

— Oui, dans ta langue Caona se traduit par... je ne me souviens plus. Regarde l'anneau de mon nez. Comment dites-vous ?

— En or.

— Oui. Ah ! c'est un nom maudit ! On ne le prononce plus. Sauf pour elle, qui garde ce nom. Autrefois, l'or était chose sacrée pour notre peuple. Une fois l'an nos caciques se recouvraient de sa poudre, de la tête aux pieds. Pendant toute une journée ils s'imprégnaient de ce métal que les dieux nous offraient dans les montagnes. Et ils devenaient statues d'or. Le soir, on les portait sur une litière, jusqu'au prochain lac, et ils se baignaient longtemps, jusqu'à ce que toutes les paillettes se dissolvent dans l'eau fraîche. L'or était rendu aux dieux. L'or n'était pas notre Dieu. Seulement un reflet de Dieu. Mais les premiers hommes blancs, aux yeux noirs, couverts de cuirasses comme des tortues et qui savaient apprivoiser la foudre, identifièrent l'or avec Dieu lui-même. Et ils voulurent s'approprier Dieu. Quand le cacique de la Grande Terre, du temps où notre peuple vivait selon ses lois, comprit que les Blancs devenaient méchants parce que le poison de l'or les infectait, qu'ils oubliaient de s'en purifier dans les lacs, mais voulaient au contraire enfermer l'or dans les ventres de leurs bateaux, il fit jeter dans la mer tous nos colliers, nos bracelets, nos objets et même

Le marin des sables

les figurines de nos dieux coulées dans le métal que nous offrait la montagne. Il pensait qu'ainsi les hommes blancs venus de l'est des mers seraient guéris. Mais ils mirent notre cacique sur un bûcher et le brûlèrent en l'accusant d'être un diable. Puis ils massacrèrent notre peuple, écrêtèrent nos montagnes pour en arracher les pépites et partirent avec leurs navires chargés d'or, nous laissant dans l'affliction.

— Ils ne sont pas partis tout à fait, dit l'Olonnois. Ils possèdent des petits chevaux qui courent très vite et ils vous tueront. Pour t'arracher ce petit anneau de ton nez, ils n'hésiteront pas à te transpercer d'un coup de lance.

L'Olonnois se souvint alors avec une certaine terreur que, dans le village, il n'avait vu ni fusil, ni arc, ni flèches. Comment les derniers Arawaks se défendraient-ils si les Espagnols ou les boucaniers les découvraient par hasard, ce qui, finalement, ne manquerait pas d'arriver ? Il reprit :

— Ils vous tueront si vous ne les tuez pas avant. Ils ne doivent pas être bien nombreux. J'ai chassé dans cette île. Elle m'a paru déserte.

— Nous avons cassé nos arcs et jeté nos flèches, dit Guacanaric. A quoi bon les garder ? Notre propre histoire nous raconte depuis si longtemps que nos armes ne peuvent rien contre le mensonge et le parjure. Mais toi tu es mon frère retrouvé. Viens, nous allons chasser sans armes. Qu'en avons-nous besoin ? Nos dieux nous donnent chaque jour de quoi nous nourrir. Il suffit de plonger dans la mer ou de grimper aux arbres.

Ils marchèrent longtemps, sur la crête de la falaise. Puis ils aperçurent une petite crique, avec une plage minuscule. Guacanaric accrocha sa corde à un rocher et tous les deux se laissèrent glisser jusqu'à proximité des vagues. De grosses tortues dormaient dans le sable. Guacanaric les retourna prestement le ventre en l'air. Puis il frappa deux galets l'un contre l'autre, les fit

Le marin des sables

éclater et se servit de la cassure de la pierre comme d'un couteau pour arracher aux carapaces la chair visqueuse et filamenteuse. Jetées dans le panier que portait l'Olonnois, les tortues informes furent montées en haut de la falaise.

À leur retour au village, les femmes et quelques hommes qui se trouvaient là poussèrent des exclamations de plaisir en voyant les tortues. Caona mordit l'épaule de l'Olonnois avec tant de brusquerie et si profondément qu'il poussa un cri de douleur.

— Caona très contente, dit Guacanaric.

On mit les prises à cuire à feu lent, sur la cendre. Quelques femmes tressaient des joncs pour confectionner des paniers. D'autres peignaient les longues chevelures de leurs hommes ou leur teignaient le corps avec cette peinture ocre qu'ils appelaient *roucou*.

La viande cuite, Guacanaric invita l'Olonnois à venir s'accroupir près du feu. Caona et quelques-unes des femmes, quelques-uns des hommes aussi, les rejoignirent. L'Olonnois devait s'apercevoir que les Indiens ne mangeaient aucunement à heures fixes, mais seulement quand ils en avaient envie et jamais tous ensemble. Les ventres des tortues furent coupés en tranches avec un silex et assaisonnés d'une sauce faite d'arêtes de poisson pilées mélangées à du piment. À son grand étonnement, l'Olonnois trouva succulents les intestins, particulièrement appréciés des convives, et les pattes, elles-mêmes, délicieuses.

Ainsi s'écoulèrent des jours heureux, tous semblables, sous un ciel perpétuellement bleu. La mer et la forêt donnaient aux Indiens tout le nécessaire pour leur vie frugale. Et même le superflu. Alors qu'à l'autre bout de

Le marin des sables

l'île les boucaniers et leurs engagés se tuaient à la tâche, eux ne consacraient qu'une ou deux heures par jour à ce que l'on aurait pu appeler travail (la pêche, la chasse, le tressage des paniers, la préparation des repas) et qu'ils assumaient comme un divertissement. Habitué à une suractivité depuis l'enfance, l'Olonnois errait la plupart du temps dans le campement comme une âme en peine. Et cette expression, en l'occurrence, prenait son vrai sens.

Car lorsqu'il voyait Guacanaric, comme les autres hommes du village, rester assis sur la pointe d'un roc, ou tout en haut de la falaise, des demi-journées entières, sans rien faire, sans rien dire, immobile, les yeux fixant la mer ou la forêt, il ne pouvait s'empêcher d'aller et venir, de tourner en rond, de se morfondre, ce qui mettait les femmes en grande gaieté. Elles l'imitaient, allaient et venaient elles aussi, tournaient en rond et, finalement, improvisaient une danse dans laquelle elles l'entraînaient.

Guacanaric lui disait :

— Mon frère est tourmenté par le mauvais esprit des Blancs. Je te vois bouger d'un lieu à un autre sans avancer de chemin. Le mauvais esprit des Blancs t'éloigne de ton frère Guacanaric. Il te fait regarder au-delà des mers alors que c'est au fond de toi que tu dois lire ton destin.

En réalité, l'Olonnois se trouvait fort bien dans cette tribu heureuse, bien moins sauvage que les boucaniers, moins suspecte même de sauvagerie que les indigènes du Bas-Poitou qui, depuis plus de cent ans, prenaient comme un malin plaisir à s'étriper au nom du même Dieu. Et c'est le souvenir de toute cette violence accumulée, de toute cette violence que le jeune homme voulait fuir et qu'il retrouvait, amplifiée, chez les boucaniers, qui l'obsédait. Cette terre des délices du cœur vers laquelle il s'embarqua, la voilà. Il la touchait. Il était dedans. Tous ces hommes et ces femmes, dans leur nudité originelle,

Le marin des sables

exprimaient un état d'innocence évident. Ces sauvages n'étaient sauvages que de nom, comme ces plantes et ces fruits que la nature produisait en abondance, sans aucune culture, dans les bois et les prairies d'alentour. Mais, comme il connaissait l'agressivité de ses semblables, l'insouciance et le fatalisme des Indiens le paniquaient. Les Blancs emportaient avec eux, au-delà de l'Océan, toute leur violence, toute leur tyrannie et ils se disputaient maintenant ces îles, en y plantant des croix et des drapeaux pour les marquer de leurs sceaux, comme les baleiniers plantent leurs harpons dans le corps indompté des baleines.

L'Olonnois ne pouvait s'empêcher de concevoir des plans, d'imaginer la construction d'un fortin. Les Indiens, si habiles à tresser des paniers aux mailles si serrées que l'eau ne les traversait pas, se reconstitueraient aisément un armement d'arcs, de flèches, de lances, de haches avec des galets tranchants. Il échafaudait des manœuvres, des pièges, des stratagèmes. Finalement Caona venait le prendre par la main, riant aux éclats de le voir si agité, et l'entraînait dans leur hutte.

Ils ne se parlaient pas, sauf quelques mots que chacun apprenait dans la langue de l'autre. Seule Caona faisait oublier à l'Olonnois la précarité de son refuge. Caona était petite, ronde et souple comme une chatte. Sa sensualité de sauvageonne, son absence de tout préjugé et de toute convention, surprenaient l'Olonnois qui se sentait bien fruste. Elle avait la même liberté dans l'amour que dans la manière de marcher nue. Elle ignorait qu'il existât un péché originel. Elle ne connaissait rien et ne ressentait aucune envie de savoir quoi que ce soit, sinon de faire vibrer le corps de son amant sous ses caresses. Elle était fantasque, imprévisible. Parfois elle retenait l'Olonnois toute la journée dans leur hutte, sur la douce litière des feuilles de bananier, et le jeune homme s'inquiétait de ce que Guacanaric pouvait avoir besoin de

Le marin des sables

son aide. Mais jamais Guacanaric ne s'étonnait de rien. Parfois, au milieu des autres femmes, elle paraissait ne pas le voir, même ne pas le connaître. Parce que le moment des jeux et des rires était venu, qu'elles dansaient entre elles, ou se paraient avec de grands colliers de dents de fauves. Elles se passaient de larges bracelets échancrés qu'elles se glissaient dans le gras du bras, près de l'épaule, et aux mollets. Elles chantaient, elles dansaient. Un homme arrivait avec un sifflet en os et modulait un air. Les enfants accouraient, battaient des mains, se lançaient dans de folles cabrioles. Et pendant ce temps-là personne ne surveillait le campement. Aucune sentinelle n'épiait l'approche d'un ennemi. L'Olonnois ne pouvait s'empêcher de faire le guet, tout en admettant qu'il ne disposerait d'aucun moyen de défense. L'angoisse le gagnait. Et la peur.

Puis la quiétude des jours écrasés de chaleur, la facilité de cette existence paradisiaque, l'amour de Caona, l'amitié de Guacanaric, la saveur des fruits, l'étrangeté des mets, le reprenaient dans leur douceur. Il n'oubliait qu'à demi, mais parfois il oubliait presque la violence de sa race. Il se laissait glisser voluptueusement dans la vie sauvage. Et, tels les hommes de la tribu lorsqu'ils ne savaient quoi faire, s'endormait comme un bienheureux, dans l'éternel été.

Combien de temps l'Olonnois vécut-il ainsi ? Qui aurait pu le dire puisque la notion du temps n'existait plus ! Assez toutefois pour que son anxiété s'émousse. Guacanaric se réjouissait de le voir moins agité. Ils allaient parfois à la pêche ou à la chasse, très loin. La faculté d'orientation de Guacanaric était extraordinaire. Ils traversaient des forêts, des savanes, des marécages, et revenaient en ne suivant que des traces de bêtes sauvages qui, par de curieux hasards, les ramenaient toujours au campement. L'Olonnois n'était pas loin de penser que se cachait quelque sorcellerie là-dessous. Il savait que les

64

Le marin des sables

hommes de la tribu se relevaient parfois la nuit et s'enfonçaient dans la forêt opaque, sans lumière. On ne l'avait jamais convié à ces sorties nocturnes. Une fois qu'il s'était réveillé en sursaut, entendant des bruits de feuilles froissées et de branches brisées, soudain ressaisi par la peur, Caona lui fit comprendre que les hommes partaient consulter les dieux et qu'il devait dormir, sinon les dieux, gênés par la présence d'un Blanc, risquaient de ne pas apparaître.

Car bien que recouvert de roucou et devenu écarlate comme les autres hommes et bien que Caona s'appliquât à dessiner sur son torse, avec des bois charbonneux, des cercles concentriques, il voyait bien qu'il restait l'homme blanc auquel tous les mystères des hommes rouges ne pouvaient être révélés.

Pour leurs chasses, Guacanaric n'emportait rien d'autre qu'un filet. Arrivé à l'endroit qu'il jugeait propice, il cassait une branche, s'en faisait un gourdin, et s'approchait si subrepticement des oiseaux ou des iguanes, qu'il les assommait d'un seul coup de bâton. Puis il jetait cette arme improvisée, puisqu'il n'en avait plus besoin. Les perroquets étaient délicieux, surtout à la saison des goyaves, et les iguanes, cuits dans un vase de terre confectionné spécialement à la dimension de l'animal, particulièrement délectables. Guacanaric rapportait aussi des œufs de caïman, de la grosseur de ceux d'un pigeon, que l'Olonnois trouvait meilleurs que ceux des poules.

Car non seulement ces sauvages lui apprenaient la douceur de vivre, non seulement Caona lui révélait les subtilités de l'amour, mais encore il se surprenait à savourer tous ces mets étranges. Il ne savait pas, auparavant, ce qu'était la gourmandise. Au pays d'Olonne, il fallait sans cesse gratter la terre, remuer le sable et le sel qui brûlaient les récoltes. On arrachait la nourriture aux

65

intempéries. On se nourrissait de racines, de soupes claires, de bouillie de gruau, de pain dur. Sans plaisir.

Ah! l'Olonnois ne se trompait pas lorsqu'il rêvait, sur la corniche du puits d'Enfer, de cette terre des délices du cœur au-delà de l'Océan! Il l'avait trouvée, toute petite et fragile. Mais, puisque celle-ci existait, elle ne devait pas être la seule. Interrogé à ce sujet, Guacanaric répondit qu'avant l'arrivée des hommes blancs méchants aux yeux noirs toutes les terres des hommes rouges étaient bénies des dieux et que, plus à l'ouest, un grand peuple guidé par le plus grand des dieux, le Serpent à plumes, possédait un royaume immense. Plus à l'ouest? Toujours plus à l'ouest...

— Est-ce que là, enfin, le soleil ne se couche jamais? demanda l'Olonnois. Est-ce la fin de la Terre?

— Ce n'est pas la fin de la Terre, répondit Guacanaric, mais son commencement. Le Soleil et la Lune s'y marient et il en naît un dieu qui est notre grand roi.

Peu à peu l'Olonnois perdit lui aussi la notion du temps. Seule la saison des pluies, avec ses cataractes qui inondaient le village transformé en marécage, lui indiquait qu'une année s'était écoulée. Les Indiens, loin de se désoler de ce déluge qui transperçait les huttes, sortaient sous les averses et dansaient en pataugeant dans l'eau, avec de grands rires. Le tonnerre, par contre, les affligeait. Ils courbaient la tête sous l'orage, se lamentaient en geignant, restaient prostrés le long de la falaise, persuadés qu'ils encouraient la colère des dieux. Puis le beau temps revenait et ils oubliaient aussitôt ce mauvais passage. Ils remerciaient le dieu des Pluies d'avoir lavé le ciel, abreuvé les plantes, rafraîchi l'eau des sources. Tout, ou presque, leur était prétexte à bénédiction.

Le marin des sables

C'est évidemment à ce moment où l'Olonnois commençait à se laisser gagner par l'indolence des Arawaks que le malheur survint tel un éclair qui, dans la moiteur de l'été, déchire et embrase le ciel.

Au retour d'une de leurs longues randonnées de chasse, l'Olonnois et Guacanaric, en approchant du village, furent surpris par un grand silence. À tel point que l'Olonnois crut que cette clairière, qu'ils apercevaient à travers la végétation luxuriante des bananiers et des cocotiers, n'était pas la bonne. Mais Guacanaric, mettant précipitamment sa main sur la bouche de l'homme blanc, l'empêcha de parler. Ils s'avancèrent prudemment et, là, l'horreur apparut. Sur le terre-plein qui servait aux repas et aux danses gisaient les corps mutilés des hommes, des femmes et des enfants de la tribu. À l'ocre du roucou se mêlaient les longues coulées rouges du sang. Le vieux chef à la tête emplumée, transpercé par une lance, restait debout, cloué contre la paroi de sa case. Les lanceros espagnols venaient de passer.

L'Olonnois cherchait Caona parmi les cadavres. Il la trouva, souillée, le ventre déchiré. Il prit dans ses mains ce visage si tendre, défiguré par la terreur et la souffrance, passa lentement ses mains sur ce corps aimé qui ne vibrait plus sous ses doigts, froid et lisse comme un galet. Dans un grand cri il s'abattit sur ce corps inerte, le serra dans ses bras, comme s'il voulait rejoindre Caona dans le royaume des ombres, comme s'il voulait passer avec elle derrière le miroir des apparences. Il lui semblait que sa poitrine allait éclater, que son cœur allait bondir hors de sa cage de côtes. Puis il y eut en lui un effondrement. Une impression étrange, oubliée depuis sa petite enfance, le soulagea soudain. Les larmes de l'Olonnois mouillaient le visage de Caona, lui redonnaient un peu de chaleur. Il embrassait ces lèvres sans vie, sanglotant comme jadis, au

Le marin des sables

pays d'Olonne, devant le cadavre de sa mère, tuée par les soldats du roi.

Lorsqu'il se releva, Guacanaric le regardait avec des yeux si violents que l'Olonnois esquissa un mouvement de défense. Mais cet éclair passa très vite et le regard de l'Indien retrouva sa douceur fataliste. L'Olonnois comprit que, pendant un bref instant, Guacanaric l'avait identifié aux hommes blancs bourreaux de son peuple. Il s'avança vers lui, les mains ouvertes.

— Je n'oublierai jamais, Guacanaric. Je n'oublierai jamais ce qu'ils ont fait. Je n'oublierai jamais Caona. Ma haine est si forte qu'un jour, tu verras, nous vengerons ensemble les morts de ta tribu.

4.

La flibuste

L 'Olonnois et Guacanaric errèrent longtemps dans les forêts et les savanes. Mais toujours ils revenaient vers la mer, comme face à une porte sur laquelle ils butaient, une porte qui se dérobait, immatérielle, sans commencement ni fin. Pourtant leur salut ne pouvait s'accomplir qu'en fuyant cette île où ils risquaient sans cesse de rencontrer les lanceros espagnols ou les boucaniers français, soit la mort ou l'esclavage.

Guacanaric se décida à construire une pirogue, en creusant au feu un gros tronc d'acajou abattu par la foudre. S'aidant de pierres brisées, acérées comme des lames de hache, les deux fugitifs modelèrent la coque, relevant en pointe les deux extrémités pour éviter d'embarquer l'eau jaillissant de l'étrave. Puis, ayant improvisé des pagaies, ils sautèrent dans l'embarcation et filèrent au large.

Guacanaric savait rejoindre au nord une petite île qu'il croyait déserte et qu'il appelait la Tortue. Par prudence, ils contournèrent néanmoins les plages du sud, facilement accessibles, pour accoster sur la face nord, hérissée de falaises, en se glissant entre les bancs de roches battues par le vent où les vagues se fracassaient avec une telle violence qu'elles rejaillissaient en jets très hauts, comme des geysers. Ils n'avaient pas fait vingt pas sur la Tortue qu'ils se trouvèrent nez à nez avec un groupe d'hommes. L'Olonnois reconnut avec découragement des bouca-niers.

Ces boucaniers se montraient eux aussi très surpris de

Le marin des sables

cette rencontre. Ils regardaient avec étonnement ces deux hommes nus, ruisselant d'eau, qui émergeaient d'une falaise réputée inaccessible. Comme ils avaient perdu leur teinture rouge, ils ne les identifiaient pas à des Indiens, mais à des sauvages d'une race inconnue, peut-être marine.

— Morbleu! dit l'un d'eux. On n'a jamais vu des poissons de ce gabarit.

L'Olonnois, en entendant parler français, expliqua qu'ils étaient des marins naufragés.

— D'où venez-vous?

— De La Rochelle.

Les boucaniers les observaient, tournaient autour d'eux, comme des maquignons observant du bétail sur une foire.

— C'est pas un chrétien, celui-là, dit un autre en examinant Guacanaric.

— Si, dit l'Olonnois. C'est un Indien, d'accord, mais il parle notre langue et c'était un fameux matelot sur notre bateau. Vous l'auriez vu dans les haubans!

— Cause, dit l'homme à Guacanaric.

Au grand étonnement de l'Olonnois, Guacanaric se jeta aux pieds du boucanier et, à genoux, lui baisa les mains.

— Tu es un tigre des mers. Les Espagnols te redoutent comme la foudre. Accorde-nous de monter sur ton bateau et tu verras la force de la haine qui nous habite.

L'Olonnois ne comprenait pas. Il regardait ce groupe d'hommes qu'il avait pris pour des boucaniers, avec leurs fusils au long canon à l'épaule, leurs barbes hirsutes, leurs chemises passées comme des blouses sur des hauts-de-chausses étriqués. Celui qui les interrogeait marchait de biais, le torse de travers, et l'Olonnois se demandait bien pourquoi Guacanaric l'appelait « tigre des mers » avec tant d'enthousiasme.

— Pour avoir réussi à aborder sur la côte de Fer, vous

72

Le marin des sables

êtes de fameux marins. On ne sera pas trop nombreux lors de notre prochaine chasse-partie. Qu'en dis-tu, François-le-Tordu ? On les emmène ?

— J'ai vu arriver beaucoup de gueux à la Tortue, répondit-il. Mais jamais culs-nus comme ceux-là. Tant mieux, il leur faudra tout arracher aux Espagnols, même leurs culottes.

C'est ainsi que l'Olonnois et Guacanaric devinrent flibustiers.

Leurs compagnons de rencontre n'étaient en effet pas des boucaniers, mais des coureurs de l'Océan, terreur des Espagnols dont ils harponnaient les navires. Ou, plus précisément, il s'agissait d'anciens boucaniers de Saint-Domingue que les Espagnols avaient fini par rejeter à la mer et qui se réfugièrent dans l'île désertée de la Tortue. Quelques dizaines seulement d'abord, puis le flux grossit de tous les rejetés des Caraïbes. Pendant que l'Olonnois vivait des jours heureux avec les derniers Arawaks, les lanceros espagnols pourchassaient âprement les boucaniers français de Saint-Domingue, décimant les bœufs et les sangliers, ravageant les cultures de tabac et de manioc. Ruinés, affamés, beaucoup d'entre eux regagnèrent la France, via la Guadeloupe. Ceux qui s'obstinèrent se fixèrent à la Tortue.

Le mensonge de l'Olonnois avait réussi. Mais il craignait néanmoins de retrouver à la Tortue son ancien maître. Pour l'instant, vêtu de chausses trouées et d'une casaque, il aidait ses nouveaux compagnons à préparer la chaloupe à deux mâts rabattables qui les emporterait bientôt dans une expédition de piraterie. Il savait coudre les voiles, nouer les cordages. On ne le soupçonna donc

73

Le marin des sables

pas d'imposture. Quant à Guacanaric qui, toute sa vie, n'avait usé du moindre vêtement, il portait les nippes de la flibuste avec une parfaite aisance. Et il démontrait aux flibustiers que les filaments des noix de coco calfeutraient beaucoup mieux que l'étoupe les fentes du canot.

L'embarcation rafistolée, quinze hommes se serrèrent dans la coque. Les voiles hissées en ciseaux, le bateau fila rapidement au large.

C'est François-le-Tordu qui tenait la barre. L'Olonnois apprit que leur chef avait eu l'épaule défoncée par un coup de lance des cavaliers espagnols à Saint-Domingue et que, depuis, marchant tordu, il hérita de ce nom. Le canot était bourré d'armes. Non seulement les fusils de boucaniers, mais chaque homme portait à la ceinture un ou deux pistolets, un sabre ou un coutelas. Guacanaric examina attentivement les armes à feu, les sentit et, à l'odeur de poudre, les rejeta brutalement.

— Quoi ? Qu'est-ce qui lui prend à ce sauvage ? s'exclama François-le-Tordu. On dirait qu'il n'a jamais vu une arme !

Guacanaric se saisit d'un sabre, et s'assura du tranchant de la lame.

— Avec ça, couper les têtes !

— A la bonne heure, dit un des flibustiers. Voilà qui est parler !

La chaloupe non pontée, sans doute épave d'un baleinier récupéré on ne sait où par ces marauds, tenait mal la mer. La moitié de l'équipage passait son temps à écoper. Au premier coup de vent, l'une des voiles se déchira. L'Olonnois, qui voulait affirmer sa qualité de marin, se précipita pour carguer la toile. Mais nul ne semblait prêter attention à cet accroc, l'état minable du bateau les ayant sans doute habitués à toutes les avaries. Pour briser la crête déferlante des vagues qui, à chaque fois, inondait la coque, François-le-Tordu prit la cape. Le navire dériva dans son remous.

74

Le marin des sables

Pendant quelques milles, des dauphins les accompagnèrent comme s'ils voulaient, par dérision, faire escorte à une aussi misérable barque. Ils semblaient caracoler, sautant avec grâce au-dessus des flots, superbes chevaux marins dont la vigueur et l'élégance rendaient encore plus miteuse l'embarcation des hommes. Puis ils disparurent brusquement, cependant qu'un point noir, qui apparaissait à l'horizon, retenait l'attention des flibustiers.

— Navire par bâbord !

L'équipage suppléait les défauts des voiles, en manœuvrant la chaloupe à la rame.

— Allez, les gars, cria François-le-Tordu, souquez dur. Y a plein de pièces-de-huit dans la bedaine du rafiot !

Le navire, peu à peu, grossissait. On distinguait maintenant très bien ses hauts mâts et ses voiles gonflées. Puis on put déchiffrer son pavillon aux trois bandes horizontales : rouge, blanche et jaune.

— C'est un espagnol, cria l'un des flibustiers.

— Oui, répliqua avec dépit François-le-Tordu, mais regardez l'aigle noir entouré de l'ordre de la Toison d'or. C'est un galion, mes agneaux... un galion chargé d'or. Il y a plus d'or dans cette baleine que dans tous les tabernacles des églises de France, plus d'or que vous n'en verrez jamais.

L'excitation était à son comble dans la chaloupe. Les hommes se tenaient tous debout, si agités qu'ils risquaient de la faire chavirer. Le galion se rapprochait. On voyait dans les haubans les marins espagnols qui observaient, méfiants, la misérable barque s'avançant vers eux. Les sabords s'ouvrirent, les gueules des canons apparurent et le galion cracha deux boulets qui vinrent tomber tout près de la chaloupe.

— Enfer et damnation, s'écria avec rage François-le-Tordu, la prise est trop belle pour nous. Ça va encore nous passer sous le nez !

Le marin des sables

Le galion s'éloignait, sans plus s'occuper des flibustiers.

Dans la chaloupe, consterné, personne ne ramait plus. L'embarcation dérivait. L'Olonnois s'acharnait à essayer de recoudre la voile déchirée. Mais ses compagnons se moquaient de ses efforts :

— Si tu crois qu'on va rattraper le galion avec ta voile pourrie !

Finalement, François-le-Tordu mit le cap sur l'île de Cuba où ils allèrent piller les villages espagnols de la côte, bourrant à ras bord la chaloupe de sacs de tabac et de manioc, plus quelques cochons qu'ils comptaient voir proliférer à la Tortue. Mais ils eurent beau torturer les colons, ils n'arrivèrent pas à leur faire cracher un réal. Si bien que, à défaut d'or espagnol, entassés à leur retour sur leurs rapines, ils guignaient l'anneau qui brillait dans le nez de Guacanaric. L'Indien était resté plutôt apathique lors de cette expédition. Alors que, pour la première fois de sa vie, il tenait à sa merci des Espagnols et pouvait en toute impunité exercer sur eux sa vengeance, il se contenta de les regarder avec mépris. Voyant quelle convoitise suscitait son anneau d'or, une fois revenu au port il l'apporta, brisé, à François-le-Tordu. À la place, il s'était glissé entre les narines une belle plume rouge de perroquet.

— L'or a fait le malheur de mon peuple, dit-il. Je te le donne. Mais tu devrais le jeter à la mer.

François-le-Tordu ricana et mit l'anneau dans sa poche. Le soir, une violente dispute éclata entre les flibustiers qui accusaient le Tordu de conserver le bijou pour lui seul. Finalement, ils jouèrent aux dés pour savoir qui en hériterait et Belle-Tête le gagna.

Vraisemblablement, Belle-Tête reçut ce nom en un temps lointain où il était encore beau gosse. Mais, pour l'heure, son visage raviné, mangé de barbe, son nez camus, son œil borgne ne justifiaient guère son patro-

nyme. Ou bien peut-être le lui donna-t-on par dérision.
L'Olonnois réprimait l'impatience et la colère qui l'agi-
taient en voyant l'attitude de ces forbans minables parmi
lesquels les hasards du sort le conduisirent. Mais sans
doute l'accueillirent-ils sans histoire parmi eux parce que
minables. Toutefois, plus il les fréquentait, plus ils
l'écœuraient. Il reconnaissait en eux les boucaniers
sordides de Saint-Domingue. S'attaquer à de pauvres
paysans espagnols sans défense était facile et les torturer,
sans risque. Il remarquait le mépris de Guacanaric et le
partageait. Lui-même, malgré la haine ressentie envers
ceux qui tuèrent le pauvre Biscayen les appelant « amigos » et plus encore envers les assassins de Caona, resta
en retrait pendant le saccage des villages cubains. Belle-
Tête lui répugnait tout particulièrement. Ne se vantait-il
pas d'avoir assommé trois cents engagés, du temps où il
était boucanier?

L'Olonnois plaisanta Guacanaric pour la manière dont
il nommait avec tant de vénération François-le-Tordu
tigre des mers.

— Il y a de grands tigres et de petits tigres, répondit
l'Indien. Quand tu es mordu, tu ne te soucies pas de
savoir quelle est la grosseur du tigre. Tu ne connais que la
grosseur de sa dent.

François-le-Tordu et ses compagnons montraient en
effet de grosses dents, mais dans une mâchoire minuscule.
Ils rêvaient tous de la belle prise qui leur permettrait de
rentrer dans le vieux pays les poches pleines d'or. Belle-
Tête disait trimer depuis quinze ans aux Îles pour que
son fils, laissé en Picardie, puisse rouler carrosse. Ces
aventuriers n'avaient pour idéal que de vivre en rentiers.

L'Olonnois se sentait d'une autre trempe. Mais son
affiliation à cette bande de vauriens lui permettait
d'observer, d'attendre le bon moment, de mieux connaître et la mer et les Îles.

77

Le marin des sables

La bande de François-le-Tordu n'était pas la seule à la Tortue. L'île, bien petite (deux lieues de large sur dix-sept de long), intéressait néanmoins le royaume de France qui crut bon d'y reconnaître un lieutenant faisant office de gouverneur. La Tortue s'enorgueillissait même d'une capitale, Basse-Terre, où logeait ce pseudo-gouverneur dans un fortin flanqué de deux canons. Basse-Terre ne regroupait que deux cents habitants, mais offrait vingt cabarets et autant d'échoppes. Les plus vieux flibustiers, comme les plus vieux boucaniers, affirmaient que les cabaretiers se trouvaient déjà là lorsqu'ils arrivèrent sur l'île et qu'ils devaient même y avoir accueilli Christophe Colomb. Toujours est-il que l'or enlevé aux vaisseaux espagnols transitait toujours par les estaminets de Basse-Terre, où il disparaissait mystérieusement.

La côte accessible de la Tortue était tournée vers Saint-Domingue. Le chenal, entre les deux îles, couvert du vent du nord par la Tortue elle-même, permettait une traversée rapide au milieu des barrières de coraux. Si bien que les boucaniers continuaient à aller chasser bœufs et sangliers à Saint-Domingue, dont ils ramenaient les peaux à Basse-Terre.

La Tortue constituait, grâce à ses flibustiers encouragés par le lieutenant-gouverneur, un bastion permettant d'affirmer la présence française aux Caraïbes. De même, le Royaume-Uni approuvait les flibustiers anglais qui tenaient l'île de la Jamaïque. Seuls ces larrons des mers, français et anglais, empêchaient que la totalité de l'Amérique ne tombe entre les mains des Espagnols qui s'appropriaient ces terres sous le vain prétexte que Christophe Colomb les avait soi-disant découvertes.

Il est vrai que le pape Alexandre VI, considérant

Le marin des sables

qu'une grâce spéciale divine lui permettait de disposer de toutes les terres païennes, avait tracé à travers l'Atlantique une ligne accordant tous les territoires de l'Ouest aux Espagnols et tous ceux de l'Est aux Portugais :

« Dans la plénitude de notre puissance apostolique, nous donnons toutes ces îles et terres nouvellement découvertes, pourvu qu'elles n'appartiennent encore à aucun roi chrétien, à vous et à vos héritiers et nous défendons à tous autres, à peine d'excommunication, de s'y rendre et d'y faire commerce sans votre permission. »

Le pape Alexandre VI, de son vrai nom Rodrigo Borgia, lui-même espagnol, oubliait la fille aînée de l'Église ; qui ne s'en laissa pas conter. Mais qui osait braver l'excommunication, sinon des protestants dieppois et rochelais, des Basques, des puritains écossais, quelques cadets de Normandie et des Flandres, des Picards qui se croyaient une revanche à prendre sur les Castillans, des Irlandais que l'on appelait des Hibernois, des Poitevins excédés par les interminables guerres de Religion et des marins déserteurs des navires royaux ?

De François Ier à Louis XIV, sur des dogres minuscules, des lougres, des yoles, des flûtes de commerce, ces corsaires improvisés vont tenir tête à la formidable Armada, qu'ils harcèleront comme des moustiques autour d'un éléphant. Si loin de France qu'ils en oublieront souvent au nom de quoi ils se battaient, ils maintiendront la présence française pendant deux siècles, permettant l'installation des colons à la Martinique, à la Guadeloupe et finalement dans l'ouest de Saint-Domingue. Ils constitueront la tête de pont qui permettra d'avancer plus à l'ouest, jusqu'à ce qui deviendra la Louisiane.

Ils auront leurs lois, rigoureuses, et leur fraternité, absolue. Ils seront frères de la Côte, oubliant tout préjugé de race, de religion. Louis XIII, à la demande de Richelieu, exigera bien des recruteurs qu'ils attestent la

Le marin des sables

foi catholique des engagés, mais il ignorait que le gouverneur de la Tortue était lui-même huguenot et que le culte protestant s'exerçait librement dans les îles d'Amérique.

Seul crime puni de mort, parmi ces malandrins : l'introduction d'une femme parmi les frères de la Côte, celle-ci risquant en effet de remettre en question tout leur système, basé, comme celui de la société idéale des couvents, sur l'unisexualité.

Voilà ce que l'Olonnois apprit peu à peu et aussi que, parmi les flibustiers, si certains pouvaient se dire corsaires, d'autres ne méritaient que l'appellation de pirates. Comme ses compagnons, qui n'avaient d'ailleurs jamais osé prendre un galion d'assaut, se contentant de rapines. Mais tout était bon pour la Tortue et le gouverneur fermait les yeux. Les eût-il ouverts qu'il les aurait d'ailleurs refermés aussitôt, épouvanté.

C'est Christophe Colomb qui donna son nom à l'île de la Tortue. Bombée en son centre comme une carapace, avec la vague forme d'une tête à l'est et d'une queue à l'ouest, elle ressemblait en effet à une de ces tortues abondantes sur ses plages. De grandes forêts d'acajous énormes, au feuillage vert sombre, recouvraient les rochers formant une chaîne escarpée au milieu de l'île. La côte qui regardait vers Saint-Domingue était moins sévère, avec sa végétation euphorique de palmistes, de mancenilliers, de bananiers, de figuiers. Aucune rivière n'arrosait cette terre, mais de nombreuses sources la rafraîchissaient.

Aussi minables que fussent ces pseudo-flibustiers, ils présentaient néanmoins l'avantage d'appliquer entre eux, et aussi bien avec l'Olonnois et Guacanaric, une stricte égalité. Du moment que l'on vous acceptait flibustier, vous deveniez frère.

L'Olonnois observait. Il observait non seulement les pratiques de François-le-Tordu et de ses hommes, qui ne

Le marin des sables

lui paraissaient pas les bonnes, mais celles des autres flibustiers qu'il voyait parfois partir sur de simples pirogues indiennes et revenir avec une frégate, toutes voiles dehors, arborant le pavillon à la fleur de lys.

Il lui arriva d'assister à l'entrée fracassante, dans le port de Basse-Terre, du vaisseau de Michel-le-Basque. Une arrivée si triomphale, saluée par le gouverneur et ses gardes, qu'il crut à la venue d'un navire royal. Il connaissait les hauts faits de Michel-le-Basque, comme ceux de Pierre-le-Picard. On ne parlait que de ces corsaires, héros de la flibuste, dans la barcasse de François-le-Tordu, comme dans les cabarets de l'île.

Aucune paillote n'étant digne de les héberger à la Tortue, ils vivaient en permanence sur leurs bateaux, vêtus de tuniques de brocart boutonnées du col aux genoux, de bas de soie, chaussés d'escarpins à hauts talons et servis, tels des princes, par des prisonniers espagnols qu'ils conservaient à la fois comme domestiques et otages. Il fallait beaucoup d'otages pour convaincre les gouverneurs castillans d'échanger des prisonniers français, car le roi d'Espagne le leur interdisait. Mais lorsqu'ils recevaient vingt têtes des leurs dans un canot, comme avertissement, sachant que les autres détenus risquaient de subir le même sort, ils y consentaient. Michel-le-Basque harponnait un tel nombre de galions qu'il pouvait se permettre de décapiter cinquante prisonniers pour récupérer cinq de ses hommes. Les prises de Michel-le-Basque, fabuleuses, faisaient rêver tout le menu fretin de la flibuste. Ne captura-t-il pas un jour le gouverneur de Panama en personne? Et, parce que celui-ci l'avait traité de « nouveau Turc », il n'accepta de lui donner la liberté que contre une rançon d'un million de pièces-de-huit et quatre cents paquets de farine.

On ne comptait plus le nombre de bateaux espagnols saisis par Michel-le-Basque et ramenés à la Tortue, ni le

Le marin des sables

nombre de ses combats navals. Des fortunes colossales lui passaient entre les mains, perdues en orgies, reconquises.

Lorsque l'Olonnois louvoyait avec la vieille baleinière de François-le-Tordu, entre les brigantins et les frégates des seigneurs de la flibuste, il se sentait de nouveau bien gueux et se disait avec tristesse que rien au monde ne l'arracherait à sa gueuserie.

Lorsqu'il regardait en arrière, peu de bons souvenirs affleuraient, sinon bien sûr l'odeur sucrée de Caona et ces jours de délices dans la tribu Arawak. Mais tous les efforts qu'il accomplissait pour devenir marin lui rappelaient le gabier du *Saint-Dimanche*. Il le réentendait, lors de leur première rencontre sur le mât d'artimon, lui lancer cette phrase : « Si un jour tu veux devenir flibustier dans l'île de la Tortue, ça peut te servir à quelque chose d'avoir navigué. » Oui, le peu qu'il apprit sur le *Saint-Dimanche* lui permettait de donner le change aux flibustiers. Son mensonge ne paraissait crédible à François-le-Tordu et à ses compagnons seulement parce que ces anciens boucaniers étaient eux-mêmes de piètres marins. Guacanaric se tirait beaucoup mieux d'affaire, si bien que François-le-Tordu lui confiait la barre dans les moments difficiles.

Vêtu comme tous les Blancs de l'île, Guacanaric ne se serait guère distingué d'eux s'il n'avait tenu à continuer à s'épiler soigneusement le visage. De sa coutume de se peindre le corps en rouge, il ne conservait qu'un bref maquillage : deux traînées ocres sur les joues. Enfin, les plumes de perroquet qu'il s'obstinait à se glisser dans les narines lui donnaient assez difficilement un air de bon chrétien. Mais tels étaient les flibustiers qu'ils n'y attachaient pas d'importance et ne se moquaient jamais de ce qu'en d'autres milieux on eût pris pour des diableries.

Ils n'avaient qu'une seule préoccupation, qu'un seul souci, qu'une seule ambition : s'approprier l'or des Espagnols, cet or que les Espagnols arrachaient aux Indiens, cet or **pour** lequel les Espagnols massacraient les

82

Le marin des sables

peuples d'Amérique, réduisant les survivants en esclavage dans l'enfer des mines où ils grattaient sans fin la
terre et les rocs pour en extraire ce maudit métal.

L'or des galions échappait à François-le-Tordu. D'autres flibustiers, rendus fameux par leurs prises spectacu-
laires, n'étaient ni mieux pontés ni mieux armés. Si bien
que l'équipe murmurait. L'Olonnois surprenait des
conciliabules, s'inquiétant de se sentir tenu à l'écart.
Guacanaric lui chuchota :

— Le tigre qui n'a plus de dents doit se préparer à
mourir de faim.

— Que veux-tu dire ?

— Nous aurons bientôt un nouveau cacique. Mais il
porte sur lui la clef de son destin.

Cette manière de toujours parler par énigmes, et aussi
de devancer le temps en voyant ce qui n'existait pas
encore, exaspérait souvent l'Olonnois. Il s'en serait
pourtant voulu de laisser apparaître quelque mauvaise
humeur à l'encontre de son seul ami.

Toute la bande reprit la mer dans sa foutue chaloupe
pourrie. Une précédente descente sur les côtes de Cuba
avait permis de trouver du drap pour des voiles neuves.
Gonflées par la brise, elles s'orientaient vers le large.
L'Océan, d'un bleu foncé, bougeait peu. Le petit bateau
glissait, en grésillant sur le clapotis de l'eau. Sous le soleil
brûlant, l'équipage semblait somnoler. Mais soudain le
bateau faillit chavirer. Les hommes s'étaient dressés tous
ensemble, se ruant sur François-le-Tordu auquel ils
arrachaient son fusil et ses armes blanches. Belle-Tête lui
fit face :

— Françoué, tu connais la loi de la flibuste. On ne te
reproche rien sinon d'être un mauvais capitaine. Tu nous
en avais conté. Avoue-le, tu n'es qu'un tireur de laine...

François-le-Tordu ne répondit pas. Belle-Tête écarta
Guacanaric de la barre et mit le cap sur un îlot qui
dressait à l'horizon son promontoire de palmes. François-

Le marin des sables

le-Tordu y descendit seul sans protester. Belle-Tête lui redonna son fusil, un coutelas, des vivres. La chaloupe louvoya, pour retrouver le vent. L'Olonnois étarqua les cordages.

— Maintenant, compères, s'écria Belle-Tête, si on n'agrippe pas le premier vaisseau qui croise notre chemin c'est qu'on est des jean-foutre !

Puis, s'adressant à l'Olonnois et à Guacanaric :

— Si je ne vous plais pas comme capitaine, vous savez où aller rechercher l'autre.

La flibuste ressemblait à la chasse à la baleine. Les petites embarcations des flibustiers sillonnaient la mer, cherchant parfois pendant plusieurs jours le gros bateau revenant du Mexique ou de Colombie. Ils le guettaient comme un aigle sa proie, si minuscule vue du haut des airs. Dans l'immensité liquide, le plus gros bateau n'était qu'un point infime que la vigie, juchée à la pointe du mât, saluait d'un cri rauque. On regardait avec un mélange d'anxiété et d'espoir grossir cette tache sombre qui se profilait sur la ligne d'horizon. Il pouvait s'agir d'un navire de guerre patrouillant pour protéger les caravelles. Et alors il valait mieux prendre le large sans tarder. Il pouvait s'agir d'un navire ami, anglais, hollandais ou portugais qui peut-être, lui aussi, était en chasse. Mais on espérait toujours un galion bourré de pièces-de-huit, de vaisselle d'or et d'argent, de doublons, de ducats. La fortune flottante, la richesse à portée de main.

Au soir du troisième jour, Guacanaric signala une frégate qui se dirigeait vers eux, énorme, toutes voiles dehors, comme jaillie brusquement des flots. Longtemps cachée par un banc de brume, elle apparaissait maintenant dans toute la splendeur et la force de son gréement. À sa proue, une grande sculpture en bois présentait sa face grimaçante. Vue de la chaloupe, la coque du bateau s'élevait si haut qu'elle ressemblait à un château fort.

Le marin des sables

Belle-Tête fit virer afin de contourner la frégate. Arrivé à la poupe, il dit à voix basse :

— Pavillon blanc, six croix rouges, un calice d'or, elle s'en retourne dans sa province de Galice. C'est la chance de notre vie, les gars. Couchez-vous dans la barque. Ils ne nous ont pas remarqués.

La chaloupe se plaça dans le sillage de la frégate. Tous les hommes s'allongèrent de manière à se rendre invisibles, sauf Belle-Tête qui tenait le gouvernail et l'Olonnois qui s'occupait des voiles. L'arrière du bateau était impressionnant. L'Olonnois n'avait jamais vu une croupe de navire aussi massive et décorée. Les croisées de la grand-chambre s'ouvraient dans la coque comme des fenêtres de palais. Au sommet, d'imposants panneaux et, au milieu d'un décor sculpté, le nom du navire en grosses lettres : *Santiago*. Cet arrière-train les narguait de sa richesse. Rebondi, comme un postérieur de géant, il semblait montrer ses fesses gigantesques à ses poursuivants, dans un geste de mépris, avant de filer au large.

L'Olonnois halait de toutes ses forces sur les manœuvres pour donner de la voile. La chaloupe bondissait, fendait les vagues en craquant sinistrement de tous ses bois. L'Olonnois s'arc-boutait aux cordages. Belle-Tête avait donné à Guacanaric des câbles munis de grappins. L'Indien s'avança en rampant, enroulant soigneusement les câbles et s'assurant de leur solidité. La chaloupe, mise dans le sillage de la frégate, embarquait des paquets de mer que les hommes, toujours étendus de tout leur long, écopaient tant bien que mal avec des seaux.

Personne n'apparaissait sur le pont du gaillard d'arrière. Si bien que ce grand navire semblait un vaisseau fantôme. La chaloupe arrivait maintenant si près de la frégate que l'on ne pouvait plus l'apercevoir des vigies, ni même de la voûte d'arcasse. Elle approchait à toute vitesse, comme si elle voulait se fracasser sur l'énorme masse. À un signal de Belle-Tête, Guacanaric lança ses grappins qui se fixèrent tous comme des griffes sur les fenêtres de la grand-chambre et sur les panneaux du sommet de la poupe. Bondissant comme des félins sur leur proie, les flibustiers se suspendirent aux câbles et grimpèrent tout en haut du pont. L'Olonnois était resté seul avec Belle-Tête. Il vit avec stupeur leur nouveau capitaine qui, à coups de hache, défonçait la coque de leur barque.

— Que fais-tu là ? cria Belle-Tête. Lâche ces satanées voiles. Tu n'as pas compris qu'aujourd'hui il nous faut vaincre ou mourir ?

Ils s'accrochèrent tous les deux à un câble, cependant que la chaloupe, sabordée, s'enfonçait dans les flots.

5.

Le naufrage de l'*Estramadure*

L e retour à la Tortue fut triomphal. Ils ramenaient la frégate. Les dix flibustiers avaient réussi à prendre d'assaut un bateau armé de dix canons et occupé par cent cinquante marins et soldats. Tombés sur le *Santiago* comme la foudre, ils s'étaient précipités dans les cabines des officiers qui ne se méfiaient de rien, les décapitant à coups de sabre ; puis, leurs fusils aux longs canons, qui à chaque coup faisaient mouche, avaient abattu les gabiers dans la mâture, qui retombaient sur le pont, ensanglantés, avec un bruit mou de sac qui s'éventre. Se répandant sur tout le navire, en poussant des hurlements, apparaissant dans un endroit, réapparaissant dans l'autre, semblant dix fois plus nombreux, cassant les têtes, trouant les ventres, ils terrorisèrent vite l'équipage qui se réfugia sur le gaillard d'avant en demandant grâce.

L'Olonnois et Guacanaric laissèrent éclater leur fureur longtemps contenue. Ils avaient tous les deux à venger tant de morts qu'ils se conduisaient en véritables fauves, redevenus rouges de la tête aux pieds, comme au temps heureux de la vie dans la tribu Arawak. Mais ce rouge était celui du sang des Espagnols. Ils ne se servaient pas des fusils, mais uniquement des sabres, taillant dans la masse des corps, hachant les fuyards, ivres de carnage. L'Olonnois eut un moment la sensation de devenir aveugle. Il ne voyait plus qu'à travers un voile rouge. Il frappait, frappait, dans une cacophonie de hurlements et de râles. Il ne voyait plus que du rouge, que du sang. Il

Le marin des sables

pataugeait dans le sang et dans les cris. Il s'imaginait qu'il ne pourrait plus jamais s'arrêter de frapper et, comme il crut entrer au paradis lorsqu'il s'éveilla dans la clairière des Arawaks, il se sentait maintenant descendre aux enfers, implacablement.

Mais, là encore, Guacanaric le sauva du gouffre. Il entendit l'Indien lui crier :

— Arrête, mon frère, les âmes de nos ancêtres sont abreuvées de sang.

Guacanaric lui enleva de la main le sabre poisseux, le soutint dans ses bras, lui lava le visage. L'Olonnois titubait. Il découvrit alors le pont couvert de cadavres. Sur les dix flibustiers il n'en restait plus que cinq. Belle-Tête tué d'un coup de pistolet par le timonier du navire, le plus mauvais marin de la bande, si mauvais qu'il avait reçu le nom de Vent-en-Panne, dit à Guacanaric :

— C'est moi qui garde ton anneau d'or, maintenant. Belle-Tête me l'a donné avant de mourir pour que chacun sache qu'il m'a fait capitaine.

Parmi les survivants de la frégate, on tria les soldats, débarqués selon l'usage sur une île déserte. Des marins furent conservés pour conduire le *Santiago* à la Tortue. Mais l'Olonnois devint le maître d'équipage et Vent-en-Panne, qui n'osait prendre la barre, demanda à Guacanaric d'être timonier.

Selon les lois non écrites des flibustiers, mais toujours scrupuleusement observées, Guacanaric qui avait le premier signalé l'apparition de la frégate reçut, une fois arrivé à terre, cent écus. Quant à Vent-en-Panne, en tant que capitaine il héritait du bateau en toute propriété.

Mais il ne s'agissait là que des premières parts. Une fois donnée la commission du gouverneur, tout le butin fut mis en commun. Marchandises, hardes, pierreries, vaisselle liquidées à l'encan aux commerçants de Basse-Terre, chacun toucha sa monnaie. Sans parler du partage des fameuses pièces-de-huit, valant huit réaux, ou la

Le marin des sables

moitié d'une piastre forte, ou cinq livres tournois de France, soit plus banalement un bon écu sonnant.

L'Olonnois comptait sa part, la recomptait. Les pièces d'or et d'argent glissaient entre ses doigts. La valeur de mille ducats. Et il s'était vendu pour seulement cinquante de ces pièces ! Il pourrait s'offrir vingt engagés, vingt esclaves ! Misère ! Cet or ne rachèterait jamais le martyre de Brise-Galet, l'assassinat du Biscayen et surtout le massacre de Caona. Caona qui signifiait « or » dans la langue arawak. Tout l'or du monde ne compenserait jamais la perte de cette perle. Mille ducats ! L'équivalent de soixante années de servitude, gagné en quelques heures de carnage. L'Olonnois sentait sa raison s'égarer.

Vent-en-Panne et ses deux compagnons passèrent en quelques jours de la gueuserie à l'opulence. Ils avaient échangé leurs guenilles et peaux de boucaniers contre des costumes de brocart à manchettes de dentelles. Chaussés de bottes à éperons, coiffés de chapeaux à plumes, l'épée au côté, ils se prenaient pour de petits marquis. On trouvait de tout chez les boutiquiers de Basse-Terre. Le butin qui ne partait pas en France dans les cargaisons de la Royale transitait par leurs échoppes. Ils achetaient les prises globalement, les revendaient au détail, les rachetaient parcimonieusement à ceux qui, très vite, se ruinaient aux dés dans les cabarets voisins.

C'est ainsi que Vent-en-Panne perdit en un jour le *Santiago*, plus cent pistoles empruntées à l'un de ses compères. Il bazarda son beau chapeau à plumes, ses bottes et, les pieds et la tête nus, retourna jouer son nouvel avoir. Il gagna aussitôt cinquante écus, les joua, en récupéra douze mille, résolut de ne plus jouer et céda

Le marin des sables

le *Santiago* à Monsieur de La Place, le gouverneur de la Tortue. Mais comme un bateau anglais manœuvrait par là, il s'y embarqua et, provisoirement, au grand plaisir de l'Olonnois, disparut.

Monsieur de La Place, encombré d'un navire, ayant appris que dans la bande de Vent-en-Panne se trouvait un marin de profession, fit venir l'Olonnois au château. On appelait « le château » la demeure du gouverneur, misérable fortin hâtivement construit avec des troncs d'acajous non équarris et des blocs de rochers. Les deux vieux canons, provenant d'un bateau espagnol piraté, donnaient à la bâtisse sa noblesse de citadelle. Monsieur de La Place appartenait à ces cadets de très petite noblesse, partis un jour pour les Îles afin d'y exercer un pouvoir auquel ils ne pouvaient prétendre en France. Vêtu comme à la cour de Louis XIV, pour rien au monde il ne serait apparu à un visiteur sans sa perruque poudrée, sautillant sur des chaussures à talons hauts et à boucles d'argent. Il régnait sur une dizaine de soldats léthargiques armés de rapières, de piques et d'escopettes. Il régnait aussi sur les deux cents habitants de sa capitale, Basse-Terre, et sur leurs huttes de branchages. Il régnait encore sur les quelques centaines de flibustiers et de boucaniers qui ne toléraient sa présence qu'en raison de la faculté, qu'il s'attribuait, d'accorder aux capitaines flibustiers un mandat royal devant les faire considérer par les Espagnols comme des soldats en exercice et non comme des pirates. Mais les Espagnols, incrédules, pendaient les capitaines flibustiers qu'ils capturaient, les attachant au grand mât des navires, leur lettre patente royale à fleur de lys autour du cou.

L'Olonnois n'avait jamais approché un aussi grand seigneur. Mais, aguerri, il ne s'apeurait de rien.

De toute manière, chacun était dupe de l'autre. Monsieur de La Place avalisait le mensonge de l'Olonnois en le prenant pour un marin éprouvé et l'Olonnois se croyait

Le marin des sables

face au représentant du roi alors que ce gouverneur ne gouvernait que lui-même.

— Alors, mon brave, vous êtes du pays d'Olonne, lui dit de La Place en préambule. Vous avez bien fait de quitter votre Poitou et sa noblesse crottée. Sa Majesté ne l'apprécie guère. Mais, au fait, pourquoi vous êtes-vous amateloté avec ce sauvage?

— Je ne suis pas amateloté.

— Bon, bon. Ce que j'en dis... Vous savez bien qu'ici c'est la coutume. Et ma foi on ne s'en trouve pas plus mal. Comme je le répète toujours, la Tortue a un quadruple avantage : pas de serpents venimeux, pas de femmes, pas d'enfants, pas de vieillards. Le paradis terrestre, quoi, juste avant que le bon Dieu ait eu l'idée saugrenue de créer Ève.

Il se mit à rire d'un rire gras, qui secouait son ventre bedonnant.

L'Olonnois attendait. Il se doutait bien que Monsieur de La Place ne l'avait pas invité pour lui commenter la Bible. Monsieur de La Place reprit :

— Alors, comme ça, à ce qu'on chante, vous êtes un fameux marin?

— J'étais le meilleur marin de François-le-Tordu et de Belle-Tête.

— C'est ce que l'on raconte, mais ne vous en vantez pas trop. Un borgne devient vite roi au pays des aveugles. Les flibustiers donnent le change parce que ce sont des guerriers fabuleux. Parmi eux pourtant que de piètres marins! J'ai besoin d'un bon capitaine pour commander le *Santiago*. Je pense que vous ferez l'affaire.

L'Olonnois, stupéfait, ne répondit pas. La chance se présentait soudain, énorme, inattendue. Si grosse qu'il se demandait avec un certain effroi s'il pourrait l'assumer. Sa première pensée alla vers Guacanaric qui devinait tout et dont l'habileté le tirerait d'embarras. Puis pour le gabier du *Saint-Dimanche*. Ah ! que ce dernier lui manquerait !

— Vous savez, reprit Monsieur de La Place, que Cortés, jadis, s'est embarqué d'ici pour aller conquérir le Mexique. Pizarre aussi prit son départ de la Tortue pour se tailler un royaume au Pérou. Enfin, ils partirent d'en face, de Saint-Domingue, mais c'est tout comme. Vous ne trouvez pas la Tortue bien petite ? On y étouffe un peu. Il nous faut retrouver les ambitions de Cortés et de Pizarre. Je vous donnerai des soldats, des armes, des munitions plus que nécessaire. Foin de toutes ces embuscades de pirates dans les Caraïbes. On ne va pas passer sa vie à se chiper des bateaux. Il y a mieux à gagner. Oui, je le vois à votre air décidé, vous êtes mon homme. Vous appareillerez pour le golfe du Mexique. Et là vous établirez à terre une tête de pont afin d'entrer en contact avec les Mayas. Les Indiens et nous avons en commun une revanche à prendre sur les Espagnols.

— Guacanaric m'aidera, dit l'Olonnois.

Mais lorsqu'il retrouva Guacanaric et lui fit part des projets du gouverneur, l'Indien refusa obstinément de s'embarquer sur le *Santiago*.

— Pourquoi ?

— J'ai enterré dans la montagne tout mon trésor de guerre. J'ai compté. Même si je vis encore mille lunes je n'ai plus besoin d'autres doublons. J'ai rendu l'or à la terre et la terre me redonnera de quoi acheter à manger et à boire jusqu'à la fin des jours. J'irai gratter de temps en temps et reprendre un peu d'or...

— Sans toi, Guacanaric, je n'arriverai jamais à conduire aussi loin ce grand bateau.

— Reste avec moi, mon frère. Nous construirons une hutte près de la grève et la mer pourvoira à notre nourriture. Il nous viendra plus de tortues et de crabes que nous ne pourrons en manger.

L'Olonnois eut beau dire, Guacanaric n'en voulut pas

Le marin des sables

démordre. L'utilité d'appareiller un grand navire et de traverser toute une mer pour aller mettre à feu et à sang un pays lointain ne lui paraissait pas évidente.

— Tu m'as parlé, dit l'Olonnois, d'une terre des hommes rouges, plus à l'ouest, où vit le plus grand de vos rois, le Serpent à plumes. C'est là où le gouverneur nous envoie.

L'Indien réfléchit longuement et dit :

— Il ne faut s'approcher des grands rois qu'en tremblant. Mieux vaut laisser une large étendue d'eau entre eux et nous. Je vais construire ma hutte en paix et je t'attendrai.

L'Olonnois et Monsieur de La Place réunirent un équipage de cent cinquante hommes. Sur les dix soldats de sa garnison, le gouverneur en donna cinq à l'Olonnois. Bien piètre contribution, mais ils pouvaient néanmoins servir à encadrer les malandrins recrutés dans les bouges de Basse-Terre. Cela dit, l'équipage comprenait des flibustiers qui avaient fait leurs preuves. Leur avoir perdu dans les tripots, ils reprenaient la mer avec beaucoup d'enthousiasme, impatients d'en découdre.

Avant que le *Santiago* n'appareille, un voilier venant de la Guadeloupe apporta une désagréable nouvelle : Louis XIV avait signé la paix avec l'Espagne.

Heureusement, le roi du Portugal vendait des commissions à qui voulait les payer. Monsieur de La Place en acheta donc une pour l'Olonnois et le *Santiago,* rebaptisé *Estramadure,* arbora le drapeau portugais.

Lorsque le cabestan fut armé, l'ancre levée, les voiles hissées et que l'*Estramadure* glissa lentement vers le large, l'Olonnois, qui arpentait nerveusement le pont, sentit une

95

Le marin des sables

boule l'étouffer en travers de la gorge. Pour défier le sort, il cria une succession d'ordres, comme il l'avait si souvent entendu sur le *Saint-Dimanche*. Et les manœuvres s'opéraient comme par enchantement. Le petit foc le saluait de sa face triangulaire. Le petit hunier, se détachant de sa vergue, se gonflait sur le mât de misaine. Les gabiers orientaient les voiles et le bateau s'élançait, laissant derrière lui un sillon d'écume.

L'Olonnois était vêtu comme ses hommes, d'une chemise et d'une culotte serrée aux genoux. Les flibustiers, comme d'ailleurs tous les marins et soldats de ce temps-là, ne portaient pas d'uniforme. Leur tenue, fort disparate, recherchait l'aisance des gestes et non l'apparat. L'égalité la plus absolue régnant à bord, le capitaine ne se distinguait en rien des autres marins, sinon par son savoir qui devait dépasser celui de tous les autres, et par son courage au combat que nul ne prétendait atteindre. Pour les batailles à venir, l'Olonnois savait qu'il n'encourrait aucun reproche. Le carnage sur le *Santiago* n'avait pas apaisé sa haine. Mais commander un aussi grand équipage l'inquiétait. Son second, choisi par Monsieur de La Place, l'observait goguenard. C'était un vieux flibustier borgne, à qui visiblement on ne la faisait pas. Ce perpétuel œil plissé agaçait l'Olonnois. Mais l'expérience du vieux pourrait lui être utile si un coup dur se présentait. Par contre, la mine patibulaire du timonier le laissait dubitatif. Et pas tant sa mine que sa manière de donner mal à propos des coups de barre si brusques que le navire tressautait, comme un cheval fouetté inopinément.

Les premiers jours tout alla pour le mieux. Le vent était bon. Le ciel sans nuages. Chacun connaissait ses manœuvres. Les gabiers chantaient dans les vergues. Tous les matins, invariablement, le cuisinier allumait vers dix heures une chaudière pour cuire dans l'eau de mer la viande boucanée. En même temps, le mil bouillait dans

96

Le marin des sables

un chaudron. Il le battait jusqu'à ce qu'il devienne épais, puis prenait la graisse de la viande pour brunir le grain. L'équipage qui n'était pas de quart s'assemblait à sept autour de chaque grand plat, le capitaine et le second s'asseyant parmi eux, servis comme les autres.

À part la régularité des deux repas journaliers, le miserere récité le soir, les changements de quart, le voyage tombait dans la monotonie.

Les vigies ne signalaient aucun navire. Jamais la mer ne parut aussi déserte. Seuls les poissons volants qui planaient sur la crête des vagues et les dauphins cabriolant en suivant le navire apportaient quelques diversions. Parfois les poissons volants, rasant le pont du navire comme des hirondelles, s'y échouaient et les marins se précipitaient pour les ramasser. Le cuisinier les accommodait en friture. Comme les dauphins harponnés, ils agrémentaient l'ordinaire du menu.

La suspicion dans laquelle l'Olonnois tenait son second s'augmenta lorsqu'il le surprit tenant des conciliabules avec le timonier. Comme il ne savait pas se servir du bâton de Jacob pour observer la hauteur des astres, rien ne lui permettait de vérifier si le cap était bien tenu. Que le second et le timonier se mettent d'accord pour détourner l'*Estramadure* de sa route et, lorsqu'il s'en apercevrait, ce serait trop tard. Dans l'équipage, seuls les deux survivants de la chasse-partie de Belle-Tête, bien sûr engagés, lui étaient familiers. Si bien qu'il en venait à se méfier de tous les autres. Il finit par s'en ouvrir à ses deux compères, auxquels il avait donné par prudence la responsabilité du gaillard d'arrière et du gaillard d'avant. Ses soupçons envers le second et le timonier les mirent en joie.

— Quoi, dirent-ils, tu n'as pas compris qu'ils étaient amatelotés ? Il n'y a que toi qui ne l'es pas. Ça fait jaser.

Ainsi, ce n'était pas sa compétence qui paraissait suspecte, mais son célibat. Comment aurait-il pu parler à

97

Le marin des sables

ces rustres de Caona dont le souvenir ne cessait de le poursuivre? Là encore, aujourd'hui, n'avait-il pas affrété ce navire pour la venger? Ne se rendait-il pas à la rencontre des Indiens du Yucatan pour retrouver le sourire de ses yeux bridés?

Un soir, le ciel s'embrasa au loin, comme si une ville brûlait sur une terre invisible.

— Le Mexique en vue, lui dit le second. Le diable attise ses soufrières.

Le lendemain, à son réveil, l'Olonnois parcourant le pont s'aperçut que les hommes de quart avaient donné exagérément de la toile et que, le vent s'étant levé, le bateau risquait de se démâter. Il intima aussitôt l'ordre d'amener les voiles hautes. Mais le cacatois et le perroquet du mât de misaine, arrachés de leurs ralingues par une bourrasque, s'envolèrent. L'*Estramadure* fit une embardée terrible, comme si elle allait piquer du nez. Le gréement s'inclina dans un horrible balancement qui secoua le navire. Le mât parut exploser et se fendit comme un arbre touché par la foudre. L'Olonnois se précipita près du timonier et s'agrippa au gouvernail.

— Terre au vent et sous le vent, cria le second. Mettez en panne pour enverguer!

Mais le fond manquait pour mouiller au large. L'Olonnois hurla de mouiller sous voiles. Le courant, trop fort, drossa la frégate hors de la baie.

Un grain, venu du sud, obscurcit soudain le ciel.

La pluie cingla le navire avec violence et un long grondement monta comme du fond de la mer. Dans la demi-obscurité, on aperçut, venant du rivage, une machine infernale, qui avançait en tourbillonnant. Elle s'élevait, très haut, comme une fumée, et courait à une folle vitesse en tournant sur elle-même, sorte de toupie monstrueuse.

Des cris d'horreur fusèrent dans toute la mâture. Gabiers et matelots descendaient par les cordages, en

Le marin des sables

se laissant glisser. L'Olonnois essayait de retenir ses hommes, mais ils désamarraient les saisines de la chaloupe de sauvetage et la descendirent sur une mer furieuse qui s'efforçait de la briser contre la coque du navire.

— Cyclone, lui cria le second qui courait vers l'embarcation.

Le timonier n'osa laisser l'Olonnois seul à la barre. Tous les deux cramponnés au gouvernail, ils affrontaient la tempête. L'*Estramadure* craquait de toutes ses jointures. Ses voiles, déchirées, pendaient comme des loques. L'Olonnois hurlait aux hommes paniqués de rester à leurs postes, d'enverguer de nouvelles voiles, de jumeler les bas mâts. Mais sa voix s'étouffait dans le fracas des coups de mer, le sifflement du vent, les collisions des poulies et des espars rompus.

La chose monstrueuse avançait en tournoyant. L'Olonnois pensa à Guacanaric et à son grand dieu le Serpent à plumes. Serait-ce lui qui leur envoyait ce terrible messager ?

Le cyclone arriva sur eux, terrible en effet comme les vieux dieux aztèques, prenant le navire par le travers et le retournant sur le côté d'une chiquenaude.

L'Olonnois et le timonier, précipités à la mer, s'agrippèrent à des débris de la carène et réussirent, en nageant, à rejoindre la chaloupe. Quelques heures plus tard ils débarquaient sains et saufs dans le golfe de Campeche.

L'équipage se trouvait amputé de moitié. Dans la débandade, à part quelques sabres et coutelas, personne n'avait eu le temps d'emporter des armes. La seule chance pour les naufragés résidait dans la rencontre hypothétique des Mayas et l'alliance qui pouvait s'ensuivre. Quant au retour à la Tortue, on verrait bien.

Ils s'engagèrent sur une terre désolée, nue, brûlée par un soleil torride. Le cyclone semblait avoir balayé toute humidité, toute fraîcheur. Toute présence humaine aussi.

Le marin des sables

Pas un arbre. À peine quelques cactus hérissés de pointes comme de méchantes bêtes. Ils marchèrent ainsi jusqu'au soir. A l'horizon, l'air chaud se condensait en flammèches. Il irritait les yeux, donnait des hallucinations. Mais lorsque, à la tombée du jour, ils pensèrent atteindre l'orée d'une forêt, ils s'aperçurent que leur vision n'était pas illusoire. Les arbres, récemment incendiés, dardaient des charbons incandescents.

Le lendemain, ils entrèrent dans un premier village. Les maisons de terre battue, couvertes de palmes, venaient d'être abandonnées depuis peu par les habitants, si l'on en croyait le désordre des objets épars. Mais ils ne réussirent pas à découvrir dans les coffres et les jarres la moindre trace de nourriture. Les puits, remplis de sable, étaient taris.

Ils reprirent leur marche, affreusement assoiffés. Cette soif impérieuse leur faisait oublier la faim. Ils avançaient comme des automates et la vie reculait devant eux. Au fur et à mesure de leur progression, ils ne rencontraient que des végétations calcinées et des villages morts. Ils ne voyaient personne et, assurément, on les remarquait de partout. Trop affaiblis pour s'enorgueillir de la terreur qu'ils inspiraient, ils se rendaient au contraire bien compte que plus ils s'enfonçaient dans ce désert, plus ils constituaient une cible idéale pour un ennemi invisible. Mais ils ne se sentaient pas la force de retourner en arrière où ils savaient ne trouver ni nourriture ni eau. Déjà, certains s'étaient couchés sur la terre brûlante pour ne plus se relever. Chaque jour, ils laissaient ainsi derrière eux la trace morbide de leur passage.

Comme ils désespéraient de ne jamais rencontrer âme qui vive et de se dessécher les uns après les autres telle cette viande qu'ils avaient si longtemps boucanée, ils aperçurent au loin un nuage de poussière qui leur rappela désagréablement l'œil du cyclone. Le nuage grossissait peu à peu, cependant que la terre tremblait.

Le marin des sables

— Les chevaux! Les chevaux! cria l'Olonnois. En garde! Les lanceros arrivent au galop!

Les cinquante survivants se mirent au carré, sabre en avant. La cavalerie espagnole déferla dans un bruit de tonnerre, abattant au mousquet les premiers rangs des flibustiers, disloquant le carré par des charges irrésistibles. Des cavaliers fendaient les crânes à coups de machette. Au carnage du *Santiago* répondait ce massacre d'hommes pratiquement désarmés, qui résistaient comme ils pouvaient, certains faute d'autre défense, mordant les lanceros à la cuisse ou tentant d'assommer les chevaux avec leurs poings. L'Olonnois sentit une douleur si atroce lui déchirer la poitrine qu'il tomba sans connaissance.

Lorsqu'il revint à lui, les premières lueurs de l'aube éclairaient les gisants. Une nuit s'était écoulée. Aux râles des blessés répondaient les grognements des coyotes. Il se releva en titubant, chassant les charognards à coups de pierres, toucha du doigt sa blessure à l'épaule gauche. Un coup de sabre profond l'entaillait jusqu'à la ceinture, mais sans déchirer d'organes vitaux à ce qu'il semblait. Seul debout, au milieu de son équipage couché, l'Olonnois souffrait moins de sa plaie que de la vision terrifiante de ses compagnons immobiles, face contre terre ou bien fixant le ciel avec des yeux exorbités. Il alla de l'un à l'autre, retrouva son second, le ventre ouvert, les boyaux ressortis comme un chapelet de saucisses, retrouva le timonier égorgé. Aucun survivant, sauf lui, par quel étrange miracle! Un grand bruit d'ailes le fit sursauter. Des vautours s'abattaient sur les cadavres qu'ils disputaient aux coyotes. Puis l'Olonnois crut à une hallucination. Coyotes et vautours n'étaient pas les seuls à fouiller les morts. Deux Nègres leur retournaient les poches. Apercevant le ressuscité, ils se relevèrent précipitamment et s'apprêtèrent à fuir. L'Olonnois, se doutant qu'il s'agissait de Nègres marrons, rassembla péniblement les quelques mots d'espagnol appris parmi les flibustiers et

Le marin des sables

leur proposa de s'associer, tous les trois, pour rejoindre le rivage et quitter ce pays maudit. S'ils parvenaient à regagner la Tortue, l'Olonnois leur promit de les affranchir.

Les deux Nègres se concertèrent dans leur langue africaine et, comme ils n'avaient rien à perdre, firent comprendre à l'Olonnois qu'ils savaient où trouver une barque.

C'est ainsi que l'Olonnois, flanqué de ses deux esclaves fugitifs, traversa en pirogue le détroit de Yucatan, longea les côtes de Cuba, franchit le canal du Vent entre Cuba et Saint-Domingue et arriva finalement, sa blessure cicatrisée, au môle de Basse-Terre.

6.

La frégate de Cuba

A la Tortue, de nombreux événements s'étaient
déroulés en l'absence de l'Olonnois. Il eut
d'abord la chance de ne point affronter Monsieur
de La Place en lui rendant compte de la perte de sa
frégate. Un vrai gouverneur le remplaçait, nommé par
Colbert qui avait enfin pu convaincre le roi de s'intéresser
un peu aux Amériques.

Lorsqu'il obtint sa charge ministérielle, Colbert trouva
la France sans marine. Il ambitionna aussitôt de poursuivre l'œuvre de Richelieu, abandonnée, et, dès 1659, traça
un programme où il disait vouloir « rétablir la gloire et
l'honneur du royaume sur mer, en remettant à flot un
nombre considérable de vaisseaux et en relançant surtout
les voyages au long cours ». Louis XIV, qui ne s'intéressait qu'à la cavalerie, n'aimait pas la mer et estimait la
marine inutile et onéreuse. Pour tenter de le séduire,
Colbert fit construire sur le Grand Canal de Versailles
une flottille de modèles réduits que des laquais manœu-
vraient avec de longues perches. Le roi s'en amusa
quelque temps, puis reprit goût aux chevaux. Voyant
qu'il n'arriverait pas de sitôt à fréter une marine royale,
Colbert se tourna vers les corsaires qui ne coûtaient rien à
l'État puisqu'ils s'autofinançaient sur l'ennemi.

C'est alors qu'un de ces corsaires, le sieur d'Ogeron,
vint lui proposer une étrange affaire.

L'entrevue se passait bien sûr à Paris, dans le bureau
du secrétaire d'État. Colbert avait trop à faire pour y
recevoir n'importe qui, mais l'un de ses frères, doté d'une

105

Le marin des sables

seigneurie à Maulévrier, en Anjou, à charge pour lui d'y développer une industrie du drap, lui avait parlé d'un vaillant capitaine de vaisseau qui, par la faute de la décadence de la marine royale, se morfondait dans son vignoble des coteaux du Layon, tout en s'échauffant sur une grande idée qu'il ne parvenait pas à mettre en pratique et que seul le ministre bien-aimé du roi pouvait comprendre.

Bertrand Ogeron, fils d'un vigneron angevin, s'était engagé à quinze ans au Régiment Royal de marine. À vingt-huit ans, il devenait capitaine. Dès sa première année de commandement, après seulement trois heures de combat, il coulait avec sa frégate un galion espagnol et mettait en fuite deux pataches. Anobli à la suite de cet exploit, le sieur d'Ogeron de la Bouère continua à guerroyer sur mer pendant une dizaine d'années, abandonnant la Royale, trop routinière, pour la marine marchande vers laquelle se tournait l'aventure.

Ce guerrier, au service des négociants nantais, intéressait Colbert. Même si la roture d'Ogeron sentait encore un peu trop la sueur, ils n'en appartenaient pas moins tous les deux à cette bourgeoisie mercantile, aristocratisée de fraîche date. La machine royale à décrasser le vilain, comme disaient avec mépris les nobles de Versailles, avait fonctionné pour eux avec bonheur.

L'alliance de Louis XIV et de Colbert reposait sur un de ces solides malentendus qui font la force des ménages. Alors que le premier présumait encore que la grandeur d'un pays ne se fondait que sur la gloire des armes, le second pensait déjà que seul le commerce pourrait désormais assurer à une nation la suprématie mondiale. Louis XIV eût été bien étonné d'apprendre qu'il n'était qu'un homme du passé. Colbert, lui, ne s'en vantait pas, mais se savait homme de l'avenir. N'était-il pas animé par le souci, tout moderne, de l'exportation ?

Bien qu'ils parlassent le même langage, Colbert et

Le marin des sables

Ogeron, physiquement, ne se ressemblaient guère. Le fils du drapier de Reims avait l'allure d'un honnête bourg-mestre alors que le fils du vigneron angevin tenait du matamore. Avec son collet très simple, sur son vêtement noir, la tête couverte d'une calotte, Colbert s'identifiait à ces bourgeois hollandais peints par Rembrandt. Il parais-sait si honnête, disait-on, qu'il en devenait incommode. En réalité, cette allure austère, cette mine renfrognée, ce nez busqué, ces yeux très enfoncés sous des sourcils épais masquaient une soif de pouvoir et un tel contentement de soi qu'il lui arrivait parfois, par mégarde, de laisser échapper dans son regard une fierté si impérieuse qu'on l'eût cru alors sorti de la côte de Saint Louis.

Bertrand d'Ogeron, lui, était plutôt du genre beau drille, si l'on peut employer pour un marin cette expres-sion réservée alors aux fantassins. Botté et chapeauté comme un mousquetaire, l'épée au côté, gesticulant avec de grands gestes, plus homme de guerre qu'homme de commerce, c'est pourtant de commerce qu'il discutait avec Colbert.

Il lui racontait qu'Angevins et Nantais entretenaient depuis longtemps de fructueux échanges. L'Anjou mettait du vin en tonneaux que les marchands de Nantes se chargeaient d'expédier à qui voulait en boire. Pour accroître l'aire de leur clientèle, les négociants du quai de la Fosse avaient formé une compagnie en vue de fonder un établissement à la Martinique. Lui, Bertrand d'Oge-ron, reçut de ces commerçants le commandement d'un navire de deux cents tonneaux armé de huit canons, chargé d'une colonie de peuplement, de vin, d'outils et de pacotilles pour les sauvages. Mal accueilli par le gouver-neur de la Martinique, il se détourna vers Saint-Domin-gue, malheureusement occupée par les Espagnols. Il y construisit néanmoins un fortin, avec quatre canons prélevés sur son bateau, dans l'islet Margot, face à l'île de la Tortue.

Le marin des sables

— C'est la Tortue, ajoutait d'Ogeron, qui peut être le pivot de toute notre pénétration aux Indes occidentales. En nous ancrant à la Tortue, en la peuplant, en l'armant solidement, rien ne nous empêchera de reconquérir Saint-Domingue. Les flibustiers de la Tortue tiennent tête aux Espagnols, seuls, depuis plus de cinquante ans. Ne croyez-vous pas opportun d'en faire de bons corsaires? Les flibustiers et les boucaniers, laissés à l'abandon parmi les sauvages, ont pris les mœurs de ceux-ci. Je suis bien aise qu'en peu de temps nous les régénérerions en bons chrétiens. Le marché vers les Indes est immense. Les négociants nantais le savent bien qui, bravant le blocus espagnol, n'hésitent pas à armer des vaisseaux malgré tous les dangers encourus dans une aussi longue traversée. Le vin, le drap, les outils, les armes, l'eau-de-vie, les débouchés pour nos artisans et nos commerçants sont incommensurables.

Au mot « drap », le regard de Colbert s'anima d'une petite lueur vite réprimée. Il demanda :

— Parlez-moi des sauvages, Monsieur de la Bouère, sont-ils aussi innocents qu'on le dit et les Espagnols aussi cruels?

— Les Espagnols ont usurpé injustement les terres de ces malheureux qu'ils réduisirent en esclavage lorsqu'ils ne les abattirent pas comme des bêtes. Les sauvages gardent un tel ressentiment des mauvais traitements subis, et ils en demeurent si outrés, qu'ils implorent notre secours pour les venger.

— L'or, dit Colbert (et dans l'œil de cet homme si peu porté à la rêverie quelque chose de vague flotta), l'or... On dit que pour ces sauvages l'or n'est qu'un vil métal. Et que les Espagnols ne reculent devant aucun crime pour se l'approprier.

— L'abondance de l'or le rend si commun aux Indes occidentales que la plupart des choses qu'en France nous faisons en fer, en cuivre, en étain, ils les façonnent avec ce

108

Le marin des sables

précieux métal. Mais les sauvages ne demandent qu'à échanger leur or contre des haches de fer, des serpes, des couteaux, des aiguilles, des hameçons pour la pêche, de la toile pour les voiles de leurs pirogues, des sabres, des fusils, des miroirs. Point n'est besoin de les torturer pour cela. Une alliance avec eux, non pas dans les îles où les Espagnols les ont tous détruits, mais plus loin, dans les terres d'Amérique, serait pour la France d'un grand profit.

— Le roi ne veut plus de guerre avec l'Espagne.

— Qui parle de guerre! Les corsaires de Saint-Malo ne coûtent rien à l'État. Madame de Montespan n'a-t-elle pas armé trois navires avec son propre argent? On me cite des paysans qui vendent leurs champs pour acheter des parts de course. Les bourgeois de Nantes sont prêts à se cotiser pour que les flibustiers de la Tortue continuent à assurer la libre circulation de nos bateaux aux Antilles. Savez-vous que le fusil, haut comme un homme, avec un canon long de quatre pieds et demi, qui donne à nos gaillards de la Tortue leur suprématie sur leurs ennemis, se fabrique chez Gelin, un armurier nantais? Les flibustiers de la Tortue font preuve d'autant de courage et d'intrépidité que les corsaires de Saint-Malo. Il ne leur manque que d'être administrés.

— Et vous seriez cet homme?

— Ils me connaissent. Un de mes navires se brisa sur les rochers de la Tortue. Avec les dix matelots survivants du désastre, j'ai été boucanier parmi les boucaniers. J'ai vécu dans une case de palmes comme les sauvages. J'ai combattu avec le bon fusil de Gelin contre les lanceros espagnols. Une autre fois, encore naufragé, mais sur la côte orientale de Saint-Domingue, j'ai été capturé par les Espagnols et condamné à trimer à des travaux de fortifications. Lorsque ceux-ci furent terminés, les Espagnols égorgèrent les prisonniers pour éviter que les plans de leur citadelle soient connus. J'ai pu réussir à fuir à la

109

Tortue où les flibustiers me reçurent comme un frère. Oui, Monsieur Colbert, je ne m'en cache pas, je suis un frère de la Côte. Vous n'aurez pas meilleur gouverneur que moi. Et je vous promets qu'avant deux ans Saint-Domingue tout entière sera française. Quant aux terres indiennes de la capitainerie générale du Guatemala, je me charge de les réveiller. Accordez-moi votre confiance. Ah ! les Indes occidentales deviendront vite un fameux commerce !

C'est ainsi que Bertrand d'Ogeron de la Bouère s'embarqua le 17 février 1665 à La Rochelle, avec un détachement de soixante soldats, commandé par un lieutenant, et un petit troupeau d'engagés qui ne savaient pas pour quelle abomination ils abandonnaient de cœur gai leur misère. Monsieur de La Place crut son jour de gloire arrivé lorsqu'il vit entrer dans le petit port de Basse-Terre l'escadre royale. Mais c'est son ordre de destitution qui accostait. Il dut rentrer en France avec l'escadre. Quant à d'Ogeron, Colbert, selon son habitude, avait finaudé, nommant bien l'Angevin gouverneur de la Tortue, mais pas au nom du roi de France. D'Ogeron se retrouvait en réalité administrateur délégué par la Compagnie des Indes occidentales. Mais qu'importait, si loin de Paris ! Le principal n'était-il pas de recevoir du puissant ministre carte blanche ?

Donc, lorsque l'Olonnois revint à la Tortue, dans sa pirogue avec ses deux Nègres, ce n'est pas à Monsieur de La Place qu'il eut affaire, mais à Monsieur d'Ogeron. Le naufrage de l'*Estramadure* et la perte totale de l'équipage n'étonnèrent personne. Bertrand d'Ogeron, pour sa part, avait sombré à plusieurs reprises et s'était à chaque fois

Le marin des sables

retrouvé presque seul survivant. À cette faculté de ne point couler avec leur bateau on reconnaissait les grands capitaines. Loin de le dévaluer parmi les flibustiers, le naufrage de l'Olonnois le grandissait, du moment qu'il en sortait sain et sauf. De plus, l'exploit de son retour, sur une distance aussi considérable, et dans une barque aussi fragile, confirmait aux frères de la Côte que l'Olonnois était bien l'un des leurs et, désormais, l'un des plus valeureux.

Pour l'Olonnois, la perte de son premier bateau, le massacre de son premier équipage, pesaient comme une succession de fautes. Peut-être n'eût-il pas été possible de résister au tourbillon du cyclone, mais l'Olonnois savait qu'auparavant une erreur s'était produite dans le maniement des voiles. S'il ne l'avait pas commise lui-même, rien ne doit échapper à un capitaine dans la conduite de son navire. Tout doit converger vers lui. Il est l'âme des manœuvres, le rouage essentiel de cette machine complexe où les étoffes et les câbles se tirent et animent l'ensemble, comme dans une machinerie d'opéra. Lui seul doit rester l'œil ouvert et l'esprit prompt. Lui seul est le cerveau de cet amalgame. Dans l'attaque, dans la bataille, l'Olonnois possédait le génie de l'improvisation et des décisions foudroyantes. Mais la navigation, lorsqu'elle devenait routinière, émoussait sa vivacité. Il se laissait gagner par cette langueur qui poussait les matelots à la somnolence.

Ne serait-il donc jamais un bon marin, comme le lui avait prédit le gabier du *Saint-Dimanche* ? À cette pensée un chagrin immense le contractait. Oserait-il encore commander un navire ? Et qui lui ferait désormais confiance ? Sur la pirogue, au bout de quelques jours de mer, un tel désespoir l'étreignit qu'il se jeta à l'eau pour s'y noyer. L'un des deux Nègres, plongeant à sa suite, le repêcha. Bien que leur affranchissement fût problématique, ce Blanc le leur promettait néanmoins. Ne tenant

Le marin des sables

pas à perdre leur hypothèque, ils s'appliquèrent donc à empêcher l'Olonnois de se suicider.

Bien leur en prit car l'Olonnois, fidèle à sa promesse, les déclara libres à leur arrivée à la Tortue.

L'Olonnois retrouva Guacanaric installé dans une petite case, tout près de la mer. Il s'y gavait de crabes, qu'il appelait ses poulets, et allait une fois par semaine prélever dans son trésor de guerre, enterré en un lieu que lui seul connaissait, une pièce pour acheter chez un commerçant de Basse-Terre un litre d'eau-de-vie. À ce régime, Guacanaric s'était flétri. Il ressemblait maintenant à ces vieux Peaux-Rouges ratatinés fumant leur pipe devant leur wigwam. Et, s'il ne fumait pas, Guacanaric chiquait, poussant d'une joue à l'autre une énorme feuille de tabac qui lui laissait sur le visage une grosse boule, comme une tumeur.

Devant la déchéance de son ami, une douleur plus vive encore que celle causée par le désastre de l'*Estramadure* frappa l'Olonnois. Et il pensa immédiatement à l'or, à cet or enfoui par Guacanaric qu'il échangeait contre de l'alcool. Lui qui enseignait tant à se méfier de l'or, qui évoquait toujours la malédiction de l'or, que ne s'en protégeait-il pas?

À peine revenu (et avec quelles difficultés) à Basse-Terre, l'Olonnois n'attendait plus qu'une occasion pour reprendre la mer. Le fortin du gouverneur s'était agrandi pour que la garnison des soixante soldats puisse se déployer à son aise. Avec l'arrivée de cette petite troupe, les auberges et les tripots du port trouvèrent un regain d'activité. Mais les boucaniers et les flibustiers regardaient de travers ces gens d'armes qui rappelaient à la plupart d'entre eux de mauvais souvenirs effacés par la liberté des îles. Bertrand d'Ogeron ne devait qu'à sa qualité de frère de la Côte de n'être pas rejeté à l'eau avec ce lieutenant et ces soldats dont ces corsaires n'avaient que faire. Ils refusaient catégoriquement que la Compa-

Le marin des sables

gnie des Indes occidentales s'occupe de leurs affaires, ne reconnaissant que l'autorité de Dieu et, accessoirement, celle du roi, dont ils se disaient « sujets bien intentionnés ».

Monsieur d'Ogeron biaisait, finassait, mais savait néanmoins se montrer ferme. Ancien boucanier, ancien flibustier, il parlait à ces hommes leur langage. Son titre de capitaine de la Marine royale lui assurait un crédit incontestable sur le lieutenant et sa troupe. La partie qu'engageait d'Ogeron à la Tortue se présentait malgré tout sous de bons auspices.

Son premier souci fut d'augmenter la flotte hétéroclite mouillée dans les criques de l'île : pirogues indiennes, chaloupes, lougres et yoles anglais, quelques flûtes démâtées, et toutes ces vieilles carcasses de navires espagnols enlevés à l'abordage et ramenés en loques : caravelles, brigantins et même un galion au gréement enchevêtré, emmêlé, sens dessus dessous, bien incapable en cet état de lever l'ancre. Bertrand d'Ogeron n'avait pas importé de France que des soldats. Colbert comprenait que la colonie réclamait plutôt des charpentiers et des forgerons. Pour la première fois ces nouveaux venus n'étaient pas des engagés esclaves de leurs trois ans, mais des ouvriers libres. Leurs outils résonnaient dans les coques des navires. De vieux rafiots, ils faisaient des bateaux tout neufs, qui, aussitôt, nantis d'un impatient équipage, entamaient une chasse-partie.

Le second souci de Bertrand d'Ogeron fut de se concilier des hommes auxquels il donnerait leur chance et sur lesquels il pourrait ensuite s'appuyer pour l'œuvre qu'il voulait entreprendre. À peine l'Olonnois revint-il de sa catastrophique équipée qu'il devina ce que l'Olonnois deviendrait. La qualité d'un chef se reconnaît dans sa manière de choisir ses subordonnés et de les charger de responsabilités qui les engagent. Bertrand d'Ogeron, en plus de ses nombreuses qualités, possédait celle-là.

Le marin des sables

Il offrit à l'Olonnois de lui confier le commandement d'une grande barque de quarante pieds de long et d'une trentaine d'hommes. L'Olonnois refusa. Son échec lui pesait encore trop pour qu'il n'envisage de reprendre la mer qu'avec modestie. Il n'accepta qu'une pirogue pouvant contenir une quinzaine d'hommes, plus facile à manier et aussi à dissimuler.

Comme second, l'Olonnois choisit un vieux bougre que tout le monde appelait Borgnefesse parce qu'un boulet lui avait arraché une partie du postérieur, mais qui, pour sa part, disait à qui voulait l'entendre qu'il se nommait Gaspard-Athanase-Benigne Le Braz. Alors que la plupart des boucaniers et des flibustiers abandonnaient leur nom de famille, pour des raisons qui ne regardaient qu'eux seuls, Borgnefesse, lui, disposait non seulement d'un sobriquet fort imagé, mais d'un vrai nom et de trois prénoms. L'Olonnois reconnaissait en cet ancien boucanier devenu flibustier un homme d'expérience. De plus, natif de l'île de Ré, ils étaient un peu du pays tous les deux, ce qui ne gâtait rien.

Bien sûr, Guacanaric fut de la course. L'Olonnois dut briser ses bouteilles d'eau-de-vie et ils faillirent en venir aux mains, mais finalement l'Indien sortit de son apathie à l'idée de casser de la tête d'Espagnol. Les deux Nègres ramenés du Yucatan entrèrent aussi dans l'équipage. Ils étaient revenus, fort effrayés, retrouver l'Olonnois après quelques jours de liberté car, où qu'ils aillent ils suscitaient une telle convoitise qu'ils se sentaient dévorer vivants. En réalité, bien que les boucaniers de la Tortue ne fussent pas anthropophages au sens strict du mot, ils étaient cependant d'effroyables dévoreurs d'hommes. Et ces deux Africains qui se baladaient dans l'île, seuls de leur race et de leur couleur, les faisaient baver de convoitise. Nègres et esclaves n'étaient-ils pas alors synonymes aux Caraïbes? Les boucaniers imaginaient des stratagèmes pour se les approprier. Enfin, les deux

Le marin des sables

affranchis comprirent rapidement que l'indépendance ne permettait pas de vivre de l'air du temps. Tous ces hommes « libres » qu'ils voyaient travailler dans les champs de tabac et de manioc leur paraissaient de fichus esclaves. Aussi l'idée de reprendre la mer avec l'Olonnois et de quitter au plus tôt cette terre peu amène les emplit-elle de joie. Comme, par une étrange confusion, on appelait les Nègres des Mores ou des Abyssins, l'un des deux Noirs fut baptisé le More et l'autre l'Abyssin. Ces noms leur restèrent. Mais jamais, dans les équipages successifs de l'Olonnois où ils s'intégrèrent, on ne réussit à savoir qui était le More et qui était l'Abyssin. Leur couleur, leurs traits, leurs cheveux crépus semblaient aux flibustiers si identiques qu'ils tenaient les deux Nègres pour une seule et même personne, habilement dédoublée.

L'Olonnois récupéra aussi Vent-en-Panne, revenu à la Tortue sans un sou. Il avait même perdu au jeu l'anneau d'or brisé de Guacanaric. Cet anneau malfaisant, par une étrange aberration devint-il pour un temps bénéfique? Tant qu'il l'eut en poche sa chance resta formidable. Il raconta qu'à la Barbade, il gagna sur un juif mille trois cents écus, plus cent mille livres de sucre, un moulin et soixante esclaves. Emporté par la frénésie du jeu, il tenta de gagner encore sur le juif mille cinq cents jacobus d'or. Mais il reperdit tout, soit près de cent mille écus. Il exposait cela les larmes aux yeux, non pas de chagrin, mais parce que de telles extravagances le faisaient rire. Comme il s'était endetté pour son rapatriement, il dit à l'Olonnois :

— Si tu me laisses aller en course avec toi, j'emprunterai aux Espagnols de quoi payer ce que je dois. Ces sortes d'emprunts ont cela de commode qu'ils n'obligent pas, comme ceux de France, et qu'ils passent pour de bonne guerre. Si bien qu'on n'y parle jamais de restitution.

L'Olonnois engagea Vent-en-Panne pour sa bonne

Le marin des sables

humeur et aussi en souvenir de Belle-Tête dont ce dernier était le matelot.

Coups de main, abordages, rapines sur les côtes de Cuba et de Saint-Domingue, la bande de l'Olonnois s'en donna à cœur joie. Et pas seulement la sienne ! L'aval d'Ogeron dynamisait les flibustiers de la Tortue. Ils rapportaient de leurs expéditions des centaines de porcs salés, des sacs de méchoacan, des colorants si appréciés en France (indigo et cochenille), des racines et des plantes médicinales dont ils avaient bien besoin : jalap et salsepareille. Ils rapportaient du fer pour les forgerons, du papier qui ne servait que pour les écritures du gouverneur, du vin, des toiles, des draps fins, des étoffes de soie, du safran, de l'huile. Ils ramenaient, même, des prisonniers espagnols afin de les employer à réparer les avaries des navires et ensuite les réembarquaient pour les laisser à la grâce de Dieu sur des îles désertes.

Ces larrons des mers brûlés de soleil, les plis du visage garnis de sel gris séché, pieds nus comme des paysans, vêtus de guenilles trempées par les vagues, se retrouvaient après chaque prise riches comme Crésus. Les gueux d'hier se transformaient en petits seigneurs, vêtus de neuf, chapeautés, bottés, suant comme des damnés dans leurs habits sanglés, s'étranglant dans leurs cols et leurs manchettes de dentelles, boitillant, si peu habitués aux chaussures, mais s'amusant très fort de ces déguisements.

Les festivités de Basse-Terre duraient ce qu'elles duraient, jusqu'à ce que les équipages dépensent tout leur avoir. Alors ils revendaient leurs beaux costumes aux fripiers, reprenaient leurs guenilles et repartaient en

Le marin des sables

course après s'être endettés auprès des cabaretiers pour s'acheter de la poudre et du plomb.

L'Olonnois lisait et relisait le certificat de service que Monsieur d'Ogeron lui avait obtenu avec la signature du fameux Colbert : « Certifions que le sieur l'Olonnois a servi en qualité de capitaine, contre les Espagnols ennemis de sa Majesté. » (Car, entre-temps, la guerre s'était rallumée avec l'Espagne.) Ce parchemin, qui témoignait de son extraordinaire ascension, le troublait. Il ne pouvait arriver à se persuader que le roi s'intéressait vraiment à sa pauvre personne. Mais en réalité, il savait bien que « pauvre personne » n'était qu'une manière de parler, une habitude paysanne de feindre l'humilité ; puisqu'il n'était plus pauvre, qu'il ne serait plus jamais pauvre, que son renom égalait presque celui des plus fameux corsaires. Du moins ce papier en faisait foi. Cela le rassurait. Comme rien n'est simple, il n'y croyait quand même qu'à demi.

Un jour, comme ils accostaient sur la plage d'un îlot, l'Olonnois et ses compagnons virent se précipiter vers eux un étrange individu, qu'ils prirent d'abord pour un animal tellement sa barbe et ses cheveux étaient longs. Pratiquement nu, à l'exception d'une sorte de pagne d'écorce et d'un curieux chapeau en paille tressée, conique, l'inconnu les salua en se trémoussant. Il parlait avec une telle volubilité qu'ils ne s'aperçurent pas tout de suite qu'en réalité il s'exprimait en français. Ce naufragé vivait seul sur son rocher depuis un an.

Une fois son agitation, bien compréhensible, calmée, il s'approcha avec curiosité de l'Olonnois, le regarda de près, le toucha, poussa quelques petits cris, s'éloigna comme pour mieux voir, clignant des yeux, et tout à coup s'écria :

— Le *Saint-Dimanche* ! Tu te souviens du *Saint-Dimanche* !

— Oui, dit l'Olonnois, interloqué.

117

Le marin des sables

— Le gabier! C'est moi le gabier! Tu te souviens du gabier du *Saint-Dimanche*?

L'Olonnois pouvait difficilement reconnaître le gabier en cet individu si poilu, alors qu'il ne se souvenait que d'un marin imberbe. De plus, le gabier du *Saint-Dimanche* avait la particularité d'être roux. Les cheveux et la barbe du naufragé étaient gris. Comprenant la perplexité de l'Olonnois, l'inconnu fit un effort de mémoire et s'écria, triomphant :

— Marin d'eau douce! Comment va mon marin d'eau douce, mon marin d'Olonne!

— Tu pourrais faire attention à ce que tu dis, grogna Borgnefesse. Ton marin d'eau douce, c'est notre capitaine et il ne faut pas lui en remontrer.

— Où cachez-vous votre navire, messeigneurs? persifla le gabier. Je n'aperçois qu'une barcasse avec laquelle vous venez vous avitailler.

Dans la moquerie, l'Olonnois reconnut alors le gabier, ce gabier qui lui avait tant manqué sur l'*Estramadure*. Il le serra dans ses bras et lui dit :

— Tu verras, nous en aurons, des beaux navires. Plus beaux, plus grands que le *Saint-Dimanche*. Et avec toi, maintenant, rien ne sera impossible. Je te donnerai les plus belles voiles du Nouveau Monde.

En attendant, le gabier du *Saint-Dimanche* reçut la charge de l'unique toile de la pirogue. Il s'en étouffait de rire. Il avait l'impression d'être retombé en enfance et qu'on lui offrait un jouet. Il disait :

— Qu'est-ce que j'ai fait au Bon Dieu pour que me voilà condamné à tirer la ficelle d'une reginglette? Vous m'assurez que le piège est bon, mais je ne vois pas d'oiseau.

Borgnefesse et Vent-en-Panne faisaient la gueule en entendant ce nouveau venu dénigrer leur matériel. Et l'Olonnois, lui aussi un peu agacé, répondait :

— Cause toujours, avec ta reginglette. Les petits

Le marin des sables

oiseaux ne nous intéressent guère. On ne chasse que le gros poisson.

Comme pour confirmer ces propos, peu de temps après on aperçut de la pirogue deux masses noires qui se précipitaient l'une vers l'autre et l'on entendit des coups de canon qui se répondaient en rafales. Pensant qu'un navire de flibustiers était aux prises avec un bateau espagnol, l'Olonnois demanda au gabier de donner de la toile et sortit les avirons.

— Souquez, les gars ! Souquez dur !

Le canon tonnait si fort que la mer semblait ébranlée. En se rapprochant, il parut d'abord que les navires s'étaient retournés, quilles en l'air, car on ne discernait ni mâts ni voiles. Puis on distingua les gerbes d'eau qui jaillissaient très haut, comme des geysers. Les deux formes noires se lançaient toujours l'une vers l'autre, se heurtant avec un bruit énorme.

Le gabier, grimpé en haut du mât, en redescendit hilare.

— Des baleines ! Des baleines qui en sont venues aux gourmades ! Les voilà qui confondent les baleines et les Espagnols, maintenant. Sacrés marins d'eau dou...

Il n'eut pas le temps de prononcer sa phrase jusqu'au bout. Borgnefesse lui envoya une telle baffe qu'il en tomba à la renverse dans la pirogue.

— Que je t'entende jamais parler de marin d'eau douce. Ou sinon je te ramène dans ton îlot par la peau du cou.

L'Olonnois, lui, se mordait les lèvres, comme si le gabier le surprenait fautif. Il voyait bien que ce dernier s'amusait de le retrouver capitaine mais qu'il le rangeait dans la catégorie burlesque des stratèges de tréteaux de foire. Et le pire c'est qu'il en concluait que le gabier avait raison.

Ils arrivaient maintenant suffisamment près des baleines pour assister à ce qui n'était qu'un combat de

Le marin des sables

deux mâles. Elles se lançaient l'une contre l'autre, se frappaient durement de leurs nageoires. Ce que l'on prenait pour des coups de canon résultait du choc violent de leur queue contre la mer. Les deux bêtes meuglaient, soufflaient avec un bruit de forge, seringuaient par leurs naseaux des jets qui eussent fait crever de jalousie Monsieur Le Nôtre, architecte des jardins, bassins et fontaines du parc de Versailles, si ce spectacle lui eût été offert. Au loin, d'autres baleines au large dos bossu émergeaient comme des récifs. Tout un troupeau de femelles qui attendaient patiemment le résultat du duel opposant les deux mâles.

L'Olonnois fit détourner la pirogue qui vira cap pour cap sur la Tortue.

À Basse-Terre l'agitation était grande. On répétait qu'on avait vu se diriger vers La Havane un navire espagnol orné de douze flibustiers pendus aux extrémités de ses six vergues ; qu'à Mexico un capitaine français, prisonnier, un carcan aux pieds, portait du pain pour un boulanger qui l'avait acheté comme esclave. Plusieurs embarcations flibustières, coulées par une frégate espagnole escortée de quatre brigantins, il apparaissait clairement que le gouverneur de Cuba, voulant donner une leçon aux Français effrontés, accrochés à la Tortue, leur envoyait une escadre punitive. Afin de dissiper tout malentendu l'escadre ne hissait-elle pas l'enseigne rouge des « Sans Quartiers » ?

L'Olonnois décida aussitôt d'attaquer la frégate et de s'en emparer. Projet qui tenait de la folie. Borgnefesse, mis dans la confidence, estima que si l'on réussissait à éloigner les brigantins, il ne serait peut-être pas impos-

Le marin des sables

sible d'approcher la frégate qui ne se méfierait pas d'une simple pirogue. Elle chassait plus gros gibier, coulant des navires de la flibuste tous de taille à engager un combat naval. Ce qu'ils faisaient, d'ailleurs, mais sans succès.

Le gabier du *Saint-Dimanche,* rasé de frais, les cheveux tondus (un barbier tenait boutique à Basse-Terre depuis l'arrivée des soldats du roi) était devenu filiforme. L'Olonnois reconnaissait bien, maintenant, le matelot maigre et basané qui lui avait enseigné les rudiments du métier de marin. Vieilli de vingt ans et privé de ses cheveux roux, il paraissait terne. Sa langue demeurait cependant aussi acérée.

— Nous reprenons la mer demain, lui dit l'Olonnois. Je vais te rapporter une frégate.

— Comment, me rapporter ! Je suis assez grand pour aller la chercher avec vous !

— Non, tu me gênerais. Je n'ai pas encore de voiles à t'offrir. Mais tu les auras.

— Tu ne vas pas me dire que tu comptes attraper une frégate avec ta pirogue de sauvage ?

— Eh bien ! si. Je ne suis pas un bon marin, c'est vrai. Toutefois j'ai du cœur au ventre.

— Te vexe pas, petit. Oh ! pardon, capitaine !

L'Olonnois haussa les épaules, planta là le gabier et courut rejoindre Borgnefesse et son équipe de gueux qui jamais, pour aucun d'entre eux, ne vogua sur un navire de ligne. Guacanaric ne connaissait que le maniement des troncs d'arbres creusés au feu. Le More et l'Abyssin avaient bien traversé tout l'Atlantique, de la Guinée au Mexique, mais au fond d'une cale et attachés avec des chaînes de fer. Borgnefesse était plus boucanier que flibustier, comme la plupart des résidents de la Tortue qui passaient indifféremment d'un état à un autre, selon leurs besoins ou leurs humeurs, boucaniers quand ils restaient à terre, flibustiers lorsqu'ils prenaient la mer. Ainsi de Borgnefesse, de Vent-en-Panne et de tout le petit

121

Le marin des sables

équipage réuni par l'Olonnois. Pas un seul marin de métier parmi eux. Les marins de métier se trouvaient sur ces navires marchands que les armateurs de Nantes et de La Rochelle envoyaient bourrés de marchandises depuis l'investiture de Monsieur d'Ogeron.

Donc, la pirogue de l'Olonnois prit en chasse l'escadre espagnole. La disproportion des effectifs était telle que l'on devrait plutôt dire : la pirogue de l'Olonnois alla musarder dans les remous de l'escadre. Mais c'est justement sur cette démesure que misait l'Olonnois. Il s'efforça de paraître encore plus petit, rabattant la voile, ne se servant que des pagaies. Lorsque la pirogue s'approchait des navires, seuls Borgnefesse et lui restaient visibles, tous leurs compagnons, couchés sous des bâches, disparaissaient, occupés à préparer les armes et la poudre tout en marmonnant des prières qui demandaient à Dieu victoire et argent. Borgnefesse et l'Olonnois pêchaient avec ostentation des thons blancs, si nombreux qu'ils ne savaient qu'en faire. Leurs compagnons étouffaient sous les bâches écrasées par le poids de cette manne. En réalité Borgnefesse et l'Olonnois observaient la tenue des navires espagnols. Ils aperçurent sur l'un des brigantins le capitaine, arpentant le pont, de la poupe au grand mât. Hormis les huniers, toutes les voiles étaient suspendues à leurs cargues. Les sabords, fermés par des mantelets, dont les deux hommes distinguaient parfaitement les gonds, indiquaient une grande tranquillité d'esprit dans l'équipage. Des officiers bien rasés, poudrés, leur perruque blanche immaculée sous un tricorne bleu orné de plumes de paon, vinrent s'accouder sur le bastingage et les regardèrent pêcher. Puis le brigantin s'éloigna.

Le marin des sables

Pendant plusieurs jours, l'Olonnois et sa petite troupe talonnèrent l'escadre sans trop se montrer, comme un loup s'attache à pister un troupeau, attendant le moment propice pour sauter sur une proie malencontreusement isolée. Ils escomptaient un relâchement dans la surveillance de l'escadre, un éparpillement des navires, quelque chose d'inattendu qui leur permettrait de s'enfoncer brusquement, tel un coin qui fait éclater le cœur de l'arbre.

Le quatrième soir, l'occasion apparut enfin. Alors que, pour une raison inconnue, les quatre brigantins s'éloignaient en pleine mer, la frégate mit le cap sur Cuba. La pirogue suivit, à une suffisamment grande distance pour ne pas donner l'éveil. Vue du bateau, elle ne devait figurer qu'un point minuscule. Se rapprochant de la côte cubaine, la frégate s'engagea dans un petit fleuve. L'Olonnois attendit la nuit pour la rejoindre. Il la retrouva, mouillée non loin de l'embouchure. La pirogue se glissa sous des manguiers.

Dès l'aube, la frégate leva l'ancre et redescendit le fleuve. Lorsqu'elle passa tout près de la pirogue un croc s'abattit sur son château arrière. La meute bondit, grimpa sur le cordage, se rua sur le pont, sabres et haches brandis. Un officier, si empanaché, si emplumé, si bien botté, si couvert de dentelles, que des flibustiers plus lettrés que ne l'étaient ceux-ci l'eussent pris pour un personnage du théâtre de Molière, s'avança en se frisant la moustache.

— *Pero hombres que significa? Quien les a permitido semejante mascarada?*

Il n'entendit pas la réponse car sa tête, tranchée par le sabre de Borgnefesse, roula sur le pont.

En quelques secondes, le tillac fut pris d'assaut par des diables qui ressemblaient d'autant plus à de vrais démons que parmi eux se trouvaient deux Nègres et un Peau-Rouge. Comme il arrivait fréquemment lors des abor-

Le marin des sables

dages, l'équipage pourtant aguerri des navires militaires, surpris, estomaqué, et finalement paralysé par la réputation féroce des flibustiers, abandonna la partie avant qu'elle ne commençât. Marins et soldats se précipitèrent dans la cale en verrouillant les écoutilles. L'Olonnois et Guacanaric s'escrimaient à forcer les trappes lorsque le More et l'Abyssin ramenèrent un étrange personnage qu'ils s'obstinaient à tirer par les oreilles, malgré les cris du malheureux. Il faut dire que la tête de cet individu, d'une anormale grosseur, et ses oreilles en proportion semblaient constituer le principal de son corps. Cette tête lui retombait sur la poitrine si bien qu'il relevait ses épaules si haut qu'on le croyait bossu. Et cette immense hure reposait avec difficulté sur un corps et des jambes d'une minceur extrême.

Ce monstre parlait avec volubilité, mais en espagnol, en quoi il perdait son temps. Mais le More et l'Abyssin comprenaient, eux, et se montraient effrayés, comme s'ils avaient capturé une pieuvre.

Ils traduisirent enfin que cette tête n'était autre que celle du bourreau, envoyé par le gouverneur de Cuba pour pendre tous les flibustiers pris par l'escadre.

— Comment, s'écria l'Olonnois, nous avons une commission du roi de France. Nous sommes marins de Sa Majesté et non pas pirates. Tu retourneras voir ton maître dans ton pays de chiens et tu lui diras que tu as contemplé de tes propres yeux plus grand bourreau que toi et qu'il s'appelle l'Olonnois.

Les écoutilles déverrouillées, il fit monter l'un après l'autre tous ceux qui s'étaient réfugiés dans la cale. Dès qu'un crâne apparaissait il laissait l'homme se hisser jusqu'à la hauteur de son bras et, d'un coup de sabre, faisait voler la tête. Puis, présentant l'arme ruisselante de sang au bourreau, il la léchait en feignant la plus grande délectation. L'Olonnois décapita ainsi tous les captifs, en prenant son temps, léchant à chaque fois sur le sabre le

Le marin des sables

sang de la victime. Quatre-vingts fois, il fit sauter une tête. Quatre-vingts fois, il lécha le sabre. Borgnefesse, Guacanaric, Vent-en-Panne, les deux Nègres et les autres le regardaient avec stupeur. Ils n'osaient rien dire, aussi terrorisés que le bourreau qui, pourtant, en avait vu d'autres. Mais il est vrai qu'il se tenait alors de l'autre côté du manche.

Lorsque l'Olonnois en termina avec sa boucherie, il s'enferma dans la cabine du capitaine, s'appropria du papier et une plume et rédigea une lettre au gouverneur de Cuba par laquelle il lui signifiait avoir exécuté ses ordres, mais sur ses propres sbires. Il chercha longtemps une formule qu'il souhaitait élégante, car il n'avait pas écrit une ligne depuis son départ des Sables-d'Olonne. Il trouva néanmoins.

« Je ne doute pas, Excellence, que vous sachiez apprécier la manière dont nous vous avons payé comptant de votre peine, en envoyant votre équipage dans cet autre monde où vous aviez voulu nous faire passer. »

Satisfait, le pli cacheté à la cire, il se surprit à lécher la plume d'oie, en jura de dépit et cassa la plume.

Le bourreau débarqué à Cuba avec la missive, l'Olonnois et ses compagnons hissèrent les voiles de la frégate qui arriva sans encombre à la Tortue.

7.

L'or de Maracaïbo

Le fortin de Monsieur de La Place, continuellement agrandi et aménagé par Monsieur d'Ogeron, prenait des allures de châtelet. Des barbacanes le protégeaient face à la mer, doublées d'une braie à créneaux et merlons. On n'était pas allé jusqu'à édifier des tours, mais les bastions multipliés et liaisonnés de courtines offraient une appréciable défense. Toutefois, la probabilité d'un débarquement espagnol restait mince et le sieur d'Ogeron de la Bouère amplifiait plutôt ces fortifications pour accroître l'image de sa puissance à la Tortue. Tant il est vrai que la plupart des châteaux forts ont moins été construits pour défier l'ennemi que pour asseoir l'autorité du seigneur sur ses propres sujets.

L'Olonnois, convié au fortin par Monsieur d'Ogeron, y trouva une assemblée de nouveaux venus. La réunion se passait dans la grande salle que des maçons fraîchement arrivés du Val de Loire venaient d'aménager à la manière des gentilhommières d'Anjou. L'Olonnois fut un peu surpris d'y remarquer une grande cheminée dont l'utilité semblait problématique en ce pays qui ignorait le froid.

Un homme trapu, au cou très droit, les cheveux et les yeux noirs, vêtu à la mousquetaire, regardait l'Olonnois en souriant, comme s'il le reconnaissait.

Bertrand d'Ogeron les poussa l'un vers l'autre.

— Voilà deux hommes faits pour s'entendre. L'Olonnois, tout le monde ne parle plus que de vous. Et Michel-le-Basque brûlait de vous rencontrer.

L'Olonnois sentit le sang lui monter au visage. Ainsi,

Le marin des sables

devant lui, se tenait le plus célèbre des flibustiers, qu'il n'eût jamais pensé approcher. Il le voyait comme auréolé des superbes navires, tant admirés du temps où il n'était qu'un pauvre larron des mers. Les figures de proue dansaient autour de Michel-le-Basque, femmes aux robes moulées sur de fortes poitrines, rois couronnés, princesses enturbannées, tous inclinés sous le poids des beauprés comme sous le joug d'un maître de l'onde.

Michel-le-Basque dévisageait l'Olonnois, toujours souriant, tortillant le bout de ses moustaches avec les doigts. Il devait avoir une quarantaine d'années, mais sa renommée défiait l'usure du temps. Puis, tout à coup, claquant des talons, il lança comme on prend un pari :

— Eh bien, l'Olonnois, si on montait ensemble une chasse-partie ?

— Excellente idée, approuva d'Ogeron. Le moment arrive de dépasser vos expéditions solitaires. Vos deux navires pourraient pratiquer des courses conjointes, mais je songe à une véritable escadre. Et à un débarquement à terre. Les côtes du Venezuela sont riches de cités neuves que vous rançonneriez aisément. Punir les Espagnols de leurs forfaits, assurer nos droits de libre circulation dans les Caraïbes, montrer au roi d'Espagne que le roi de France veut aussi se tailler un empire en Amérique, voilà un programme qui ne manque pas de piquant. Pierre-le-Picard vous rejoindrait. Je vous donne les soldats de ma garnison et leur lieutenant. Il faut que les règles de la guerre soient observées. Car c'est la guerre, messieurs, que je vous offre. Jamais la flibuste n'aura présenté à la fois autant de bateaux et autant de combattants. Nous allons mettre toutes nos forces dans cette bataille. Le roi nous en sera gré et Monsieur Colbert.

Puis, se tournant vers le fond de la salle, d'Ogeron montra deux hommes, en retrait. Un moine en froc, les pieds nus dans des sandales, le crâne rasé, enfouissait ses deux mains dans les manches de sa robe. L'autre, vêtu

Le marin des sables

d'une culotte courte et d'une chemise, à la manière des boucaniers, feuilletait un gros livre relié de cuir qu'il posa sur une étagère en s'entendant interpeller.

— Voilà, dit d'Ogeron, l'aumônier et le chirurgien de votre expédition. Si vous succombez au péché, le premier vous en absoudra et, si la maladie vous assaille, le second vous en délivrera. Vous voilà parés, messieurs.

Remarquant que l'Olonnois regardait le chirurgien comme s'il s'agissait d'une apparition céleste, il ajouta :

— Oui, je comprends votre surprise. Monsieur le chirurgien n'a pas encore eu le temps de récupérer un habit. J'ai racheté Monsieur à un boucanier qui s'en servait de domestique. Il s'agissait d'un malentendu. La boucanerie perd un engagé, mais la flibuste hérite d'un médecin.

Ce n'était pas le vêtement de l'inconnu qui causait à l'Olonnois un tel étonnement. Depuis si longtemps qu'il ne fréquentait plus que des démons, il lui semblait reconnaître en ce jeune homme qui montrait tant d'indifférence à tout le moins un ange.

L'Olonnois repartit du fortin fort troublé. Que d'Ogeron le mette sur le même pied que Michel-le-Basque et que ce dernier ne s'en offusque pas, bien au contraire, eût été raison suffisante pour se monter le bourrichon. S'il se sentait flatté de ce cousinage, une telle force l'envahissait, une telle frénésie de carnage, que l'association avec le plus fameux des flibustiers ne l'intimidait pas. Il craignait beaucoup plus cette haine qui prenait possession de son corps. L'exécution des prisonniers espagnols sur la frégate, ce sang léché sur le sabre, il ne se l'expliquait pas. Il avait obéi à un légitime mouvement de colère lorsque le

Le marin des sables

bourreau lui apprit que les Espagnols n'eussent pas fait de quartiers si la malchance avait voulu que la fortune changeât de camp. Mais tous les flibustiers savaient bien qu'une potence les attendait quelque part. Tel était le risque de leur métier. Non, la colère qui avait saisi l'Olonnois, cette colère froide qui le conduisit à cette hécatombe, venait de plus loin. Elle venait de cette grande désillusion que lui apportèrent les Îles. Embarqué à La Rochelle pour fuir la violence du Vieux Monde, dans le Nouveau une violence peut-être pire encore l'empoigna dès les premiers jours de son arrivée à Saint-Domingue. Il ne se remit jamais du choc d'avoir été vendu comme esclave, ni de la brutalité gratuite des boucaniers. Et, lorsqu'il put s'échapper, lorsqu'il trouva enfin cette terre des délices du cœur dans la tribu des derniers Arawaks, la cruauté resurgit à l'improviste. Le sang de ces Espagnols, qu'il léchait sur son sabre, il l'identifia alors à celui des bourreaux de Caona. Toute la somme de fureur et de haine accumulées contre l'humanité depuis les massacres entre catholiques et protestants dans le pays d'Olonne, depuis les exactions des sergents contre les pauvres paysans des sables, depuis le meurtre de sa mère par les collecteurs de la taille, depuis l'assassinat de Brise-Galet et du Biscayen, depuis le massacre de son équipage dans le Yucatan, tout ce ressentiment convergea sur l'Espagnol. En réalité, il vengeait sur un Espagnol mythique toute la misère du monde. La rancœur, l'humiliation, la rage, prenaient possession de son âme. Il ne pardonnait à personne qu'on lui eût volé son paradis. Il s'estimait floué puisque le soleil se couchait aussi sur ces îles.

Mais il s'apprêtait à reprendre la mer. À appareiller pour aller plus loin. Toujours plus loin à l'ouest. Il revoyait le visage d'ange du jeune chirurgien. D'où pouvait-il bien sortir, avec cet air innocent ? Le trouble qui l'agitait, il s'en rendait bien compte maintenant,

Le marin des sables

venait plus de la rencontre de ce jeune homme que de celle de Michel-le-Basque. Il lui tardait de le retrouver, de lui parler, de savoir ce que masquait cette figure énigmatique.

La frégate capturée se balançait gracieusement sous ses trois huniers. Toute neuve, puisque l'abordage avait été si rapide et le combat si bref qu'elle n'en portait aucune trace, elle ressemblait à un pur-sang au milieu des galions, des lougres et des caravelles amarrés eux aussi dans le port, mais qui paraissaient lourds comme des percherons si on les comparait à sa sveltesse. Un peu à l'écart, se tenait le vaisseau hérissé de canons de Michel-le-Basque, un vaisseau amiral de la marine de guerre espagnole, jadis enlevé au large de la Jamaïque. Le port de Basse-Terre commençant à devenir trop étroit pour l'abondance des bateaux constituant la flotte de la Tortue, d'Ogeron avait fait creuser un bassin assez profond, au sud de la capitale, où charpentiers et forgerons réparaient les avaries, doublant les coques de plaques de plomb pour empêcher les algues de s'y coller. Chaloupes à deux mâts, dogres aux voiles carrées, brigantins avec leur grande voile latine accrochée au grand mât, flûtes de commerce transformées en navires pirates, gros cotres, barques à tapecul, les embarcations les plus différentes se touchaient, se heurtaient sous la poussée de la marée. L'Olonnois trouva le gabier du *Saint-Dimanche,* au pied de la frégate, qui la contemplait comme une image pieuse.

— Alors, lui dit l'Olonnois, la voilà. Je te l'avais promise. Que dis-tu de ses voiles ?

Et il ajouta, sans attendre la réponse :

Le marin des sables

— Tu seras mon maître d'équipage.

— Comme ça on décide, on ne demande pas son avis au vieux, bougonna le gabier.

— Je me demande bien ce que tu pourrais fabriquer à terre, si je ne t'emmenais pas.

— Oui, petit, les jambes me démangent. À l'idée de grimper dans ces haubans, je me sens des ailes pousser. Tu sais bien que je n'ai jamais compris la vie autrement que sur le pont d'un navire. Vivre quelque temps sur une petite île comme celle-ci, passe encore. On peut se croire arpentant le passavant d'un vaisseau. Pourtant, quand je pense que derrière nous tant de gens croupissent dans des villes, j'ai pour ces malheureux un sentiment de grande commisération. Dire comme certains qu'on peut trouver son bonheur sur la terre ferme me paraît un contresens insoutenable.

Puis se ravisant et reprenant son air gouailleur :

— Maître d'équipage, c'est bien beau. Où le trouveras-tu, cet équipage ?

— Ma foi, je ne sais pas, répondit l'Olonnois. Les marins, ça pousse comme des champignons, dans les ports. Il n'y a qu'à se baisser pour en ramasser. Et puis quoi, nous n'étions qu'une dizaine pour ramener cette frégate.

— J'ai encore une condition à formuler.

— Dis toujours.

— Est-ce que je pourrai continuer à t'appeler petit, quand tu seras amiral ?

Ils éclatèrent de rire à cette plaisanterie et, bras dessus bras dessous, allèrent boire une bouteille de rhum dans une auberge pour arroser leur accord.

Le marin des sables

Le rhum ne dissipa pas chez l'Olonnois sa violente envie de revoir le chirurgien. Pourquoi ce jeune homme entr'aperçu l'intriguait-il tant? Était-il d'ailleurs vraiment chirurgien? L'Olonnois avait déjà rencontré de ces médecins échoués dans la flibuste, résidus des médicastres du Vieux Monde qui, eux-mêmes, montraient une fâcheuse tendance à imputer toutes les maladies à des humeurs froides, flegmatiques, séreuses ou pituiteuses. Ces chirurgiens de la flibuste, habiles à couper bras et jambes, couverts du sang des blessés autant que les combattants par celui de leurs victimes, ne faisaient pas long feu sur les bateaux corsaires. Ils y arrivaient déjà vieux, flétris, chassés par leur clientèle révoltée à la perspective de mourir précocement sous leurs saignées. Ne sachant plus à quel saint se vouer, ils s'embarquaient pour les Îles où leur fâcheuse réputation ne les précédait pas.

Non, ce jeune homme ne pouvait pas être chirurgien. Monsieur d'Ogeron plaisantait. Qui était-il? Monsieur d'Ogeron disait l'avoir racheté à un flibustier... Plaisanterie encore. Pourquoi? Le simple geste de l'inconnu, posant ce gros volume relié de cuir jaune, si insolite dans un milieu où l'idée de feuilleter un livre ne serait venue à personne, prenait dans le souvenir de l'Olonnois un air de grâce et de tendresse rappelant celui du prêtre dans l'église Notre-Dame-du-Bon-Port aux Sables-d'Olonne lorsque ce dernier achevait la lecture de l'épître. Comme ce temps lui paraissait loin! Il se revoyait, petit garçon, tenant la main de sa mère engoncée dans ses lourdes jupes, serpentant les ruelles sinueuses qui entouraient l'église. Il revoyait les maisons basses aux contrevents verts. Et soudain tout basculait. Les trois portes du porche de l'édifice présentaient leurs statues brisées par les huguenots. La violence réinvestissait l'Olonnois qui eût voulu crier, hurler : « Non! Non! pas cette image de désolation! Les saints de pierre décapités... Décapités comme les Espagnols de la frégate! » Un nuage de sang

Le marin des sables

passait devant ses yeux. Il se sentait avalé par le démonisme du monde comme Jonas par la baleine.

Une envie folle de rejoindre ce jeune homme beau comme un ange, avec ses cheveux blonds bouclés, délicat comme une demoiselle, le fit courir de taverne en taverne. Mais qu'il était bête ! Comme si ce pastoureau fréquentait ces mauvais lieux ! Il erra longtemps autour du bastion du gouverneur, espérant sans succès en voir sortir la silhouette blonde.

Dès le lendemain, il rassemblait son équipe : Guacanaric, Borgnefesse, Vent-en-Panne, le More et l'Abyssin, le gabier du *Saint-Dimanche,* ramassait dans les tripots une vingtaine de matelots et la frégate repartit en mer. Quelques jours plus tard elle ramenait à la Tortue un gros bateau marchand aux cales pleines de cacao.

Monsieur d'Ogeron fut si enchanté de pouvoir expédier à Nantes une cargaison de cette poudre si recherchée par les chocolatiers qu'il nomma sur-le-champ l'Olonnois amiral de la future flotte organisée avec Michel-le-Basque pour courir sus à la Nouvelle-Espagne.

L'Olonnois avait repris la mer comme une provocation. Il voulait se prouver à lui-même, et surtout démontrer à ce jeune homme invisible, qu'il pouvait capturer un navire espagnol sans verser une goutte de sang. En effet, la cacaoyère se rendit dès que Borgnefesse, sauté sur le pont du navire, annonça quel était l'agresseur. À la seule évocation du nom de l'Olonnois l'équipage se jeta à genoux et demanda grâce. L'Olonnois se paya le luxe de débarquer les deux tiers des marins espagnols dans un îlot proche de Porto Rico, ne conservant qu'un minimum de prisonniers servant aux manœuvres du navire.

Le marin des sables

Par cette nouvelle prouesse, l'Olonnois espérait faire sortir l'énigmatique jeune homme de son trou. Mais c'est le moine qui arriva.

La Tortue s'était jusqu'alors passée de religieux. Les capitaines de la flibuste officiaient eux-mêmes le dimanche, en lisant la Bible sur le pont des bateaux, écoutés pieusement par un équipage qui ne commençait jamais ses repas sans réciter le cantique de Zacharie. Les flibustiers qui arboraient en haut de la voile brigantine la fleur de lys (et non le drapeau noir des pirates qui n'apparaîtra qu'au début du xviiie siècle) et ne manquaient pas de fêter chaque vingt-cinq du mois d'août la Saint-Louis, se tenaient donc quittes à la fois du roi et de Dieu. Mais le sieur d'Ogeron de la Bouère ne l'entendait pas ainsi et, comme il avait importé de France des charpentiers et des forgerons, il crut indispensable de requérir aussi un dominicain qu'on lui expédia de la Guadeloupe.

Le moine exigea de l'Olonnois qu'il réunisse son équipage afin qu'il puisse à la fois bénir les hommes et le bateau. La chose était suffisamment nouvelle pour que chacun y prît goût. Seul l'Olonnois bouillait d'impatience. Il n'avait ramené la cacaoyère que pour l'offrir au soi-disant chirurgien et celui-ci n'apparaissait toujours pas.

— Mon père, demanda-t-il au moine, que savez-vous de ce jeune chirurgien rencontré chez Monsieur d'Ogeron?

— Oubliez-le, mon fils, répliqua vivement le moine. C'est un malheureux adepte de la prétendue religion réformée.

— Il est vraiment chirurgien?

— Le chevalier de la Bouère le dit; il a bien de la bonté. Ce serait simplement un Nègre marron échappé de la Guadeloupe que ça ne m'étonnerait pas.

— Mais, mon père, il est blond!

Le marin des sables

— Vous avez vu ses cheveux frisés ? Le démon est plein de malices. Blanchir un Nègre, pour lui, quel jeu d'enfant ! Le chevalier de la Bouère l'a racheté, demi-mourant, à un boucanier. Rien d'étonnant qu'il ait failli trépasser dans les champs de tabac. Il a l'air d'une fille, ne trouvez-vous pas ?

L'Olonnois se mordit les lèvres. Oui, maintenant il comprenait le trouble qui l'agitait. Il comprenait aussi pourquoi le souvenir de Caona revenait si fort et se mêlait parfois à l'image du jeune homme. Il ne s'était pas amateloté comme le voulait l'usage de la flibuste. Et maintenant un désir violent de cet inconnu l'étreignait. Voilà donc ce qui le tenait en éveil depuis quelques semaines ! Voilà donc ce qui le ramenait sans cesse à cette figure d'ange !

Quel contraste avec ce vieux moine au crâne rasé, à la barbe de chèvre, si petit et maigre qu'il semblait un de ces godenots, figurines de bois que les marins aiment sculpter avec leur couteau et qui, finalement, prennent les traits déformés et toutes les contorsions de leurs cauchemars.

— Vous savez, mon fils, reprit-il, comme s'il eût voulu convaincre l'Olonnois qu'il voyait rêveur, les Nègres, je les connais comme si je les avais faits. J'en ai baptisé plus de trois mille à la Guadeloupe.

L'Olonnois répliqua, agacé :

— Avez-vous baptisé les miens ?

Interloqué et comme fautif, le moine se précipita vers la frégate où le More et l'Abyssin se balançaient dans des hamacs. Il se retourna vers l'Olonnois :

— Vous êtes sûr qu'ils ne sont pas baptisés ?

— Demandez-leur. Mais si oui, l'ablution provient d'un curé espagnol. Autant dire que la damnation les attend.

Le marin des sables

Le sieur d'Ogeron de la Bouère avait lieu d'être satisfait. Sa colonie disposait d'un prêtre et d'un médecin, comme dans toute société qui se respecte. Et il allait démontrer aux gouverneurs des alentours que, de ceux qu'ils considéraient avec légèreté comme des pirates, il ferait de vrais marins et de vrais soldats.

D'Ogeron arma en effet sept vaisseaux, montés par quatre cent quarante hommes. La frégate de Cuba, commandée par l'Olonnois, devenait le navire amiral, avec ses dix canons. Cent vingt hommes se trouvaient à bord.

Si d'Ogeron avait donné à l'Olonnois le commandement des forces en mer, il avait par contre prudemment confié à Michel-le-Basque la responsabilité des forces à terre, en prévision du débarquement au Venezuela. Le premier était donc gratifié du titre d'amiral, le second honoré de celui de général. Les deux hommes, mis à égalité, se portaient d'ailleurs respectivement grande estime. Mais l'ironie du sort, ou la méconnaissance des vraies qualités humaines par les puissants de ce monde, voulait que le meilleur marin soit général et le moins bon amiral.

L'Olonnois exigea que Borgnefesse reçoive la charge d'une frégate de huit canons, montée par quatre-vingt-dix hommes. Une fois capitaine, Borgnefesse ne supporta plus qu'on l'appelle autrement que Gaspard-Athanase-Bénigne Le Braz, sans oublier un seul de ses prénoms.

Pierre-le-Picard commandait le quatrième navire, un brigantin. Le cinquième, la *Cacaoyère*, servait au transport des munitions. Enfin deux barques, emportant chacune une trentaine d'hommes, complétaient la plus grosse armée que la flibuste ait jamais lancée à la mer.

Comme prévu, le gabier du *Saint-Dimanche* devint maître d'équipage de la frégate amirale. Guacanaric, le

Le marin des sables

More et l'Abyssin accompagnaient bien sûr l'Olonnois. Borgnefesse (pardon! Gaspard-Athanase-Bénigne Le Braz) s'octroya Vent-en-Panne comme second.

La frégate de Cuba offrait trois minuscules chambres à sa poupe. Selon l'usage, l'Olonnois s'en réserva une, donna la deuxième au moine et laissa au chirurgien la cabine rouge, signe qu'elle avait déjà dû servir à un praticien puisque, sur les navires, on croyait plus simple de peindre couleur sang la demeure du médecin du bord, afin que les éclaboussures des opérés s'y remarquent moins. Car le jeune homme était bien chirurgien, d'Ogeron le lui confirma. Et il lui raconta même la lamentable aventure arrivée à ce protestant honfleurais, né dans une honorable famille bourgeoise normande, qui avait mené à terme de brillantes études médicales, mais qui s'était vu interdire l'exercice de sa profession en raison de sa religion. Ayant appris que la liberté des cultes se pratiquait dans les colonies d'Amérique, il s'était engagé pour Saint-Domingue. Mais lui non plus ne savait pas à quoi il s'engageait. Il pensait se louer comme médecin et, dès son arrivée à l'île de la Vache, un boucanier l'acheta trente écus aux enchères publiques et le traita comme tous ses semblables traitaient les immigrés. Échappé, lui aussi, à ses tortionnaires, il réussit à venir raconter au gouverneur sa mésaventure. D'Ogeron saisit l'occasion de récupérer un médecin pour la Tortue, dédommagea le boucanier et fit en même temps une bonne action, chose rare sous ces latitudes.

La veille de l'appareillage, le moine qu'en allusion à son ordre chacun surnommait le père Dominique, organisa une grande séance de confessions individuelles. Mais les flibustiers ne s'étaient pas confessés depuis si longtemps, et la liste de leurs péchés était si longue, qu'il dut abréger et prononcer une absolution collective. La messe, en plein air, très appréciée, tous communièrent avec ravissement.

Le marin des sables

Tous ? Non. Pas le jeune chirurgien, ni une trentaine d'autres, dont on ne savait pas s'ils étaient huguenots ou mécréants. Car d'Ogeron avait beau attribuer un prêtre à la flibuste, la flibuste se conservait le droit à la libre pensée.

Le départ des cinq vaisseaux et des deux barques fut superbe. Monsieur d'Ogeron salua l'escadre par une salve de coups de canon, tirée de son château. Toutes les voiles dehors, à l'exception des flèches et des clinfocs, drisses et balancines faisant mouvoir harmonieusement les vergues, les navires s'éloignèrent lentement.

L'Olonnois, sur le tillac de sa frégate, regardait orgueilleusement ce bouquet de toiles gonflées par le vent. L'escadre donnait à la fois une impression de puissance et de fragilité. Puissance de ces lourdes coques, bardées de bouches à feu, aux ponts surchargés d'hommes. Fragilité de ces tissus et de ces cordages animés par la seule énergie de la brise. Et cette naturelle comparaison le ramenait à la pensée du jeune homme blond, renfermé dans sa cabine et qui, à côté de sa force acquise depuis tant d'années de bourlingage, lui paraissait si délicat.

Le seul portrait qui nous soit parvenu de l'Olonnois nous le montre dans sa maturité. Sans doute l'artiste inconnu et un peu naïf a-t-il accentué, comme il crut logique de le faire pour un si terrible capitaine, l'air martial et farouche du visage. Des cheveux noirs, partagés par une raie au milieu, retombent sur ses épaules. De fines moustaches et une mouche au menton indiquent un souci d'élégance. L'Olonnois s'était bien affiné. Tel devait-il étrangement apparaître, lors de cette expédition vers le golfe du Venezuela, à l'ancien gabier du *Saint-Dimanche* lorsqu'il s'approcha en s'exclamant :

— Morbleu, petit, voilà que t'es amiral à présent... Jusqu'où ne monteras-tu pas ? Quand je pense que c'est moi qui t'ai fait grimper pour la première fois à un mât,

Le marin des sables

histoire de rigoler ! Qu'est-ce que t'as grimpé, depuis, dis donc !

— Avoue-le, tu ne m'aurais jamais cru capable de passer par le trou du chat !

— Je te crois maintenant assez malin pour passer par le chas d'une aiguille.

L'Olonnois haussa les épaules et descendit vers le gaillard d'arrière. Voyant le chirurgien qui sortait de sa cabine il le suivit. Le jeune homme avait conservé le même habillement : une chemise, largement échancrée sur son torse nu et une culotte toute simple sur des bas de drap de Hollande. Il rejoignit près des bastingages, où s'entassaient les hamacs de l'équipage, un groupe de matelots qu'il paraissait connaître. L'Olonnois s'approcha.

En l'apercevant, le chirurgien s'écria :

— Ah ! capitaine, cela tombe bien. Je vous présente mes coreligionnaires. Vous savez que nous sommes calvinistes, n'est-ce pas ?

— Ici, il n'y a que des flibustiers.

— C'est tout l'honneur de la flibuste. Mais ce moine nous inquiète.

— Rien à craindre. Le temps lui manquera bientôt pour distribuer ses extrêmes-onctions. Et vous-même n'aurez guère le loisir de méditer sur vos évangiles. Vous devrez panser tant de plaies et bosses.

— Justement, capitaine. Je sais bien qu'il me sera difficile de subvenir à tant de soins. C'est pourquoi il me faudrait de l'aide. Et, sans être médecins, mes coreligionnaires possèdent quelques notions des drogues et onguents. Ils sont, comme moi, plus habiles à se servir d'un couteau pour curer une blessure infectée qu'à l'enfoncer dans le ventre d'un Espagnol.

Comme il remarquait une contrariété dans le regard de l'Olonnois, il ajouta :

— Mais s'il faut se battre en plus contre les Espagnols

Le marin des sables

comptez sur nous. Ceux qui les endurèrent en Flandres n'en gardent pas un meilleur souvenir que, nous, du roi de France.

— Vous, dit l'Olonnois au chirurgien, vous devez tout faire pour épargner votre vie. Elle nous est trop précieuse. Il n'est pas question que vous vous battiez. Je vous l'interdis. Vous m'entendez bien, je vous l'interdis !

Comme il haussait le ton et mettait une telle ardeur dans cette interdiction, le groupe des huguenots en fut tout esbaudi. Se ravisant, l'Olonnois ajouta :

— Vous, les matelots, vous aiderez Monsieur le chirurgien tant que vous le pourrez. Mais si les combats nous prennent trop d'hommes, eh bien tant pis, vous abandonnerez les blessés et vous courrez remplacer les morts.

L'Olonnois s'éloigna puis, se ravisant, revint vers le groupe.

— Je connais bien les huguenots. Dans ma petite enfance, on s'entre-harpait dans les rues des Sables-d'Olonne avec les turlupins de La Chaume, sous prétexte que nos parents ne juraient que par le pape ou par Calvin. Si j'avais su où ça me mènerait ! Bêtise que tout ça ! Les Espagnols croient bien au pape, comme notre roi, et ce sont pourtant de damnés gredins !

Il repartit à grands pas, en agitant les bras.

L'expédition prenait des allures de croisière, tellement la mer était calme, le ciel uniformément bleu, les eaux désertes à l'infini. Les matelots s'amusaient à attraper les poissons volants qui s'aventuraient sur le pont en planant. D'autres pêchaient à la ligne des germons ou des daurades. Le troisième jour, une frégate espagnole appa-

Le marin des sables

rut. L'Olonnois fit envoyer des signaux à Michel-le-Basque pour qu'il continue le voyage sans s'inquiéter. Quant à lui, il allait rester en arrière pour s'occuper du navire ennemi.

Le branle-bas de combat réveilla l'équipage qui s'engourdissait dans un insolite bien-être. Les sabords ouverts par un jeu de cordes, les canons poussés hors de la coque se pointèrent vers la frégate espagnole qui se rapprochait à force de voiles. Dès qu'elle arriva à portée, l'Olonnois fit tirer une première bordée. La frégate espagnole répondit par une salve. En haut du tillac l'Olonnois salua le tir en agitant son grand chapeau à plumes. Les boulets tombaient dans la mer, enjambant les ponts des navires. À tous les coups de canon tirés par les Espagnols, l'Olonnois mimait un grand salut jusqu'à terre pour laisser passer le boulet et la mitraille. La frégate espagnole s'était suffisamment rapprochée pour que, de son pont, on puisse voir le manège de l'Olonnois. Mais les officiers ennemis paraissaient ravis de cette manœuvre, qu'ils connaissaient bien, et qui leur faisait croire qu'ils se trouvaient en présence d'un vaisseau de guerre régulier et non d'un corsaire, puisque celui-ci adoptait la technique de ce que l'on appelait la guerre galante. Jusqu'au soir, les deux navires se bombardèrent ainsi, comme autant de révérences. Ils se brisèrent quelques palanquins, déchirèrent quelques voiles, mais les coques restèrent intactes. Ils se séparèrent, la nuit tombée, enchantés l'un de l'autre.

En retournant à sa cabine, alors que le maître d'équipage dépliait toutes les voiles pour rattraper l'escadre, l'Olonnois aperçut le chirurgien qui le regardait d'un air narquois. Il dit avec brusquerie :

— Vous voyez que je sais aussi ne pas être qu'un boucher et me conduire en gentilhomme.

— Nous ne sommes pas venus jusqu'ici pour une guerre en dentelles, répliqua le chirurgien.

144

Le marin des sables

— Vous êtes venu pour quelle raison?

— Parce que je ne pouvais pas faire autrement.

— Et moi, pourquoi croyez-vous que je sois venu? Pour devenir amiral?

Le jeune homme reprit son air ironique.

— Non. Je crois que vous aviez plus d'ambition.

— Quoi? Que voulez-vous dire?

— Oui, vous vouliez savoir ce qu'il y avait de l'autre côté de l'Océan. Et vous avez trouvé une mer pleine de requins et de baleines, de lamantins et de pieuvres. Pour flotter suffisamment haut afin d'échapper à ces monstres, il ne vous restait plus qu'à devenir amiral.

Ils s'assirent tous les deux, le dos calé à la paroi des cabines, les jambes allongées sur le plancher. La frégate filait bon train. On n'entendait que le vent qui sifflait dans la mâture et les allées et venues de la bordée de pont qui veillait sur la bordée d'en bas.

— Vous avez vu les baleines, dit doucement l'Olonnois. Si immenses qu'elles paraissent invulnérables. Et pourtant un poisson bien plus petit leur mène une guerre perpétuelle en les piquant sous le ventre. Sa tête armée d'une arête, à la façon d'un sabre, leur crève la panse. Les malheureuses bêtes sautent, bondissent au-dessus des vagues, terrifiées par cet ennemi qui les blesse à mort et qu'elles ne peuvent apercevoir.

Le chirurgien ne répondit pas. L'Olonnois poursuivit :

— Quand j'ai commencé la flibuste, un autre poisson me causait grand-peur. Les gens de la Tortue l'appelaient *requiem* parce que, disaient-ils, il dévore les hommes et fait chanter pour eux le Requiem. C'est une chose épouvantable que la gueule de cet animal. Puis j'ai compris que ce squale était le seul hôte des mers à l'image de l'homme. Depuis je n'ai plus peur du requin. Je crois même qu'il a fini, en me connaissant mieux, par avoir peur de moi.

Ils observèrent un long silence. L'Olonnois reprit :

145

Le marin des sables

— Comment avez-vous deviné que je voulais savoir ce qu'il y avait de l'autre côté de l'Océan ?

Et, n'attendant pas la réponse, il ajouta :

— La mer a des lèvres voraces. Elle ne ferait qu'une bouchée de cette frégate si l'envie lui en prenait. Elle digère tout, sans laisser d'indices. Après les plus furieux abordages, pas la moindre tache de sang ne reste sur la mer. Le bleu absorbe le rouge. La mer efface toutes les traces des combats. Les bateaux blessés coulent et disparaissent, comme les corps des victimes.

L'Olonnois ne s'était pas senti aussi calme depuis bien longtemps. Et pourtant une émotion intense le gagnait. Il savait qu'en ce moment s'engageait une partie bien plus grave que la bataille vers laquelle le vent le conduisait silencieusement. Il savait qu'il ne tenait qu'à quelques mots, qu'à quelques gestes qu'il ne risquait pas encore, pour que sa vie bascule, pour qu'il sorte de cet enfer dans lequel il stagnait depuis le massacre de la tribu Arawak et retrouve un bonheur auquel il n'osait plus penser. Cette guerre galante, fantaisie de quelques heures, comme un ballet de cour, c'était bien sûr au jeune homme blond qui se trouvait près de lui, silencieux, qu'il la dédiait. Manière de lui faire la cour. Il avança sa main, toucha la cuisse du chirurgien, la serra de ses doigts de fer, puis desserra l'étreinte qui devint caresse.

— Allons dans ma cabine, dit le jeune homme. Le moine furète dans tous les coins. Il n'aimerait pas vous voir exposé à l'apostasie.

L'Olonnois disparut pendant plusieurs jours. Comme on le savait en la compagnie du chirurgien, l'inquiétude courut dans l'équipage. On le crut malade. Mais, lorsque

Le marin des sables

les vigies signalèrent les premiers amers et que l'Olonnois apparut, juché dans les haubans, scrutant la côte avec une longue-vue, on se félicita d'avoir hérité d'un médecin aussi efficace.

L'Olonnois distinguait dans sa lunette les deux caps ouvrant le golfe de Venezuela. Les Espagnols appelaient Petite-Venise cette entrée dans les terres, en raison des eaux endiguées par des dunes de sable. Les navires devaient donc s'ancrer au large. Entre ce golfe et un lagon, qui pratiquement doublait la superficie de ces eaux troubles, se trouvait la grande ville de Maracaïbo, défendue par une garnison de huit cents soldats. L'escadre ne leur opposerait que la moitié d'assaillants. Mais que pourraient huit cents soldats face à des flibustiers habitués à se battre à un contre dix?

L'Olonnois demanda à l'escadre de tenir la mer jusqu'à la tombée de la nuit. L'obscurité venue, tous les bateaux se glissèrent vers le continent. À l'aube, les sentinelles de la tour, dans un des deux îlots du fond de la baie, aperçurent les cinq grands navires embossés de telle manière qu'ils présentaient leurs travers hérissés de toutes les batteries de leurs canons. Mais déjà Michel-le-Basque donnait l'ordre aux deux barques, chargées par la petite troupe des soldats de la garnison et commandées par leur lieutenant, de foncer vers l'Islet-aux-Ramiers et d'y investir son fort.

De sa frégate, l'Olonnois vit, peu de temps après, des signaux lui indiquant la prise de l'Islet-aux-Ramiers. Il fit descendre des bossoirs les canots des cinq navires sur lesquels s'embarqua la presque totalité des équipages. L'Islet-aux-Ramiers détruit et ses quatorze canons encloués, aucune défense n'interdisait plus l'entrée de Maracaïbo. La troupe espagnole, débandée par cet assaut inattendu, se replia sur Mérida, siège du gouvernement de la colonie et autre ville importante adossée aux derniers contreforts de la cordillère des Andes.

147

Le marin des sables

Les flibustiers, qui s'apprêtaient à en découdre, eurent la surprise de voir le port de Maracaïbo désert. Les bâtiments de commerce s'y trouvaient nombreux, mais sans un marin, sans un soldat, sans un pêcheur. On eût dit des vaisseaux fantômes dans un port imaginaire. Ils avancèrent dans le chantier maritime où les carcasses de navires en construction semblaient des squelettes de baleines. Pas un ouvrier. Pas un bruit. Au fur et à mesure qu'ils pénétraient dans Maracaïbo, qu'ils appelaient on ne sait pourquoi (sinon qu'en francisant le nom il leur paraissait plus chrétien) Marécaye, ils découvraient une ville morte. Tous les habitants s'étaient enfuis à Gibraltar, bourgade fortifiée au bord de la lagune. Le chirurgien et ses coreligionnaires s'installèrent dans l'hôpital, bénéficiant d'un équipement inespéré. Quant aux flibustiers, ils investirent les riches maisons aux façades ornées de balcons sculptés. L'attaque avait été si vive, la panique si immédiate que, dans toutes les demeures, les tables offraient vaisselle et provisions juste servies. Il ne manquait que les esclaves, décampés avec leurs maîtres.

L'Olonnois, Michel-le-Basque, Pierre-le-Picard, Gaspard-Athanase-Bénigne Le Braz, se répartirent avec leurs hommes dans la ville qu'ils pillèrent soigneusement. Le père Dominique, en possession quant à lui de quatre couvents et de dix églises, ne savait où donner de la tête car, là encore, moines, curés, vicaires, bedauds, marguilliers et sacristains, tout le personnel ecclésiastique avait disparu. Les flibustiers s'assemblèrent néanmoins dans la plus grande des églises pour y chanter le Te deum, comme ils le faisaient communément pour remercier Dieu après chaque victoire, cependant que tous les canons de l'escadre tonnaient en l'honneur de la Vierge.

L'attaque n'avait pratiquement pas causé de victimes parmi les flibustiers. Seul l'assaut de l'Islet-aux-Ramiers coûta la mort d'une dizaine de soldats et le lieutenant y perdit deux doigts de la main droite. On s'aperçut par

Le marin des sables

contre très vite de l'absence de Guacanaric. S'était-il noyé ? Avait-il fui pour on ne sait quelle raison ? L'Olonnois éprouvait inquiétude et remords. Ne négligeait-il pas son ami indien depuis l'arrivée du chirurgien ? Guacanaric aurait-il pris ombrage de cet amour, le considérant comme une trahison envers Caona ou peut-être même vis-à-vis de lui-même ? On ne sait jamais quelles idées folles passent par la tête de ces sauvages.

Après deux semaines de bon temps à Maracaïbo, Michel-le-Basque, responsable on le sait des opérations à terre, décida, en accord complet avec l'Olonnois, d'attaquer Gibraltar. Le gouverneur de Mérida avait eu le temps d'y organiser une résistance efficace, avec quatre cents soldats plus la population de Maracaïbo hâtivement armée. Vieux militaire, héros de la guerre des Flandres, le gouverneur de Mérida escomptait bien rejeter à la mer, à partir d'un inévitable affrontement à Gibraltar, cette bande de gueux juste bons à piller des galions solitaires. Pour lui, les flibustiers ne pouvaient se comparer qu'à des détrousseurs de diligences au coin des bois. Il lui répugnait de combattre de simples malandrins mais, puisque les soldats de Maracaïbo avaient eu la lâcheté de s'enfuir devant des voleurs de poules, il lui fallait bien jouer au gendarme.

Les flibustiers eurent d'abord la mauvaise surprise de trouver les chemins conduisant à Gibraltar impraticables, inondés ou bien hérissés de pieux. Ils bifurquèrent à travers un marécage où ils s'embourbèrent. Mitraillés par les canons du gouverneur, ils se replièrent dans un petit bois en laissant dans la tourbe une dizaine de blessés. Comment attaquer Gibraltar à revers ? Dans leur situation, contourner la bourgade fortifiée se révélait impossible. À plusieurs reprises les flibustiers se ruèrent contre les palissades de planches d'où pleuvait une grêle de balles. À chaque fois leurs rangs s'éclaircissaient et ils devaient se replier pour se réfugier derrière les arbres. Ce

Le marin des sables

combat à terre, auquel ils n'étaient pas habitués, les désorientait. Cette boue, dans laquelle ils pataugeaient, leur paraissait plus pernicieuse que l'immatérialité de la mer. Ils piétinaient. Leurs longs fusils de boucaniers, au tir si précis, les avantageaient peu contre un ennemi invisible derrière ses remparts.

Soudain, les canons espagnols se turent. Si les flibustiers ne distinguaient rien, ils devinaient qu'il se passait quelque chose à Gibraltar. Une fumée monta derrière la bourgade, puis de hautes flammes. On entendit des coups de feu lointains. De toute évidence, Gibraltar se trouvait attaquée sur deux fronts. Par qui ? Sans se préoccuper plus longtemps de ce dilemme, l'Olonnois et ses hommes se lançant dans un nouvel assaut passèrent par-dessus les parapets. Une fois dans la bourgade, ils furent à leur affaire : sabrer, hacher, taillader l'adversaire leur convenait particulièrement. Pris en tenailles, les défenseurs de Gibraltar, affolés, ressemblaient à un troupeau de bœufs harcelé par une meute. Ils se serraient les uns contre les autres, formaient des carrés de résistance, tombaient sous les coups des piques. Indubitablement, ces Espagnols se jetaient contre les rangs des flibustiers et s'y embrochaient parce qu'ils fuyaient un autre ennemi qui les acculait à la panique. Enfin, sur le monceau de victimes, les autres assaillants apparurent, jetant des cris gutturaux, armés d'arcs et de haches de pierre, rouges des pieds à la tête. Parmi ces Indiens nus, à la chevelure ornée de plumes d'aras aux couleurs éclatantes, l'Olonnois reconnut avec stupeur Guacanaric, tel qu'il l'avait rencontré dans la tribu Arawak. C'était si inattendu qu'il crut à une hallucination. Mais l'Indien s'avança vers lui.

— J'ai retrouvé mes frères rouges après un long sommeil dans l'île de la Tortue. Mon corps endormi s'est réveillé non loin du pays de Quetzalcoatl.

150

Le marin des sables

Les survivants de Gibraltar, chargés de ramasser leurs cinq cents morts, les entassèrent dans des barques et les jetèrent à la mer. Quant aux flibustiers, ils déploraient une quarantaine de tués, soit seulement le dixième du corps expéditionnaire. Mais le chirurgien eut fort à faire dans son hôpital avec les quelque cent cinquante blessés. Le délicat jeune homme blond était méconnaissable, torse nu, sa peau et sa culotte de toile si couvertes de sang qu'il ressemblait à Guacanaric. Ses aides, aussi rouges que lui, s'activaient avec des seaux et des bassines, lavant les blessures. Le chirurgien sciait des bras et des jambes, dans un tohu-bohu de hurlements, de râles, de gémissements. L'hôpital, en proie à ses démons rouges, paraissait plus un camp de tortionnaires qu'un asile de soins. Ne serait-ce que par l'analogie entre les instruments du bourreau et ceux du chirurgien. Toutes ces pinces (bec-de-grue pour extraire les esquilles, bec-de-cane à bout rond pour rechercher les balles dans les parties charnues, bec-de-lézard pour tirer avec un bout ouvrant les balles aplaties, bec-de-perroquet pour arracher les pièces de harnois insérées dans les membres), ces tire-fond tournant à vis pour dégager les plombs, ces tenailles pour sectionner les os fracturés, ces dilatoires pour distendre les plaies, ces forets pour percer les crânes, ce trépan qui s'apparentait à un vilebrequin, ces scies pour couper les membres, ces rugines pour racler les os, ces cautères se terminant en flèches, ces lancettes pour ouvrir les apostèmes, ces canules, tout ce matériel qui sauvait néanmoins des vies était plus épouvantable à voir que les armes qui les estropiaient.

Les blessures les plus horribles se rassemblaient là. Yeux crevés, crânes fendus, mains coupées, poitrines trouées, ventres ouverts. Le jeune chirurgien allait de l'un

Le marin des sables

à l'autre, agrippé au passage, supplié, menacé. Le nombre de blessés trop grand pour qu'il puisse tous les soigner à la fois, il s'acharnait pourtant à rechercher les balles dans les chairs avec ses doigts, nettoyait les plaies qui se putréfiaient très vite en raison du climat et se remplissaient de vers, arrachait les esquilles. Ses aides achevaient le nettoyage des entailles à l'huile bouillante, puis les cautérisaient au fer rouge. Pendant ce temps, il recousait, trépanait. Avant d'amputer une jambe, il découpait les chairs avec une sorte de serpe, ne laissant à la scie que les os puis, avec un bec-de-corbin, pinçait les veines et les artères et les liait. Un de ses aides tenait la cuisse et l'autre le mollet. Le sang coulait à flots dans un baquet de bois.

Malgré son acharnement et celui de ses coreligionnaires, les blessés leur échappaient par dizaines, l'insoutenable douleur de ces opérations sans anesthésie amenant autant la mort que les hémorragies et la gangrène. Au bout de la première journée, une trentaine moururent. Le lendemain, vingt suivirent et dix le surlendemain. Mais ils en sauvèrent néanmoins quatre-vingt-dix, qui s'en tirèrent avec quelques membres en moins. Le moine ne quittait pas l'hôpital, guettant le moment où le chirurgien abandonnait les moribonds pour les prendre alors en charge et leur distribuer l'extrême-onction.

Pour venger leurs morts, les flibustiers incendièrent Gibraltar. La population survivante fut ramenée à Maracaïbo et enfermée dans les églises, avec les tableaux et les images des saints pieusement enlevés des maisons particulières. Placés devant l'exigence d'une rançon de trente mille piastres, les habitants marchandèrent, disant qu'ils ne pourraient en trouver que vingt-cinq mille, mais qu'ils voulaient bien donner en compensation le nombre d'esclaves que ces messieurs les flibustiers désireraient. Il sembla même qu'ils se tenaient prêts à offrir leurs propres femmes et filles, mais les flibustiers, qui se trouvaient fort

Le marin des sables

bien de leur homosexualité, n'en avaient que faire. Par contre, les esclaves posaient problème. Emmener des Nègres à la Tortue ne résoudrait-il pas enfin la question des malheureux engagés et de leur bagne de trois années ? Le marché paraissait excellent quand le More et l'Abyssin vinrent trouver l'Olonnois et le supplièrent de ne pas accepter les esclaves.

— Tu nous avais promis de nous affranchir quand nous t'avons accompagné dans la pirogue, lui dirent-ils avec reproche.

Interloqué, l'Olonnois s'aperçut que les deux Nègres confondaient leur propre affranchissement et celui de tous les Noirs. Comme ils s'étaient vaillamment battus, l'Olonnois ne voulut pas les décevoir et demanda à ses associés de libérer immédiatement tous les esclaves, ne voyant toutefois pas très bien comment ces derniers tireraient parti de leur affranchissement lorsque les Français réembarqueraient et qu'ils se retrouveraient face à leurs anciens maîtres ; mais à chaque jour suffit sa peine.

À la place des esclaves, on se paya en saccageant systématiquement toutes les maisons, boutiques, échoppes, ateliers. Les cales des bateaux ne pouvant suffire à contenir tout le butin, on prit quelques navires dans le port que l'on conduirait, chargés, jusqu'à Basse-Terre.

Le père Dominique protesta de ce que l'on eût oublié de piller les lieux du culte.

Comme l'Olonnois s'en étonnait, il lui rétorqua que la Tortue ne possédait point d'église, que la première des préoccupations lorsque l'on rentrerait à Basse-Terre serait d'en édifier une et qu'il était plus simple de remporter les cloches, les tableaux, les croix, les ciboires et les ostensoirs de ces églises-ci que d'attendre l'éventualité très incertaine d'un envoi venant de France. Il ne faudrait pas oublier les bibles, les livres de messe, les bréviaires et autres volumes ou opuscules que l'on

153

pourrait trouver dans les édifices religieux afin de constituer à la Tortue une bibliothèque.

L'Olonnois, auquel la vie avait pourtant appris à ne s'étonner de rien, regardait le moine barbichu avec une certaine stupéfaction.

— Mon père, ces religieux que vous me demandez de piller ne sont-ils pas vos alter ego?

— Que non, mon fils! Ces églises sentent le bouc. Les capucins détiennent la chrétienté dans ces contrées.

— Je connais bien les capucins. Ils confessaient les marins des Sables-d'Olonne.

— Ah! parlez-m'en, des capucins des Sables-d'Olonne! Nous avons dû intervenir auprès de l'évêque de Luçon pour qu'il leur interdise l'entrée dans les tavernes, les cabarets et les jeux de boules.

L'Olonnois ne pouvait le savoir, mais les différents ordres religieux lâchés sur le Nouveau Monde se disputaient les contrées à évangéliser. Capucins de Saint-Christophe, dominicains de la Guadeloupe, jésuites de la Martinique, carmes de Grenade, pour ne parler que des Caraïbes, étaient à leur manière des sortes de flibustiers. Chaque congrégation essayait de prendre d'assaut la zone évangélique du voisin, voire de couler son église. C'est ainsi que les augustins, pendant un temps fort actifs, durent finalement battre en retraite et réembarquer.

Les cales des bateaux bourrées de butin, les blessés pansés, tout le monde habillé de neuf, chapeauté, botté, s'apprêtait à repartir quand les Indiens arrivèrent de la forêt, chargés de fruits étranges, dans de grands paniers. Leurs femmes les accompagnaient, les seins nus, un petit tablier d'écorces tressées leur cachant le ventre. Elles apportaient des perroquets, perchés sur leurs épaules, poussaient devant elles des porcs noirs. Leurs enfants traînaient des iguanes attachés par des lianes. En voyant cette tribu indienne, joyeuse et indolente, en revoyant Guacanaric redevenu Indien sauvage, l'Olonnois eut le

Le marin des sables

cœur serré. La terre des délices du cœur n'était-elle pas parmi eux ?

Ces visages ronds et lisses, au nez court, ces yeux brillants, ces dents blanches, ces cheveux noirs frottés à l'huile pour les rendre plus luisants, ces corps bariolés de rouge, de jaune et de bleu, ces plaques d'or ovales qui recouvraient la bouche des hommes, ces colliers de coquillages, chaviraient l'esprit de l'Olonnois. Quelques Indiens jouaient une musique très douce avec des flûtes de bambou et des boyaux tendus sur des os de pécari.

Guacanaric armé, comme la plupart des hommes, d'un arc et de flèches ferrées de dents de poisson, dit avec cette solennité qu'il mettait à chacun de ses actes :

— Nous apportons à nos frères, hommes pâles descendus du ciel, des présents d'adieu.

Et comme l'Olonnois, tout à sa nostalgie des années heureuses près de Caona, ne répondait rien, contemplant dans une sorte de béatitude cette peuplade innocente, Guacanaric ajouta :

— La coutume veut qu'en échange nous recevions de ces objets dont les Blancs font usage.

— Que veulent-ils ? Tu sais bien que je leur donnerai tout ce qui peut leur être agréable.

— Des hameçons pour la pêche, des couteaux, des aiguilles, des épingles, des ciseaux, des peignes, du fil...

L'Olonnois rassembla tous ces cadeaux et y ajouta des haches et des serpes. Puis il demanda à Guacanaric :

— Pourquoi ne reviens-tu pas avec nous ? Tu sais combien tu me manqueras...

— Mon frère blanc connaît la vie parmi les hommes rouges. Enlève ta carapace de cuir et de toile et remets-toi nu. Nous te teindrons de roucou. Et, lorsque tu seras rouge, tu ne différeras d'aucun d'entre nous.

L'Olonnois savait que sa vérité se trouvait dans ces terres du continent, encore vierges, et parmi ces Indiens que l'Europe n'avait pas encore contaminés.

155

Le marin des sables

— Tu es devenu un homme très puissant, reprit Guacanaric. Presque un dieu. Mais une flèche t'a mordu au cœur et tu souffres telle une femme.

Comme cinglé par une lanière de fouet, l'Olonnois sortit brusquement de sa rêverie. Il cria, brutal :

— Va-t'en ! Va-t'en parmi les tiens !

Et il tourna les talons, courant vers le canot qui l'attendait pour rejoindre sa frégate. Bien alignés face au golfe, leurs canons toujours pointés sur Maracaïbo, les cinq vaisseaux hissaient leurs voiles. Et les fleurs de lys des pavillons agités par le vent du large, crépitaient comme de petites flammes.

8.

Antoine-le-Chirurgien

La Tortue fêta le retour de l'escadre par toute une semaine de réjouissances. Jamais une chasse-partie ne rapporta aussi gros. Après que tous les flibustiers, l'un après l'autre, et solennellement sur la croix du père Dominique, eurent juré ne rien détourner, chacun tira son lot. Tous les morts recevaient leur part, qui échouait par priorité au conjoint, c'est-à-dire au mateloté survivant. À défaut, la prise, mise de côté, était envoyée par prochain bateau à la famille. Quant aux blessés, un tarif bien précis régissait la distribution : un aveugle encaissait six cents écus, un borgne cent, un manchot ou un unijambiste deux cents, une oreille ou un doigt coupé cent. Ainsi le lieutenant, qui revenait avec deux doigts en moins, perçut-il deux cents écus, la même somme que le chirurgien pour l'entretien de son coffre à médicaments. Mais, en plus de cette prime, le chirurgien, placé à égalité avec le capitaine, émargeait pour une part du butin. Toutefois, les quatre capitaines de l'expédition, outre leurs parts, héritèrent chacun de l'un des bateaux espagnols ramenés.

La cérémonie du partage se prolongea fort longtemps. Elle ne donna lieu à aucune discussion puisque tout était minutieusement prévu dans les règlements des chasses-parties. Tous les cas étaient passés en revue, comme des figures de ballet. Celui-ci, qui avait capturé des prisonniers, touchait cent piastres ; celui-là, qui avait arraché le drapeau espagnol et planté à la place celui des frères de la

159

Côte, cinquante piastres ; cet autre, qui avait adroitement lancé une grenade dans le fort assiégé, cinq piastres.

L'expédition de Maracaïbo rapporta à la flibuste quatre cent mille écus. Ce trésor s'éparpilla dans les cabarets, les tripots, les boutiques des revendeurs. Les flibustiers, qui croyaient ne jamais venir à bout d'une telle fortune, jouaient leur avoir aux dés, au piquet, à la vache, au trictrac, à la chouette, au reversis, au brelan, à la boule, à la paume, vidaient des tonneaux de rhum, se ruinaient en toilettes. Ils n'avaient pas assez de doigts pour y glisser tous leurs bijoux, pas assez de lobes d'oreilles pour y suspendre tous leurs pendentifs, pas assez de pieds pour les chausser d'aussi beaux souliers, pas assez de têtes pour les orner de perruques et de chapeaux de castor à plumet.

Monsieur d'Ogeron se réjouissait. Les navires de Nantes qui apportaient toutes ces attifailles et du bon vin d'Anjou repartaient avec des cargaisons de tabac, de cacao, de canne à sucre, d'indigo, de peaux tannées, de vaisselle d'or et d'argent, de meubles de marqueterie, de brocarts, de tapisseries, d'ornements d'église. L'or, que les Espagnols arrachaient aux Indiens, transitait par la Tortue et bifurquait vers la Loire pour remonter jusqu'à Versailles.

Monsieur d'Ogeron s'était entiché de l'Olonnois. Il l'invitait fréquemment à sa table, au « château », avec le chirurgien.

Lorsque les flibustiers parlaient de leur praticien, ils disaient « le chirurgien ». Cependant, lorsqu'ils lui adressaient la parole, ils l'appelaient Monsieur. Non pas seulement parce qu'il ressemblait à un jeune monsieur, mais parce que telle était la coutume. Les flibustiers respectaient et protégeaient un tel personnage dépositaire d'un savoir permettant de vaincre la mort, ou en tout cas de la repousser. À tel point que lorsqu'un équipage se lançait à l'abordage, on enfermait le thérapeute dans sa

Le marin des sables

cabine, avec interdiction d'en sortir avant la fin des combats. Souvent, par mesure de précaution supplémentaire, on le poussait dans la cale, l'écoutille bien cadenassée au-dessus de lui. On ne le libérait qu'une fois la victoire assurée. Sa vie garantissait la survie des blessés, la guérison des malades.

Que le chirurgien se soit amateloté avec l'Olonnois donnait à ce dernier encore plus de prestige. Cette faculté de guérir, qui ne tenait qu'à la science, mais que les flibustiers recevaient comme une sorte de sorcellerie, rejaillissait sur son amant. À l'invulnérabilité de l'Olonnois face aux Espagnols s'ajoutait désormais une aura aussi mystérieuse pour ces illettrés que pouvait l'être un de ces gros livres reliés de cuir que le chirurgien feuilletait bizarrement.

Le chirurgien n'avait que vingt-cinq ans, l'Olonnois entrait dans sa quarantième année. Bientôt vingt ans qu'il se trouvait à la Tortue. Vingt ans! Incroyable! À la sensualité partagée avec Antoine (tel était le prénom du chirurgien) s'ajoutait une tendresse que l'on eût pu prendre pour un transfert de paternité, mais en réalité ce jeune intellectuel bourgeois lui paraissait d'une telle étrangeté qu'il l'intriguait et le fascinait trop pour montrer à son égard une attitude de protection.

D'Ogeron disait parfois à l'Olonnois :

— Vous et moi, nous sommes gens de guerre, Monsieur le chirurgien relève d'une autre espèce. Il nous est venu comme un don du ciel...

— Comme un ange, murmurait l'Olonnois.

D'Ogeron se mettait à rire, de ce rire sonore qui explosait soudain dans sa large poitrine et qui s'apparentait au braire.

— Le père Dominique vous dirait que l'Église a longtemps discuté du sexe des anges pour finalement en conclure que ces êtres célestes n'en avaient point. Ce qui

Le marin des sables

ne semble pas le cas de notre ami... Enfin, vous le savez mieux que moi.

— Les huguenots croient-ils aux anges ?

— Voilà que vous me prenez au dépourvu. Je sais qu'ils professent que la Sainte Vierge a été dépucelée comme votre mère et la mienne. À part ça ne m'en demandez pas trop. Si le roi savait que des huguenots sont frères de la Côte, vous pourriez me dire adieu. Mais pourquoi ne seraient-ils pas frères de la Côte ? Notre manière de voir diffère de celle de Versailles et même de celle de Paris.

D'Ogeron faillit révéler à l'Olonnois quels ordres lui donnait Monsieur Colbert. Il se sentait une grande amitié pour ce flibustier si intrépide. Les sympathies et les antipathies obéissent à des impulsions qui rendent vaine ensuite toute réflexion plus mesurée. De la même manière que Colbert misa intuitivement sur d'Ogeron, d'Ogeron misait sur l'Olonnois. C'est pourquoi il aurait aimé tout lui avouer. Mais, prudemment, il n'en fit rien.

Si d'Ogeron avait appliqué à la lettre les instructions reçues de Colbert, il eût été promptement enlevé de son « château » et abandonné sur une île comme le voulait la coutume de la flibuste pour ceux qui contrevenaient aux règles de la communauté. S'il demeure le plus glorieux des gouverneurs de la Tortue, si sous son administration la Tortue atteignit une prospérité inégalée, c'est qu'il sut temporiser, voire tricher. En réalité, d'Ogeron se conduisait vis-à-vis de Colbert comme Colbert vis-à-vis du roi. Tous les deux menaient à leur manière, pour le plus grand bien de leurs administrés, les affaires de leurs royaumes respectifs. Colbert, vassal déférent de Louis XIV, croyait à juste titre qu'il connaissait beaucoup mieux la tenue des comptes du royaume que son suzerain et, en conséquence, n'en faisait qu'à sa tête. De même, Bertrand d'Ogeron rendait compte à Colbert de l'essor de la Tortue, que les bateaux arrivant à Nantes

Le marin des sables

chargés de trésors concrétisaient éloquemment. Mais, pour parvenir à accroître cette prospérité, il ne suivait surtout pas les ordres du ministre.

Car que demandait Colbert ? Tout simplement que le gouverneur de la Tortue soumette les habitants de l'île aux lois en vigueur en France ; qu'il institue une colonie où s'épanouissent l'agriculture et les manufactures ; que les propriétés des boucaniers soient cadastrées ; que les terres soient bornées ; que des taxes soient perçues à la production ; que des droits de douane soient établis. Autrement dit, Colbert voulait civiliser ces sauvages qui vivaient sans clôture, dans une totale communauté des biens, et qui faisaient payer leurs impôts par les Espagnols.

Colbert avait prescrit à d'Ogeron de convertir les boucaniers au rôle d'agriculteurs et de réduire la puissance des flibustiers, la transformant en simple police veillant à la libre circulation des navires marchands. Bien au contraire, car il savait que la survie de la Tortue était à ce prix, comme la reconquête de Saint-Domingue, voire l'extension de la Louisiane, le gouverneur accrut considérablement le pouvoir de la flibuste, ouvrant largement l'accès de l'île aux aventuriers de tout acabit, aux déserteurs de la marine royale, aux hors-la-loi et, par là même, aux protestants. De crainte de manquer dans l'avenir de flibustiers, il importa même de France un contingent d'enfants de treize à quinze ans, qui devinrent les mousses d'une flotte sans cesse augmentée de navires pris à l'ennemi.

Alors que la Guadeloupe et la Martinique étaient pressurées par la massive arrivée d'intendants, de commis, de receveurs, de teneurs de livres, d'officiers de justice, de moines et de jésuites, ce qui amenait les gouverneurs à exiger comme contribution locale deux cent dix-huit livres de tabac par habitant, d'Ogeron n'exigeait de ses administrés que cinquante livres de

Le marin des sables

pétun, se contentait pour les affaires de la religion d'un moine et pour celles de l'armée d'un lieutenant d'infanterie qui, amputé de deux doigts, ne pouvait même plus tenir un esponton.

De longs silences interrompaient souvent les dialogues de Bertrand d'Ogeron et de l'Olonnois. Le premier s'égarait avec Monsieur Colbert et le second pensait à son ange.

La délicatesse d'Antoine, si surprenante dans cette île de brutes, avait surpris à tel point l'Olonnois que l'angélisme imposa immédiatement son image. Il n'en voyait pas d'autre. Les anges de pierre de l'église Notre-Dame-de-Bon-Port, aux Sables-d'Olonne, surgirent dans sa mémoire obscurcie par tant de monstres. Et aussi Caona l'Indienne, ange à sa manière, ange du Paradis terrestre avant le péché d'Adam et Ève. Tout ce dont il se souvenait et qui échappait à la contingence du labeur et de la quotidienneté, il le devait (quoi qu'en pût penser le père Dominique) aux capucins des Sables. Sans eux, il n'aurait jamais su qu'il existait des anges. Sans eux, il n'aurait jamais su que les âmes des morts s'embarquaient sur des vaisseaux fantômes qui les emmenaient au-delà de l'Océan dans un pays où le soleil ne se couche jamais. Sans eux, il n'aurait sans doute jamais osé s'en aller au-delà des mers, fouaillé par un désir d'absolu.

Le merveilleux intermède de la tribu Arawak l'avait convaincu qu'il ne se trompait pas. Mais à peine toucha-t-il ce paradis que les démons de l'enfer le ressaisirent dans leurs griffes. Pour vaincre ces démons, il devint démon lui-même, prince du mal. Boucaniers et flibustiers l'élevèrent si haut qu'il ne cessa de surenchérir sur leur cruauté, pour leur prouver, ou se prouver à lui-même, qu'il les dépassait tous en ignominie. Il atteignit le summum lorsqu'il décapita les quatre-vingts prisonniers de la frégate de Cuba et lécha à chaque fois le sang du mort sur son sabre. Il se grandit ainsi encore aux yeux des

Le marin des sables

flibustiers, se grandit dans l'horreur. Ils l'estimaient suffisamment pour en faire un capitaine, mais à partir de là ils commencèrent à le craindre.

Et c'est alors, au retour de cette expédition sanguinaire, qu'il rencontra le jeune chirurgien chez d'Ogeron. Le contraste fut si excessif entre ce qu'il venait de vivre et ce jeune homme blond, la chemise échancrée sur une poitrine rose, tenant dans ses mains un livre, comme un prêtre, qu'il crut à une apparition. La douceur et l'intelligence lui étaient tout à coup assenées comme un poing dans l'estomac. Il n'eut de cesse de retrouver cette image tendre et de se l'approprier.

Maintenant qu'il possédait Antoine, il s'apercevait que cette conquête, aussi délicieuse fût-elle physiquement, lui échappait insidieusement. Il n'aurait su dire comment car Antoine ne se départait jamais d'une courtoise gentillesse. Depuis leur retour, ils vivaient ensemble dans une chambre offerte par Bertrand d'Ogeron dans son « château ». En dehors du service, où le chirurgien se montrait d'une extrême efficacité (il l'avait prouvé à Maracaïbo), dans l'inaction il devenait d'une étrange indolence. Du pillage de la ville, on avait ramené une basse de viole que le chirurgien s'appropria. Il tirait de ces cordes d'étranges sons, qui lui ressemblaient : sensuels et tendres, comme une câlinerie qui agaçait l'esprit.

Lorsque l'Olonnois le regardait prendre délicatement cet instrument de musique, aussi détonnant à la Tortue qu'aurait pu l'être une image pieuse dans la case d'un boucanier, il sentait qu'Antoine se dérobait. Il en éprouvait aussitôt un violent chagrin. Et l'impression était la même lorsqu'il revenait à l'improviste dans leur chambre et qu'il trouvait Antoine lisant avec beaucoup d'attention un de ces livres ramenés par erreur de Maracaïbo, dans le lot des ouvrages de piété du père Dominique. Comme si Antoine s'avouait en faute, il refermait vite le volume et le rangeait dans un bahut.

Le marin des sables

Un jour, profitant de l'absence du chirurgien, l'Olonnois rechercha le livre. Il savait lire. Mais il n'avait rien lu depuis son embarquement à La Rochelle voilà près de vingt ans. Il eut donc du mal à déchiffrer le titre de l'ouvrage : *Discours de la méthode, pour bien conduire sa raison, et chercher la vérité dans les sciences.* Il le feuilleta, vit qu'il était question des organes du corps et de la circulation du sang. Cela le rassura. Il fallait bien que le chirurgien s'instruise s'il devait progresser dans sa pratique.

Il aimait parler avec Antoine. Par exemple de la pluie. Il ne pleuvait qu'un mois par an à la Tortue. Normand et Bas-Poitevin, les deux hommes étaient gens de la pluie, d'une pluie fine, douce, comme vaporisée. Rien de comparable à ces cataractes d'eau des tropiques, comme si le ciel se débarrassait d'un seul coup de son humidité. Évoquer la pluie de leurs littoraux suffisait à les rafraîchir.

Et aussi se remémorer le sable, l'étendue du sable fin des dunes. Et les arrière-pays avec leurs herbages. Tant de fraîcheur et de verdure.

Ce n'est pas que le vert manquât dans le paysage de la Tortue. Mais ce vert des cactus, des bananiers, des feuilles de tabac se teintait d'une telle crudité qu'il assombrissait la terre grise et rouge. Il y avait dans ce vert une agressivité, une dureté, qui ressemblaient aux défauts des hommes qui occupaient cette île, eux aussi hérissés de piquants comme des figuiers d'Inde. Un arbre, le mancenillier, dont on disait l'ombre mortelle, offrait même un fruit qui brûlait les entrailles.

Évoquer la douceur du littoral de l'ouest de la France leur faisait oublier que celui-ci a aussi ses tempêtes et ses côtes sauvages. L'Honfleurais gommait le souvenir des falaises d'Étretat rongées par les assauts de la mer, et l'Olonnois le puits d'Enfer. Dans la tendre sensualité qui les unissait, ils ne voulaient plus connaître l'envers rugueux des choses.

Le marin des sables

Mais Antoine rappelait à l'Olonnois que tous les deux, comme la plupart des hommes qui peuplaient la Tortue, n'étaient venus de l'autre côté de l'Océan que pour fuir la violence de l'Europe, que la violence des flibustiers et des boucaniers continuait la violence ordinaire du vieux continent, où l'on se rouait de coups de poing pour un pet de travers, où l'on s'étripait dans des duels pratiqués comme un jeu, où, sur les places publiques et devant une foule accourue au spectacle, on pendait, écartelait, rouait, tenaillait, rôtissait, où les rixes étaient journalières, l'insécurité permanente, où circuler seul la nuit, dans une ville, équivalait à un suicide, où traverser de jour une forêt représentait une aventure dont on ressortait le plus souvent volé, violé, voire trépassé.

— On vante ici les cruautés de Michel-le-Basque ou de Pierre-le-Picard, disait Antoine, mais qu'ont-ils fait de plus que le Grand Condé ?

— S'est-il damné plus que moi ? demandait l'Olonnois.

— Plus que toi.

— Comment peux-tu le savoir, toi qui es hérétique ?

— Justement, nous en connaissons un bout, nous, dans vos histoires de damnation, nous que l'on a brûlés sur des bûchers, comme des sorciers, que l'on condamne aujourd'hui aux galères. Tu te souviens de mes coreligionnaires que je t'avais présentés sur la frégate en allant à Marécaye et qui me servirent d'infirmiers, eh bien deux d'entre eux furent condamnés à faucher le pré. Ils ont porté la casaque rouge des forçats sur une galère de Marseille. Tout ça seulement parce qu'ils refusaient d'abjurer Calvin. Et les autres, leurs compagnons de chaînes, quels crimes avaient-ils commis ? Des voleurs de pain, des pilleurs de troncs d'églises, des contrebandiers du sel, des Bohémiens, des paysans révoltés contre le fisc, des fous, des libertins, des sodomites, des esclaves turcs capturés en mer ou achetés sur les marchés méditerranéens... C'est ça, la flotte du roi, ses quarante galères... Et les matelots de la marine royale que l'on enrôle de force en les raflant dans les bouges des ports. Ce n'est pas plus beau que les contrats d'esclavage des boucaniers. Demande à mes deux galériens ce qu'ils pensent de la Tortue. Ils te diront qu'ils ont échappé à l'enfer, qu'ici ils sont des hommes libres. Ils te diront qu'ils se vengent des bastonnades de la chiourme catholique du roi Louis sur les Espagnols catholiques du roi Charles. Nous avons tous, ici, quelque chose à venger, quelque revanche à prendre.

— Tu ne te venges pas, toi, puisque tu panses les plaies, raccommodes les membres brisés. Tu ne tues pas, tu ne blesses pas. Tu es le seul de ton espèce, ici, comment peux-tu tenir ?

— Je ne suis pas le seul, sourit Antoine, il y a aussi le moine. Je m'occupe des corps et lui des âmes. Nos deux domaines sont bien circonscrits. Pourtant il ne m'aime pas.

Antoine resta quelques minutes pensif. Puis il reprit :

— Peut-être nous ressemblons-nous trop malgré les apparences, le moine et moi. Mais, baste, nous sommes tous des moines dans cette île sans femmes. La Tortue est un couvent.

L'Olonnois hésita, puis demanda :

— As-tu connu des femmes, avant de venir à la Tortue ?

— Non.

Antoine prit sa basse de viole, modula quelques sons, s'arrêta, l'instrument de musique coincé entre ses jambes.

— Tu t'es vengé de tous tes affronts en devenant un grand capitaine, l'Olonnois. Moi je me vengerai de n'avoir pu rester un bon bourgeois honfleurais, soignant les rhumes et la goutte, en devenant le médecin des spadassins, des soudards et des reîtres. Je raccommoderai vos blessures et vous aiderai, à ma manière, à accroître la

Le marin des sables

terreur que vous inspirez. Il faut que la Tortue soit encore plus un crachat à la face de l'univers.

L'Olonnois, stupéfait, aperçut dans les yeux pâles de son ange passer une lueur féroce, mais si vite, si fugitivement, qu'il crut se tromper.

Depuis la première croix plantée par Christophe Colomb en 1592, les conquérants venus de l'est avaient fléché le Nouveau Monde de ces gibets, comme ils dardaient de banderilles le torse de leurs taureaux. Le père Dominique fit édifier une croix de bois, bien plus haute que celles des Espagnols, que l'on remarquerait de très loin, à la pointe de la Tortue. Les charpentiers d'Ogeron, aidés par une armée de volontaires, construisaient l'église, que le moine voulait suffisamment grande pour que nul ne se dispense d'assister à la messe sous le prétexte du manque de place. Mais il s'aperçut très vite que le plus grand des sanctuaires ne suffirait pas à abriter autant de fidèles potentiels. Car, sous l'administration d'Ogeron, la Tortue devenait de plus en plus prospère et, par là même, de plus en plus peuplée. Tous les bateaux de Nantes apportaient de nouveaux émigrants. Si bien qu'outre Basse-Terre, la capitale (une capitale qui ne groupait néanmoins pas plus de trois ou quatre cents habitants), d'autres petits bourgs s'étaient formés autour des cases des boucaniers : Cayonne, la Montagne, le Milplantage, le Ringot, la Pointe-au-Maçon, Capsterre. Mais Capsterre, faute d'eau potable suffisante, dépérissait. Dans toutes ces agglomérations, des magasins qui tenaient du bazar s'ouvraient, à l'initiative de juifs de Hollande, expulsés du Brésil par les colons portugais. Des échoppes, des estaminets, des gargotes, occupaient les

Le marin des sables

flibustiers lorsqu'ils séjournaient à terre et les aidaient à dépenser leurs trésors.

L'Olonnois et le chirurgien aimaient flâner au marché de Basse-Terre. Ils se rappelaient alors avec amusement l'exubérance féminine aux foires poitevines et normandes. Que les commerces de Basse-Terre ne réunissent que des hommes ne les étonnait pas. L'unisexualité de la Tortue leur semblait naturelle, depuis le temps qu'elle durait. Néanmoins, aux marchés, l'exclusion des femmes dans la vie des frères de la Côte apparaissait comme une anomalie, tellement était grande la tradition des commères fortes en gueule braillant les mérites de leurs produits et clignant de l'œil pour attirer l'attention des chalands. Les étals regorgeaient de poissons, de tortues, de lamantins, de crustacés, de viandes boucanées, de peaux de vaches, de légumes, de volailles. Des colons aux grands chapeaux de paille marchandaient de la vaisselle de vermeil. Des flibustiers en guenilles soupesaient les étoffes chamarrées de vêtements d'officiers espagnols, qu'ils avaient peut-être dérobés eux-mêmes, puis revendus dans un moment de dèche et qu'ils tentaient de racheter. Une chaise à porteurs, véhiculée par deux laquais en livrée, se frayait un passage dans la cohue. L'Olonnois et Antoine distinguèrent à l'intérieur un énorme chapeau à plumes qui recouvrait complètement le visage du « seigneur ». La porte de la chaise s'ouvrit brusquement sous la poussée de l'homme transporté et Pierre-le-Picard jaillit de la boîte, interpellant l'Olonnois :

— Je me bats demain en duel contre Borgnefesse. Tu seras mon témoin.

Pierre-le-Picard était d'une taille si démesurée que l'Olonnois et le chirurgien se demandaient bien par quel subterfuge il avait pu s'insérer dans ce véhicule. Toutefois, son extrême maigreur compensant sa hauteur, il s'y lovait sans doute comme un serpent. Pierre-le-Picard, au cours de tant d'abordages, avait perdu un œil, un bras et

170

Le marin des sables

boitait d'une jambe. Son visage portait tant de balafres qu'il faisait mieux en effet de le cacher sous un grand chapeau. Cela dit, les Espagnols le craignaient comme la peste noire.

— Que t'a fait Borgnefesse? demanda l'Olonnois.

— Rien, c'est moi qui l'ai appelé Borgnefesse et il s'est vexé. Il paraît qu'on doit maintenant le désigner par un nom breton qui ne ressemble à rien. Ses succès lui sont montés à la tête.

L'Olonnois pensa que se faire transporter par des laquais dans une chaise à porteurs n'évoquait pas la modestie.

— Borgnefesse a été mon second dans mes dures années de courses. C'est moi qui le fis capitaine. Non, Pierre, je ne serai pas ton témoin.

Pierre-le-Picard, décontenancé, interpella le chirurgien :

— Alors vous, monsieur?

— Dites-moi l'heure de la rencontre. J'irai avec mon coffre à médicaments. Mais je ne suis le témoin de personne. Sinon de mes malheurs, ajouta-t-il dans un de ses sourires où son charme déconcertait les plus coriaces.

Les flibustiers, comme la noblesse du Vieux Continent, réglaient leurs différends par des duels au sabre. Prohibés sur les bateaux, les affrontements avaient toujours lieu à terre et s'arrêtaient obligatoirement à la première blessure.

Le chirurgien assista à la joute des deux capitaines, pansa Borgnefesse qui, non content d'être l'offensé, tint le rôle du vaincu. Le soir, au « château » (lors du repas qui réunissait l'Olonnois, le chirurgien et Michel-le-Basque), Bertrand d'Ogeron s'emporta, oubliant sa prudence et sa sagesse d'administrateur pour retrouver sa fougue d'aventurier.

— Je vous ai déjà dit que je ne veux pas de duels.

171

Le marin des sables

Votre peau m'est trop précieuse pour que vous la perforiez pour des bagatelles.

— Le voilà qui se prend pour Richelieu, dit Michel-le-Basque en frisant sa moustache. Nous nous battrons contre qui nous plaît.

— Oh, s'écria d'Ogeron, furieux, je saurai bien vous dompter. Voilà que les boucaniers me chicanent, maintenant, parce que je m'efforce de protéger les engagés contre leur méchanceté et de donner des concessions à ces pauvres bougres après leurs trois ans de bagne...

Il regarda l'Olonnois et le chirurgien qui ne bronchèrent pas. Son ton monta encore :

— L'Olonnois, Monsieur le chirurgien, vous avez souffert le martyre comme engagés, je le sais bien, vous pourriez m'approuver.

— Nous ne sommes pas boucaniers, dit l'Olonnois avec une certaine morgue. Les boucaniers sont des chiens.

— Eh bien justement, reprit d'Ogeron, de plus en plus furieux, parlez-m'en, des chiens ! Les boucaniers en emploient trop pour courser les sangliers. Bientôt il n'y aura plus un seul cochon sur l'île. Il me faut préserver l'espèce. C'est pourquoi j'interdis que l'on chasse les sangliers avec des chiens.

— Nous ne t'avons pas fait gouverneur pour que tu nous interdises quoi que ce soit, lança Michel-le-Basque.

— Ce n'est pas vous qui m'avez nommé gouverneur, c'est Monsieur Colbert. Et je défends vos intérêts contre lui, sans qu'il le sache. Si vous connaissiez ce qu'il me demande...

— Nous n'avons rien à attendre de ce Monsieur Colbert, dit l'Olonnois. Ni d'aucun de ces seigneurs. Ils ne savent qu'envoyer chez nous des soldats dans les maisons des paysans et des artisans qui refusent de payer la taille. Ah ! je m'en souviens, comment on châtia les collecteurs à coups de bâton et comment on nous envoya

172

des dragons qui logèrent dans nos chaumières, mangèrent nos œufs, burent notre vin, coursèrent nos sœurs. On prit nos fourches et nos faux et on les bouta dehors. C'est la première fois que j'ai vu des morts... Un sergent et trois dragons... Puis ma mère...

— Et c'est pour ça que vous vous êtes embarqué à La Rochelle, s'écria d'Ogeron.

L'Olonnois s'aperçut qu'il en avait trop dit. Il se tut, un peu effaré, regardant autour de lui.

Antoine s'approcha, lui posa la main sur l'épaule. Étrangement, le frêle jeune homme semblait à ce moment-là protéger le terrible corsaire. Il dit :

— Nous aussi, nous avons connu les garnissaires, les dragonnades. Nous sommes tous solidaires. Nous sommes tous des proscrits.

La colère de Bertrand d'Ogeron tomba d'un coup. Il se mit à marcher de long en large, frappant le parquet du talon de ses bottes, comme s'il eût voulu scander les mots qu'il cherchait. Il se retourna tout à coup vers ses hôtes, les bras ouverts, le visage hilare.

— Je vous donnerai des chaînes, messieurs ! Oui, je vais vous donner des chaînes ! Il est bien temps. Que n'y ai-je pensé plus tôt !

Il éclata de son rire énorme.

— Des chaînes ! Je vous donnerai des chaînes !

Médusés devant une menace aussi absurde, Michel-le-Basque, l'Olonnois et le chirurgien dévisageaient d'Ogeron qui n'en finissait pas de s'esclaffer, se demandant bien ce qu'il pouvait manigancer.

9.

« Je vous donnerai des chaînes ! »

Pendant plusieurs semaines, on ne parla plus que de ça, à la Tortue : les chaînes du sieur Ogeron. Grosses comme des amarres d'ancres de navire. On en riait et l'on s'interrogeait en même temps. Visiblement ravi de sa trouvaille, d'Ogeron évoquait ces chaînes à tout propos. À chaque opposition qu'il rencontrait, et elles étaient de plus en plus nombreuses, il rétorquait : « Eh bien, mes compères, quand vous vous serez enchaînés vous-mêmes, vous parlerez moins pointu. » À d'autres qui essayaient d'en savoir plus long : « Mais oui, mais oui, vous vous enchaînerez vous-mêmes et mes chaînes n'auront pas assez d'anneaux pour vous tous. Vous m'en redemanderez. Vous me supplierez d'en faire venir d'autres ! »

C'est un bateau de La Rochelle qui devait transporter ces fameuses chaînes. La curiosité grandissait de mois en mois. Un jour, les soldats de la garnison se postèrent sur le pont d'une simple flûte de commerce, à trois mâts, entrée à Basse-Terre. Et ces flibustiers qui n'hésitaient pas à sauter sur un galion bardé de canons tournèrent autour de la flûte, dans leurs pirogues, soudain tout intimidés par cette surprise que leur ménageait le gouverneur.

La surprise, il faut bien l'avouer, fut de taille. Le bateau amenait cent cinquante femmes, auxquelles on avait accordé la gratuité de la traversée, avec la promesse d'un mari à l'arrivée. Pour qu'elles se remettent de leurs neuf semaines de mer et deviennent plus présentables,

177

Le marin des sables

une fois requinquées de leurs maux de cœur, d'estomac et d'entrailles, on les tint enfermées sur le navire deux jours de plus. Puis Bertrand d'Ogeron, accompagné du lieutenant, vint lui-même les accueillir et les accompagna à terre. Rassemblées sur la place du marché, commença alors, comme pour les engagés, une vente aux enchères destinée à couvrir les frais de transport. Mais on n'achetait les engagés que pour trois ans, alors que ces femmes, comme les Nègres, allaient se vendre pour la vie.

L'événement était suffisamment énorme pour que d'Ogeron prévoie tout un cérémonial. Le lieutenant, en grande tenue, jaquette bleue serrée à la taille, bas roses, grand chapeau à plumes, remplissait l'office d'écuyer de main. C'est-à-dire qu'il faisait avancer l'une après l'autre ces demoiselles, en les guidant du bout des doigts. Comme dans les bals de la cour, il les présentait à l'assemblée des flibustiers et des boucaniers qui regardaient avec stupéfaction ces créatures étranges, pratiquement oubliées dans leurs mœurs homosexuelles et dont l'accès à la Tortue était aussi prohibé qu'à un monastère bénédictin.

L'Olonnois, placé près du gouverneur, le lui rappela :

— Nous devrions vous tuer, d'Ogeron. Vous contrevenez aux lois de la flibuste.

— Mais vous ne le ferez pas. Regardez comme ils en bavent tous d'envie. Ils les reluquent, ces beautés. Ils voudraient pouvoir les palper, savoir si la marchandise est bonne.

Les soldats de la garnison, piques et hallebardes dressées, formaient un cercle autour du marché, interdisant aux acquéreurs éventuels l'accès au milieu de la place. Les femmes s'y tenaient serrées les unes contre les autres, comme du bétail. Toutes vêtues simplement, mais les robes défroissées et les cheveux bien peignés, elles toisaient avec dédain cette assemblée d'hommes gesticulant et criaillant. Certaines ne dissimulaient pas leur

Le marin des sables

peur. D'autres pleuraient en se cachant la figure dans leurs mains.

— D'où viennent-elles? demanda l'Olonnois avec brusquerie. Où êtes-vous allé les chercher?

D'Ogeron haussa les épaules.

— Dans les prisons ou les bordels.

— N'oubliez pas de dire, Monsieur le gouverneur, ajouta Antoine-le-Chirurgien, qu'aux voleuses élargies des prisons, il faut ajouter les servantes fugitives. Et je ne serais pas étonné si, dans le lot, se mêlaient des orphelines et des enfants trouvées. Peut-être aussi quelques folles, pour pimenter la sauce.

Les premières enchères furent énormes. Dix fois le prix d'un engagé. Mais on vendait d'abord les plus belles, les plus grasses, les plus avenantes. Michel-le-Basque, avec son faste ordinaire, emporta le premier numéro : une grande brune superbe, avec une poitrine comme on voit aux sirènes sculptées sur les proues de navire.

Pierre-le-Picard enleva une ragote, aussi large que courte. Près de cet échalas, elle paraissait un petit cochon qui trottinait en ayant du mal à le suivre.

Borgnefesse étonna tout le monde en payant gros pour une fille si maigre et si sèche, que les moqueries fusèrent :

— Ne lui fais pas moucher la chandelle avec ses doigts, sinon le feu s'y prendra.

Au fur et à mesure que les criées s'effectuaient, les adjudications devenaient plus âpres. Chacun savait qu'il n'y aurait pas de femmes pour tout le monde. On se les arrachait.

Bertrand d'Ogeron s'étonna que l'Olonnois ne se soit pas encore décidé.

— Vous aimeriez bien m'enchaîner, Monsieur le gouverneur!

— Baste! Ce sont de douces chaînes.

La vente continuait bon train. Aux prix lancés par le crieur répondaient les offres de mises. Bien que ces

179

Le marin des sables

femmes, pour la plupart, fussent en effet de fieffées drôlesses, elles conservaient néanmoins une grâce et une fragilité qui contrastaient tant avec la rusticité des hommes qui les enlevaient qu'on avait à chaque fois l'impression d'un rapt : un gorille subtilisant une fillette.

Il n'en restait qu'une dizaine à brader. Les plus paumées, les moins bien vêtues, maigrichonnes, timides. Les prix baissaient beaucoup. Quel que fût le désir de s'offrir une femme, maintenant que ça revenait à la mode, les boucaniers avaient eu le temps de réfléchir et se disaient que d'aussi petites charpentes ne pourraient être que d'un rendement médiocre pour essarter le tabac et écraser le manioc. L'Olonnois remarqua une malheureuse créature, toute menue, aux grands yeux noirs dans un minuscule visage de poupée, qui pleurait sans bruit. Les larmes coulaient sur ses joues pâles et elle les essuyait furtivement, d'un revers de coude. Lorsque son tour de mise en vente arriva, l'Olonnois, dans un mouvement irréfléchi, se porta acquéreur. Il alla prendre par la main cette chevrette, la fit sortir du cercle. Dès qu'ils se trouvèrent seuls, elle le regarda avec effarement et lui dit :

— Seigneur, pour l'amour de Dieu, ne me mangez pas !

— Quoi, que dites-vous ? bégaya l'Olonnois.

— On nous a répété que les hommes de ces contrées mangeaient de la chair humaine et qu'on nous achetait comme fricot.

L'Olonnois se plia en deux de rire.

— C'est vrai. On rencontrait autrefois des cannibales par ici. C'était du temps de Christophe Colomb. Et les Espagnols, plus cannibales qu'eux, les ont tous dévorés.

Puis, redevenant sérieux :

— Au fond, vous n'avez pas tort. Vous tombez dans un pays d'ogres. Aussi il faudra être bien gentille si vous ne voulez pas qu'on vous mange.

Le marin des sables

Le père Dominique vint faire une scène affreuse au gouverneur, qu'il traita de mère maquerelle, de maléficié, de maltôtié et autres injures qui l'eussent conduit dans un puits-de-basse-fosse s'il n'avait été ecclésiastique. À ces reproches se mêlaient des imprécations contre les femmes dont il disait qu'elles allaient apporter à la Tortue la peste de la concupiscence et exciter un insatiable prurit.

— La femme est à l'origine du péché, hurlait le moine. C'est elle qui entraîna Adam dans sa chute. C'est elle qui fit décapiter Jean-le-Baptiste. C'est elle qui livra Samson à ses ennemis. La femme est un serpent, comme la Mélusine. Toutes les femmes sont des peccatrices et celles que vous invitez à la Tortue sont les plus grandes peccatrices de l'univers.

— Calmez-vous, mon père, calmez-vous, dit d'Ogeron. Songez à tous ces beaux mariages que vous célébrerez dans votre église neuve.

— Elle est trop petite.

— Je vous en construirai d'autres. Une dans chaque bourg, comme il se doit. Il nous faudra de nouveaux prêtres. Puis tous ces baptêmes à venir. Que ne vous réjouissez-vous pas !

Le moine bougonnait, grognait, tempêtait.

— Mon père, dit d'Ogeron d'une voix ferme, sa voix de commandement qu'il savait toujours utiliser au bon moment, bénissez-moi car j'apporte à la Tortue la fécondité et la vie. Dès demain, vous sonnerez les cloches de l'église qui annonceront nos cent cinquante mariages.

Et il conclut, péremptoire, avec, cette fois, la voix d'un évêque :

— Allez en paix !

L'Olonnois se retrouva donc marié par inadvertance. La vente des femmes aux enchères le surprit d'abord, puis l'amusa, comme les autres hommes. Ensuite, il se revit lui-même, vendu à l'encan comme engagé. Cette si fragile créature effarouchée, il avait voulu la soustraire à ces rustres, éviter qu'elle ne tombe en des mains aussi cruelles que celles qui le persécutèrent, lui, voilà vingt ans. Il l'acheta dans un de ces mouvements qui concordaient mal avec sa réputation de cruauté, dans cette même impulsion qui l'avait conduit à libérer le More et l'Abyssin, puis les esclaves de Maracaïbo. Mais sans réfléchir que, contrairement aux Nègres, les femmes acquises ne pourraient être ensuite affranchies et qu'il se liait pour la vie. L'Olonnois passa par l'église où il reçut la bénédiction nuptiale du père Dominique. Tout cela s'opéra si vite qu'il ne savait plus très bien ce qu'il faisait. Lorsqu'il demanda son nom à la petite, elle lui répondit avec sa voix toute menue :

— Angélique.

— Non, ce n'est pas possible. Tu n'as pas un autre nom de baptême ?

L'Olonnois pensait à cet autre ange, auquel des liens si forts l'unissaient. Antoine eut un sourire amusé lorsqu'il vit l'Olonnois se laisser aller à la fièvre des enchères. Puis il partit au « château », seul avec d'Ogeron. Dès le lendemain, une fois son épouse installée dans une maison de Basse-Terre, l'Olonnois accourut vers Antoine. Il le trouva nonchalamment allongé dans un hamac, un petit livre à la main, lui expliqua qu'il ne comprenait pas son égarement, que la petite était très douce et gentille, qu'il comptait bien qu'entre eux rien ne changerait, sinon qu'ils ne vivraient plus ensemble, du moins à terre ; mais

Le marin des sables

qu'ils réembarqueraient bientôt et, comme par le passé, sur les navires les femmes seraient proscrites. Antoine feignit de s'étonner que leurs rapports eussent pu changer.

L'Olonnois appela sa femme Nicolette. Il ne sut jamais très bien pourquoi.

Dans leurs rapports intimes, cette peau blanche, si blanche qu'elle paraissait anémique, le déconcerta. La peau cuivrée de Caona lui revenait fatalement à l'esprit. Et puis toutes ces étoffes à enlever, comme des pelures d'oignon, ces trois jupes superposées que Nicolette nommait avec malice la modeste, la friponne et la secrète ; ce corset qui, se laçant par-derrière, ne pouvait être dénoué que par le mari ou l'amant ; ces étoffes transparentes destinées à faire bouffer la robe ; ces bas, ces jarretières, cette casaque, ce chaperon qui lui cachait les cheveux... De quoi vous faire perdre le goût de l'embesoigner. Nicolette poussait des cris de chevêche s'il tentait de lui ôter sa chemise. Elle voulait bien tout, mais pas ça. Cet accès de pudeur, cet effarouchement, conduisaient l'Olonnois à se demander d'où elle sortait. Qu'elle ne fût plus vierge ne le surprenait pas. Les pucelles ne s'embarquaient pas sur ces sortes de convois. Si elle s'obstinait tant à conserver sa chemise, n'était-ce pas pour cacher la flétrissure infamante, au fer rouge, qui stigmatisait les voleurs, d'un V ineffaçable ? Quand, un jour, n'y tenant plus, il déchira la toile du haut en bas, retournant Nicolette dans tous les sens, il ne trouva aucune marque, sinon un grain de beauté bleu sous le téton droit.

Il se complut à la croire orpheline, ou enfant trouvée. Il aimait mieux enfant trouvée. Cela permettait de rêver à de nobles ascendances. Puis il se moqua de ces divagations. S'était-il posé pareilles questions au sujet de Caona ? Mais Caona était sans péché, puisqu'elle ignorait l'existence de la faute

Le marin des sables

Tous ces mariages, tous ces nouveaux ménages, tous ces amatelotages perturbés (mais non pas cassés), modifièrent du même coup la vie à la Tortue. La chose était suffisamment nouvelle pour que les flibustiers prennent soudain le goût de la sédentarisation. Les bateaux restèrent plus nombreux ancrés au port. Ce qui faisait enrager l'ancien gabier du *Saint-Dimanche*. S'ennuyant à terre, tournant en rond sur cette île si petite qu'elle lui semblait un gros bateau échoué sur un banc de sable, il n'arrêtait pas de fureter. C'est ainsi qu'il découvrit sur la côte rocheuse une caverne qui se prolongeait par un dédale de couloirs jusqu'à la mer. Ces couloirs donnaient accès à une quinzaine de grottes qui paraissaient habitées. Jamais, sauf lors du pillage des palais de Maracaïbo, le gabier n'avait vu pareil magot. Il se croyait le jouet d'une hallucination. Les parois des rochers étaient garnies de tapisseries de laine, aux couleurs toute fraîches, représentant des rois et des princesses. Des costumes de soie, posés sur des fauteuils ornés de broderies, de la vaisselle d'or sur des tables de marqueterie, des chandeliers ciselés, des nappes, des dentelles, des aiguières d'argent, des amoncellements de sacs de cuir... Dans ces sacs, des pièces-de-huit à foison. Le gabier ressortit à reculons, terrorisé par ces trésors, et courut raconter son aventure à l'Olonnois. Qui la rapporta à d'Ogeron. Ce dernier envoya le lieutenant et une dizaine de soldats, qui accompagnèrent le gabier au lieu-dit des cavernes. Constatant que ces grottes communiquaient avec l'Océan et au vu des armoiries frappant certains objets, le lieutenant conclut que ce repaire abandonné dut servir de refuge à des flibustiers qui avaient rendu leurs abois au temps du treizième Louis.

Le marin des sables

— Vous voilà donc fabuleusement riche, dit le lieutenant au gabier. Votre impôt payé au gouverneur, vous pourrez rentrer en France sur un bateau chargé de vos trésors.

Le gabier revint au galop trouver l'Olonnois.

— On me renvoie en France, maintenant ! J'en ai rien à faire de toutes ces vieilles broderies. Ce que je veux, moi, c'est un bateau.

— Tu peux t'acheter un bateau, avec ton pactole.

— Et qu'est-ce que j'en ferai ? Tu me vois capitaine ! Ce qui me manque, c'est de la voile, des haubans, des vergues. Et la mer, morbleu ! Que croupis-tu là, petit ? Quand est-ce qu'on embarque ? Pourquoi êtes-vous tombés dans le piège du gouverneur ! Vous traînez tous, mes fiers-à-bras, avec un fil à la patte. C'est ça, les fameuses chaînes du sieur d'Ogeron. Un fil, un tout petit fil de laine, qu'un bambin de trois ans casse avec ses dents et qui vous attache comme un câble de chanvre. Mais tu ne t'es pas regardé, petit ! Où est le terrible Olonnois ? Je ne distingue plus qu'un bourgeois aux petits soins pour sa commère. Tu ne me crois pas ? Regarde le Picard qui se courbe en deux pour ne pas paraître trop grand près de son petit cochon rose. Ah, il est loin le temps où il coursait les sangliers avec un épieu ! Maintenant son cochon lui mange dans la main. Et Borgnefesse qui s'est bourré sa culotte pour qu'on ne remarque plus qu'il est manchot du derrière. Et Michel-le-Basque qui promène sa Vénus comme une figure de proue !

— Tu aurais dû t'acheter une femme, gabier. Un peu de repos ne nous fait pas de mal. Nous reprendrons la mer... Bien sûr que nous reprendrons la mer...

— Moi, m'acheter une femme ! J'ai eu plus de femelles dans ma vie que vous n'en acquerrez jamais avec tous vos trésors. J'ai navigué, moi, et pas seulement dans les Caraïbes. Dans tous les ports, les cotillons nous attendaient. On les louait pour une heure, pour une nuit, sans

185

Le marin des sables

devoir s'en embarrasser pour la vie. Les boucaniers ont
cru qu'ils s'adjugeaient des esclaves. Ils verront qui sera
l'esclave de qui ! Ah ! j'en rirai bien !

Antoine-le-Chirurgien, qui montrait peu de goût pour
les femmes, les connut bientôt toutes. Car dans les
ménages on ne cessait de faire appel à ses compétences.

Le climat, la nourriture, le voyage, les ardeurs du sexe
suscitaient les maladies ou les malaises les plus divers.
Les quatre humeurs fondamentales s'en donnaient à
cœur joie. Sang, flegme, bile et atrabile, s'acharnaient à
indisposer ces malheureuses, lorsqu'elles n'étaient pas en
proie aux fièvres tierces, quartes, doubles quartes et
pourpres. Antoine ne coupait plus de bras ni de jambes,
mais ordonnait des clystères, ouvrait des apostumes à la
lancette, recueillait des palettes de sang, conjurait des
flux de ventre. Bien qu'il crût plus en l'hygiène qu'aux
médicaments, il accourait avec sa mule chargée d'une
malle qui, à elle seule, composait toute une pharmacie .
huile rosat, tripharmaque de Joubert, oxycrat, bol d'Ar-
ménie, poil de lièvre hémostatique, térébenthine, poix,
vitriol, coton filé, étoupe, ventouses, sangsues, attelles,
scie, cautères. Il faisait vomir les unes en leur adminis-
trant de l'ipécanuaca, ravivait l'appétit des autres en leur
servant à boire du simarouba, soignait les fièvres avec du
quinquina, ventousait les dos, extirpait des tumeurs à des
seins et à des cuisses, arrachait des dents cariées,
nettoyait des oreilles bouchées. Tout cela en douceur,
distribuant pilules, poudres et macérations, avec son
sourire mi-figue mi-raisin. Il masquait bien son dégoût de
ces corps féminins dévoilés, déjà flétris, où la pauvreté, la
maladie, la débauche montraient leurs traces. Certaines

Le marin des sables

épaules conservaient les cicatrices des lanières de fouet. D'autres portaient la brûlure avilissante des fers qui les marquaient comme des bestiaux. Il savait lesquelles sortaient de prison, lesquelles venaient des bordels. Mais il ne disait rien, à personne, pas même à l'Olonnois, soignant consciencieusement ces chairs blettes, ces membres meurtris, ces ventres dysentériques.

Quelques-unes moururent néanmoins, à la grande fureur des maris qui perdaient d'un seul coup leur investissement. Les cloches sonnèrent pour les premiers enterrements. Boucaniers et flibustiers s'étaient jusque-là passés de cimetière, les requins assurant le service de fossoyeurs. Le père Dominique exigea que, dorénavant, les morts inhumés autour de l'église forment une pieuse ronde.

Peu de temps après l'arrivée des femmes un autre événement inattendu allait encore modifier considérablement la manière de vivre dans l'île. Un flibustier y ramena en effet un bateau négrier espagnol capturé par erreur. La déconvenue des assaillants avait été grande lorsqu'ils ouvrirent la cale et que, au lieu des doublons d'or, ils y découvrirent des Nègres enchaînés. Une fois les cadavres jetés par-dessus bord, ils comptèrent quatre cents esclaves dont ils ne savaient que faire, sinon les amener à la Tortue.

Le gouverneur hésita à les débarquer. Introduire des esclaves n'entrait pas dans ses plans. Mais, en même temps, ceux-ci permettraient de rendre moins pénible l'existence des engagés. Il tint un conseil avec ses plus valeureux capitaines : Michel-le-Basque, l'Olonnois, Pierre-le-Picard. L'Olonnois s'opposa absolument à ce

Le marin des sables

que l'esclavage se pratique à la Tortue. Il souhaitait plutôt la suppression de l'esclavage temporaire des engagés afin que tous les habitants deviennent des hommes libres. « Le More et l'Abyssin valent n'importe quel autre de mes matelots, dit-il. Pourquoi la couleur de leur peau en ferait-elle des serfs ! » Mais Michel-le-Basque allégua que les familles qui s'épanouiraient à la Tortue rendraient nécessaire la possession de domestiques. Les femmes en exigeraient bientôt. Où les prendrait-on ? Ces Nègres, on ne serait pas allés les chercher, mais puisqu'ils étaient là, autant s'en servir. « Les colons de la Martinique et de la Guadeloupe s'offrent bien des esclaves, surenchérit Pierre-le-Picard, pourquoi pas nous ? »

Le père Dominique survint opportunément. Le gouverneur lui demanda de trancher.

— Les Nègres, affirma-t-il, péremptoire, croupissent en Afrique dans la superstition et l'idolâtrie. L'esclavage sauve leurs âmes de l'enfer. Bienheureux ces sauvages que Dieu nous accorde d'éduquer, que nous pourrons baptiser et qui vivront parmi nous en bons chrétiens !

L'affaire fut entendue et les quatre cents nègres, mâles et femelles, vendus sur la place du marché. Michel-le-Basque acheta deux couples. L'Olonnois se refusant à pareille emplette, Nicolette lui reprocha cette ladrerie :

— De quoi aurons-nous l'air ? Tous les autres ménages disposent maintenant de domestiques.

Il faut dire que la chevrette se transformait de jour en jour. L'Olonnois s'amusait de lui voir pousser des dents de fouine. Malgré l'ardeur du soleil, elle conservait son teint pâle, dissimulant son visage sous des châles. Elle ressemblait toujours à une poupée fragile, avec de grands yeux noirs émouvants. Il suffisait qu'elle tape du pied, impatiente, pour que l'Olonnois se précipite. Mais en même temps il s'en divertissait comme d'un jouet. Visiblement, elle ne craignait plus d'être mangée. Alors que la presque totalité des femmes devait recourir aux

Le marin des sables

bons soins du chirurgien, Nicolette affichait une santé triomphante. Pourtant l'Olonnois eût bien aimé la faire ausculter par Antoine, afin que son ami découvre la jolie femme qu'il avait là. Mais elle était pratiquement la seule à ne pas solliciter les soins d'Antoine. A cette belle santé, elle ajoutait un appétit gargantuesque qui concordait mal avec sa taille menue. D'abord quelque peu désorientée par l'approvisionnement, elle s'habitua à accommoder à sa manière les tortues et les perroquets. Elle étranglait les perroquets après les avoir empoisonnés au vinaigre, soutenant qu'ainsi leur goût était meilleur. Quant aux tortues, elles les servait en soupe, à la broche, en daube, en ragoût, en fricassée. Elle faisait confire des graines de cacao à peine mûres qu'elle lardait de citron et de cannelle. Si bien que l'Olonnois, peu raffiné, redécouvrait avec Nicolette la gourmandise. Avocats, grenades, goyaves, papayes, pommes d'acajou, cocos, bananes, ananas, figues, melons d'eau, oranges, l'île, de mieux en mieux cultivée, regorgeait de fruits succulents. La taille de Nicolette et le ventre de l'Olonnois s'arrondissaient. Cet alanguissement, qui l'étonnait toujours chez Antoine, gagnait insidieusement l'Olonnois. Et lorsque, l'après-midi, il rejoignait le chirurgien au « château » il se surprenait à découvrir dans les sons de la basse de viole comme un écho de son propre bonheur.

Mais Antoine se moquait de son amant. Il lui racontait une histoire des très anciens temps, où un capitaine aussi valeureux que lui, qui se nommait Hercule, s'était laissé aller à tisser aux pieds de sa belle le filet qui l'emprisonna.

— Michel-le-Basque, toi, le Picard, Borgnefesse, tous les héros de Marecaye, vous êtes faits comme des rats. Heureusement qu'il reste des flibustiers qui n'ont pas pu s'acheter de femmes et qui rôdent sur la mer comme des loups affamés. Sinon les Espagnols auraient repris depuis belle lurette la Tortue.

— Serais-tu jaloux ?

Le marin des sables

— De quoi, de qui ? De ta chevrette ? Je te laisse à ses mignardises. Nos amours ont d'autres piments. Tout nouveau tout beau. Tu te lasseras de ses caresses. La chair des femmes est molle et fade...

— Qu'en sais-tu ?

— Les corps des femmes s'abandonnent au médecin plus qu'à leurs amants. Je les ai toutes palpées, sauf la tienne.

L'Olonnois préféra détourner la conversation et parler du gabier qui s'était embarqué sur un brigantin pour aller dépenser son trésor dans les bordels de la Guadeloupe. Mais il est si riche, ajouta-t-il, qu'il se tuera à la besogne avant de dépenser un premier sac d'or. Il pourrait s'acheter un harem, comme un Turc, et il préfère butiner comme un frelon.

Progressivement, Bertrand d'Ogeron poursuivait ses desseins. Puisque la Tortue n'était plus une île d'hommes, il faisait venir maintenant des familles entières de sa province d'Anjou et aussi de Bretagne. Aux flibustiers, aux boucaniers, aux engagés, aux esclaves noirs, s'ajoutaient donc des colons, que l'on désignait sous le titre d'« habitants », et que d'Ogeron destinait surtout à la mise en valeur des terres de Saint-Domingue. Car son intention de conquérir Saint-Domingue sur les Espagnols persistait. Les boucaniers traversaient de plus en plus souvent le canal de trois lieues qui séparait la Tortue de l'ancienne Hispaniola et chassaient avec leurs longs fusils aussi bien les bœufs sauvages que les lanceros. Peu à peu refoulés vers l'est, les Espagnols abandonnaient, non sans de violents retours offensifs, le ponant de l'île. Dans la baie d'Ocoa, des paludiers venus de la côte du Bas-

Le marin des sables

Poitou exploitaient des salines. Près d'eux, les planteurs de tabac construisaient leurs cabanes en bord de mer, afin de rendre plus aisé le transport de leurs marchandises transitant à la Tortue et aussi pour disposer en abondance de l'eau nécessaire à la torsion des feuilles. Dans les mines de sel des montagnes, où la race indienne avait achevé son extinction, des esclaves noirs réouvraient les puits. Parfois certains d'entre eux grimpaient jusqu'au sommet et découvraient mieux ainsi les limites de leur bagne, cette frontière d'eau qui rendait toute évasion impossible et, au loin, d'autres îles : Cuba, la Jamaïque, qui émergeaient comme des dos de tortue et où d'autres Nègres se trouvaient comme eux asservis.

Chaloupes, dogres, lougres, yoles, pirogues, assuraient des liaisons continues entre la Tortue et l'ouest de Saint-Domingue, sauf quand le vent debout empêchait les retours à Basse-Terre.

On ne parlait plus à Nantes, dans les bouges du quai de la Fosse, comme dans les hôtels particuliers des armateurs de l'île Feydau, que des exploits des flibustiers de la Tortue, de leurs fabuleuses richesses, de la prospérité de l'île dont les bateaux chargés de tabac, de cacao, de peaux tannées, mais aussi d'objets d'or et d'argent, de pierres précieuses, de sacs de doublons et de ducats, témoignaient éloquemment. Il arrivait que les bateaux transportent précautionneusement des fruits étranges, aux formes, aux couleurs et au goût incroyables, que l'on eût jetés comme des maléfices du diable si l'Église n'y avait vu l'expression des desseins secrets de la Providence. C'est ainsi que Monseigneur l'évêque s'exclama, en observant le premier ananas rapporté des Îles : « Je peux à très juste titre appeler l'ananas le roi des fruits, parce qu'il est le plus beau et le meilleur de tous ceux qui sont sur cette terre. C'est sans doute pour cette raison que le roi des rois lui a mis une couronne sur la tête. » Les marins ramenaient aussi de la Tortue des perroquets à la

191

Le marin des sables

voix de ventriloque, des perruches jacassantes, des aras aux cris d'écorchés, tous oiseaux aux plumes multicolores, qui fascinaient la foule nantaise amassée sur le port. Et les dames des armateurs, vêtues d'une exubérance de tissus, de rubans, de gros nœuds, de broches, de lacets (suivies de Négrillons qui leur servaient de pages) emportaient dans leurs spacieuses demeures, comme s'il s'agissait de fleurs exotiques, des colibris pas plus gros que le bout de leur petit doigt.

La renommée de la Tortue était telle que les cadets d'Aunis, de Saintonge, de Bretagne, de Gascogne, de Normandie, rompaient avec l'oisiveté de leur caste pour courir le bon bord. Afin de rassurer les indécis, d'Ogeron fit venir près de lui deux de ses neveux. Cette population nouvelle modifiait sensiblement la vie de l'île, moins fruste depuis l'arrivée des femmes et des esclaves.

Un jour, les cloches de l'église sonnèrent pour les premiers baptêmes. La naissance des enfants, tant dans les ménages de flibustiers, de boucaniers, d'habitants, que parmi les Nègres, marqua la phase définitive de la normalisation de la Tortue. Certains vieux boucaniers n'avaient plus vu d'enfant depuis vingt ans. Ils s'émerveillaient de cette humanité miniature, de ces babils, de ces premiers pas malhabiles, de ces paroles zozotées.

La nature humaine possède une faculté d'adaptation extraordinaire. Ces femmes sorties des prisons et des bordels, et qui auparavant menèrent pour la plupart une vie citadine, exportées dans une île tropicale et jetées en pâture à des rustres, devinrent en peu de temps des modèles de vertu, de civisme et des travailleuses acharnées. De bonnes mères aussi, comme elles étaient bonnes épouses. Elles dégrossirent peu à peu leurs hommes, les raffinèrent quand l'entreprise n'était pas trop démesurée. Elles les tenaient par le lit et la cuisine, aussi solidement qu'elles régentaient leurs esclaves.

Si bien que la contagion de la conformité gagna tout un

Le marin des sables

chacun. Puisque d'Ogeron n'avait fait venir que cent cinquante femmes, les flibustiers allèrent se servir ailleurs. Sur les bateaux pris aux Espagnols, ils ramenaient des prisonnières et des Nègres. Les raids qu'ils opéraient sur les côtes de Cuba avaient maintenant pour but de pirater des femmes et des esclaves.

Ces femmes et ces esclaves étaient à leur tour vendus à l'encan sur la place du marché de Basse-Terre. Estimés cent écus, les Nègres servirent aussi de monnaie d'échange dans le règlement des chasses-parties. Un tarif institué pour les blessés offrait le choix entre un dédommagement en argent ou en esclaves, la perte d'un œil au combat étant estimée à un esclave, deux yeux à six esclaves, la perte d'un bras ou d'une jambe à deux esclaves.

Il arriva bien de Nantes un second bateau de femmes, mais outre que celui-ci ne suscita pas une curiosité aussi grande que le premier, ces femmes ne se vendirent pas aux enchères. Attirées par la réputation de la Tortue, elles avaient payé elles-mêmes le voyage et venaient demander à d'Ogeron l'autorisation d'ouvrir à Basse-Terre des maisons de prostitution. Leurs toilettes, robes à traîne et chapeaux enrubannés, leurs maquillages, leurs poitrines découvertes sur des volants de dentelles, firent sensation. Elles marchaient dans les ruelles qui entouraient les murailles de la citadelle avec des airs de princesses, parlant haut, riant aux éclats, interpellant les hommes avec des voix grasses.

Estimant qu'un port sans bordel n'est pas un port, d'Ogeron donna les autorisations. On ignore comment la nouvelle parvint à l'ancien gabier du *Saint-Dimanche,* mais il retourna à la Tortue, avec encore suffisamment de piastres dans sa bourse pour s'installer à demeure chez ces dames.

L'Olonnois ne savait quelle attitude adopter avec sa femme. Elle lui parut d'abord si fragile, si paumée, si vulnérable, qu'il crut devoir lui assurer protection et tendresse. Mais elle se dérobait. Il cessa vite de s'interroger sur son passé et il ne lui serait pas venu à l'idée de lui poser des questions à ce sujet. De telles indiscrétions ne se faisaient pas à la Tortue. Tout avait été agréable entre eux, néanmoins, jusqu'à l'arrivée des esclaves. L'Olonnois refusait toujours d'en acheter. A cet entêtement, Nicolette répondait :

— Tu m'as bien achetée, moi !

— Mais pas pour faire de toi une esclave, s'agaçait l'Olonnois. Je ne t'ai achetée que pour te libérer de ce marché...

— Eh bien, libère-moi.

L'Olonnois en restait tout interdit.

— Te libérer de quoi ? Du mariage ? C'est impossible. Le mariage est indissoluble. C'est la religion qui veut ça.

— Alors, tu vois bien que tu m'as achetée.

— Quelle tête de mule ! Enfin, quoi, le mariage, tu sais bien ce que c'est. Tes commères ne s'en plaignent pas.

— Bien sûr, tous leurs maris leur ont offert des esclaves.

— Eh bien non, nous n'aurons pas d'esclaves. Jamais. Tu m'entends, jamais !

Nicolette pleurnichait, boudait et l'Olonnois la plantait là, s'en allant à grands pas au « château » rejoindre Antoine.

Il était si exaspéré un jour par Nicolette qu'il dit au chirurgien :

— Si nous montions une grande chasse-partie, comme celle de Marécaye, qu'en penses-tu ?

Le marin des sables

— Tiens! Tu te réveilles. La chevrette ferait-elle fuir le loup?

— C'est vrai que l'inaction commence à me peser. Sans compter que l'or fond dans nos mains, comme la graisse sur les barbes-à-queue. Il serait bien temps de lancer quelque maltôte sur les côtes espagnoles.

— Quand tu voudras, l'Olonnois. Je suis chirurgien de la flibuste. Bien que, si l'on me demande d'être le mire pour les indispositions de vos dames, je réponde aussi présent.

L'Olonnois fit la tournée de ses compères. Il trouva Michel-le-Basque rayonnant. Culotte de satin, chemise de soie ouverte sur un poitrail velu, il arpentait son domaine, suivi par des Nègres au dos balafré par les coups de fouet. Des Négresses, accroupies, les seins nus, retiraient les grosses nervures des feuilles de tabac avec leurs dents. La superbe brune qu'il s'était adjugée n'avait rien perdu de sa prestance. Seulement épaissie, elle portait dans ses bras un gros bébé joufflu. Michel-le-Basque le saisit pour le montrer ostensiblement à l'Olonnois.

— Tu vois, le ciel m'a accordé cet enfant dont je crois benoîtement être le père.

— J'allais te demander de repartir en course, mais tu es si bien installé.

— Quand il te plaira, l'Olonnois. Je n'ai jamais refusé une chasse-partie. A plus forte raison maintenant que j'ai fondé une famille. Je veux donner à mon fils tous les trésors de Golconde. Il roulera carrosse. Et peut-être sera-t-il anobli comme le sieur Ogeron.

Tenant l'enfant à bout de bras, Michel-le-Basque s'exaltait.

— Tous les trésors de Montezuma... Tous les trésors de Cortés... Tu seras plus riche, mon fils, que le dauphin lui-même!

L'enfant se mit à uriner et le liquide coula sur les

Le marin des sables

cheveux noirs bouclés de Michel-le-Basque, qui le reçut comme une onction. L'urine coulait sur son visage et il souriait, ravi, comme s'il assistait à un sacre.

L'Olonnois s'en fut ensuite chez Pierre-le-Picard, qui vivait plus modestement avec son cochon rose, servi néanmoins par une nuée d'esclaves. Sa femme, certes, n'était pas belle, la disproportion entre sa courte taille et son épaisseur s'était encore accentuée, mais elle montrait un air réjoui et gai, se mettant en quatre pour plaire à son échalas de mari qu'elle bichonnait. Elle attendait un enfant, ce qui justifiait l'arrondi de ses hanches. Pierre-le-Picard accueillit avec enthousiasme la proposition de l'Olonnois.

— Ce n'est pas que le temps me dure, mais faudrait pas se rouiller. Et puis, cette terre qui ne bouge pas, ça donne le tournis à la fin.

Restait Borgnefesse. Sa femme, si sèche, s'était en effet allumée. Sans se consumer. Une flamme brûlait dans ses yeux, dans tout son corps, traversait ses vêtements. Elle incendiait, littéralement. Borgnefesse ne se sentait pas peu fier d'avoir attisé ce sarment. Il reçut avec grand empressement la proposition de l'Olonnois. Retrouver une infinité d'eau, après tant de jours de braise le fit se lever d'un bond. Déjà prêt à partir, il décrochait son fusil. L'Olonnois dut lui demander de prendre patience.

Le contraste entre la bonne humeur des ménages de ses amis et la morosité du sien consternait l'Olonnois. Quelle idée, aussi, de s'être laissé attendrir par cette pleureuse ! Attendrir, lui, la terreur des Espagnols, le bourreau des prisonniers de la frégate de Cuba ! Chez les pires tyrans existe une brèche par laquelle la pitié peut un jour

Le marin des sables

s'introduire. Au sommet de sa puissance et de sa gloire, l'Olonnois que chacun considérait comme un roc inattaquable, lui à qui il suffisait de proposer une périlleuse aventure à ses amis pour que ceux-ci aussitôt acquiescent et abandonnent leur confort, cachait une faiblesse : son aversion pathologique pour la servitude. Sa réputation de ne jamais faire de prisonniers, mise au compte de sa cruauté, provenait en réalité de son horreur de la captivité. Il préférait instinctivement tuer ceux qui succombaient à la lâcheté de se rendre. Son amitié pour Guacanaric, sa fascination pour la manière de vivre des Indiens tenait entre autres choses à ce qu'ils n'acceptèrent jamais l'assujettissement, choisissant la mort, la disparition comme race sauvage, plutôt que la résignation à l'esclavage. Et s'il cherchait aujourd'hui à monter une nouvelle expédition, qui l'emmènerait loin de la Tortue pendant de longs mois, c'est aussi parce que la Tortue, île d'hommes libres et égaux, se convertissait en une colonie comme les autres, avec son lot d'esclaves africains. Et à la traite des Noirs s'ajoutait la traite des blanches. Ces Nègres et ces femmes, ramenés captifs, l'écœuraient. Il avait violemment reproché à d'Ogeron cet accroc dans les mœurs de la flibuste. Mais la tournure des événements s'accordait parfaitement aux plans secrets du gouverneur.

Nicolette devenait acariâtre. Elle ne réclamait plus d'esclaves, s'étonnant par contre de n'avoir pas d'enfant alors que les autres femmes en pondaient régulièrement comme de bonnes mères poules. Cette stérilité affectait aussi l'Olonnois. Il y voyait une preuve supplémentaire de la malédiction qui frappait son ménage. Nicolette en rendait responsable son mari, lui disant avec une moue dédaigneuse :

— C'est ta semence qui n'est pas bonne.

L'Olonnois, qui jamais ne recula devant aucun danger, s'enfuyait, cherchait refuge auprès d'Antoine qui le recevait avec son éternel sourire narquois.

Le marin des sables

L'insidieuse transformation de Nicolette stupéfiait l'Olonnois. Il réagissait peu devant cet adversaire qu'il avait introduit dans sa vie, car le « travail » de sa femme le déconcertait. Il assistait à sa défaite conjugale comme si le drame ne le concernait pas, regardant Nicolette avec curiosité, se demandant jusqu'où elle irait. La prisonnière soumise et passive des premiers jours, l'épousée reconnaissante et affairée des semaines qui suivirent, se métamorphosa très vite en maîtresse de maison, mettant tout sens dessus dessous, s'appropriant la demeure, la modifiant à son goût, devenant exigeante, impérieuse, insatisfaite.

L'Olonnois fut d'abord ravi de ses effets de toilettes. Elle affectait de s'affirmer l'esclave d'un Grand Turc, s'appliquant à se vêtir à la sultane : corsage en soie moirée gris souris orné de brandebourgs, sous-manches de linon terminées en volants de Valenciennes superposés. Un écran de plumes lui servait d'éventail. Bientôt elle exigea une ombrelle que l'on importa de Nantes à grands frais. Elle poussait l'Olonnois lui-même à l'élégance, le couvrant de dentelles, de rubans, de colifichets. Puis il prit conscience du ridicule de singer aux tropiques les petits marquis et marquises de Versailles, que l'on n'avait d'ailleurs jamais vus, mais que l'on imaginait tels que l'on voulait qu'ils fussent.

Le résultat aurait fait rire la cour, bien qu'elle-même se montrât fort risible dans ses accoutrements.

Puisque l'Olonnois lui refusait des esclaves, Nicolette engagea comme domestique une malheureuse Castillane, enlevée par des flibustiers à Cuba et qui, trop laide, n'avait pas trouvé de mari. Elle devint vite son souffre-douleur, sa souillon, aussi maltraitée qu'une esclave ou qu'un engagé.

L'amusement qui, pendant longtemps, suivit l'Olonnois lorsqu'il se rappelait la supplique de Nicolette : « Seigneur, ne me mangez pas ! » se mua en une inquiète

198

Le marin des sables

certitude. C'était elle, l'ogresse. D'ailleurs la si menue créature effarouchée s'épaississait, augmentant encore ses rondeurs par des artifices, se harnachant de cette vertugale qui n'était plus à la mode que chez les Espagnoles.

La moqueuse réplique d'Antoine l'agaçait comme une piqûre de moustique : « La chevêche ferait-elle fuir le loup ? » C'est vrai que cette nouvelle chasse-partie qu'il organisait ressemblait à une fuite. Mais tous les flibustiers ne prenaient-ils pas la mer autant pour fuir quelque chose que pour aller vers on ne sait quoi ? L'appât de l'or, lui-même, qu'ils mettaient sans cesse en avant, n'était-il pas une sorte d'excuse ? Si la brillance de l'or les fascinait comme un miroir aux alouettes, ce qu'ils aimaient en réalité par-dessus tout, sans se l'avouer, c'était la mer. La mer qui les détachait du Vieux Monde, qui les retenait, qui les absorbait. La mer les envoûtait trop pour qu'ils pussent demeurer longtemps captifs des bras des femmes. Aucun plaisir ne leur apportait un épanouissement aussi irradiant que la mer. Aucun sourire ne leur paraissait plus euphorique que le mouvement de l'Océan. La mer, à la fois vie bouillonnante, fertile, passionnée et liberté sans mesure.

Dans ce désenchantement, Borgnefesse apporta, tout essoufflé, une nouvelle surprenante et inespérée : Guacanaric venait d'accoster à la Tortue. Il l'avait trouvé près de la côte de Fer, sa pirogue brisée sur un rocher et l'avait aidé à marcher jusqu'à sa plantation. Il ne parlait pas.

L'Olonnois se précipita chez Borgnefesse, trouva en effet un Indien qui dormait sur une litière de feuilles de maïs. S'il ressemblait un peu à Guacanaric, ce n'était pas un Arawak. Plutôt un Indien des terres de l'Ouest.

Le marin des sables

Aussitôt l'Olonnois pensa que cet indigène, envoyé par Guacanaric, apportait un message. Une fois réveillé, l'Indien se révéla ne pas comprendre un seul mot français. L'Olonnois courut chercher le père Dominique qui engagea avec l'Indien un dialogue en espagnol.

— Il vient de très loin, traduisit le moine, du lac de Nicaragua. Il offre une alliance avec son peuple pour chasser les Espagnols de son pays. Il dit que les villes espagnoles regorgent de trésors et que nos bateaux repartiront les cales pleines d'or. Il s'offre comme guide de l'expédition.

— Connaît-il Guacanaric?

— Il dit qu'il le connaît.

— Se trouve-t-il dans son peuple?

— Il dit qu'il l'a vu hier.

— Comment, hier? L'accompagnait-il?

— Il dit que l'esprit de Guacanaric flotte au-dessus des eaux.

— Est-il mort? S'est-il noyé?

— Il dit que Guacanaric est immortel.

L'Olonnois se souvint de la difficile gymnastique intellectuelle que demandaient les conversations avec les Indiens, mélangeant toujours passé et présent, mort et vie, ou plutôt pour qui ces distinctions n'existaient pas. Il résolut néanmoins immédiatement de suivre cet Indien au lac de Nicaragua, ce lac, pour lui inconnu, se situerait-il au diable.

L'Indien reposé, restauré, fut amené à d'Ogeron, en présence du moine, de l'Olonnois et de Borgnefesse. On étala des cartes. Le lac de Nicaragua apparut, en face de Saint-Domingue, de l'autre côté de la mer des Caraïbes, dans cette longue bande de terre qui va du Mexique à Panama. L'expédition serait plus lointaine que celle du golfe de Venezuela, mais l'idée de couper en deux les colonies espagnoles plut beaucoup à d'Ogeron. L'Indien demeura chez le gouverneur qui voulait continuer à

Le marin des sables

l'interroger par l'intermédiaire du moine, pour supputer les chances d'une nouvelle escadre.

L'Olonnois, retrouvant toute son exaltation, chercha à la communiquer à Antoine. Celui-ci se contenta d'ouvrir le petit livre que le flibustier lui voyait souvent entre les mains. Pour la première fois, il lut à haute voix, comme si ces paroles imprimées fussent destinées à l'Olonnois ou si lui, Antoine, en eut été l'auteur :

« De quoi je fais ici une déclaration, que je sais bien ne pouvoir servir à me rendre considérable dans le monde ; mais aussi n'ai-je aucunement envie de l'être : et je me tiendrai toujours plus obligé à ceux par la faveur desquels je jouirai sans empêchement de mon loisir, que je ne ferais à ceux qui m'offriraient les plus honorables emplois de la Terre. »

— Qu'as-tu besoin d'un livre pour exprimer ce que tu penses ? dit l'Olonnois, agacé. Tu veux rester avec d'Ogeron qui te permet de jouir sans empêchement de ton loisir, c'est bien ça ?

— Je me tiendrai en effet toujours obligé envers lui. Mais comme je n'ai pas la sagesse de Monsieur Descartes, et bien que la gloire que tu m'offres sur ta frégate m'importe peu, c'est toi que je suivrai.

10.

Le lac de Nicaragua

L'escadre de Maracaïbo fut reconstituée. Comme lors de cette expédition, l'Olonnois reçut d'Ogeron le commandement des forces maritimes et Michel-le-Basque celui des combats à terre. L'un des neveux du gouverneur servait comme second sur le bateau de Michel-le-Basque et l'autre dirigeait l'équipage de la *Cacaoyère,* dévolue, cette fois encore, au rôle de poudrière. Sur le navire amiral de l'Olonnois, le gabier du *Saint-Dimanche,* redevenu maître d'équipage, sautait de vergue en vergue, hurlant ses ordres comme autant de cris de triomphe. Le More et l'Abyssin couraient sur le pont, dans cette joyeuse animation des vaisseaux, aux voiles claquantes. Les cinq navires glissaient vers le large, prenant sur eux toute la force du vent. Cette énergie déployée, sans autres bruits que ceux du grincement des poulies et des froissements de la toile, impressionnait toujours à la fois ceux qui, sur les quais, regardaient les bateaux s'éloigner et ceux qui, sur le pont et dans le gréement des navires, partaient vers une nouvelle aventure. La sauvagerie de ces hommes, tempérée à terre, se réveillait. Des capitaines aux mousses, tous respiraient mieux, avec une poitrine plus large ; tous, même ceux, les plus nombreux, qui ne s'étaient pas mariés, sentaient sur leur torse des chaînes de fer qui se brisaient. L'air du large, chargé d'embruns et de sel, les grisait. Ce besoin enragé de liberté des vrais marins, ils l'assouvissaient dans un immense élan qui fusait, d'un navire à l'autre, en clameurs de joie éclatant tels des coups de canon et

Le marin des sables

faisant fuir les mouettes vers la terre, comme des morceaux de voiles déchirées, dans une sorte de coassement de malédiction.

L'impétuosité de l'escadre reflétait la force tranquille de l'Olonnois. Dans la maturité de son âge, dans la plénitude de ses dons de stratège, dans ce pouvoir énorme que d'Ogeron lui conférait, un certain vertige grisait l'Olonnois, vite réprimé. Il avait confié Nicolette au gouverneur et l'idée de ce cadeau empoisonné l'amusait. Non pas qu'il voulût la perte de son bienfaiteur, mais cette épine arrachée de son pied et glissée sous les pas d'un autre lui paraissait une farce sans autre conséquence qu'une piqûre momentanée. D'Ogeron en avait vu d'autres. Il était de taille à ne pas laisser la gangrène lui ronger les membres.

Néanmoins, le souvenir de cette mijaurée gâchait un peu le départ de l'Olonnois, encroûté trop longtemps à terre, roupillant sur son tas d'or comme Guacanaric, du temps où il le retrouvait vautré dans l'alcoolisme, prisonnier de cet or dont il disait pourtant de se méfier. Et n'était-ce pas encore l'or qui les poussait vers l'Amérique centrale, cet or qui avait causé la perte des indigènes, torturés, massacrés, anéantis par les Espagnols pour le leur ravir? Des milliers d'Indiens périrent à cause de l'ostentation de leurs objets d'or. Pourtant, ils n'utilisaient ce métal dangereux qu'avec précaution, n'allant le recueillir qu'après des jours de jeûne. Christophe Colomb, frappé par cette sagesse, voulut l'appliquer aux conquistadores, mais il ne réussit à persuader personne. Que ne l'écoutèrent-ils pas, car cet or transforma les Espagnols en démons et suscita les flibustiers qui le leur arrachèrent. Les prédateurs se trouvaient à leur tour assaillis par des rapaces. L'or passait de main en main, comme s'il brûlait les doigts. Il aboutissait à la Tortue où les dés et les gourgandines le faisaient fondre. Il redevenait sable. Comme ces caciques à la peau recouverte de

206

Le marin des sables

poudre d'or, qui se décrassaient dans l'eau des lacs de ce métal vénéré et maudit, les flibustiers s'en purifiaient en le dilapidant dans le jeu et la débauche.

Oui, Michel-le-Basque, sur ce grand vaisseau qui l'accompagnait à droite, oui, Borgnefesse et Vent-en-Panne sur leur frégate à gauche, oui, Pierre-le-Picard sur son brigantin qui formait l'arrière-garde, tenaient la barre et halaient sur les manœuvres pour donner le plus de toile possible, tellement grande était leur hâte de joindre le pays de cocagne; mais lui, l'Olonnois, savait au fond de lui-même qu'autre chose que l'or l'attirait vers l'ouest.

Le père Dominique et le chirurgien occupaient, cette fois-là encore, les deux cabines du gaillard d'arrière, contiguës à celle de l'Olonnois. Quant au guide indien, il s'était aménagé une sorte de niche, tout à l'avant de la frégate, près de l'amure de misaine, comme s'il craignait de ne pas apercevoir à temps les amers de la côte du Nicaragua.

Après avoir coupé le canal du Vent et frôlé les rivages hostiles de Cuba, l'Olonnois repéra, au large de la Jamaïque, un grand voilier qui, sans doute effrayé par l'escadre, tenta de s'esquiver. Michel-le-Basque le gagna à la course.

Peu après, les deux navires vinrent vers le bâtiment amiral. Le pavillon rouge d'Angleterre, chargé d'une ancre d'argent, flottait au mât du bateau qui se rapprocha de la frégate jusqu'à toucher presque sa coque. C'était un flibustier anglais. Le capitaine demanda à l'Olonnois s'il pouvait se joindre à la chasse-partie. Il offrait ses douze canons, ses cinquante hommes, moyennant bien sûr une part du butin. L'Olonnois fit passer l'offre de bateau en bateau. Les cinq capitaines s'étant mis d'accord, le flibustier anglais se rallia donc à l'escadre.

Le père Dominique, malgré sa répugnance à cette

Le marin des sables

alliance avec un hérétique, donna néanmoins sa bénédiction à la chasse-partie agrandie.

Et, comme pour se justifier de cet accommodement avec le ciel, il dit à l'Olonnois :

— Mon fils, vous ne devez obéissance qu'à Dieu. Toutefois, vous n'aurez d'autre maître que vous-même sur toutes les terres que vous allez conquérir ; car vous l'accomplirez au péril de votre vie, contre une nation qui les usurpa sur les Indiens.

— Mon père, dit l'Olonnois, j'aimerais rendre aux Indiens cette terre qui est la leur.

Le moine, surpris, réfléchit un moment et se laissa glisser, lui aussi, aux confidences ·

— Vous savez, mon fils, que je suis un vieil homme établi depuis longtemps dans le Nouveau Monde. Je connais bien les sauvages et je vous dirai tout d'abord cette chose qui vous étonnera : les sauvages de nos îles étaient jadis les plus contents, les plus heureux, les moins vicieux et les plus sociables de tous les êtres humains que j'ai pu rencontrer dans mon long sacerdoce. Ils se sentaient tous égaux, n'avaient besoin d'aucune police... Épanouis dans leur liberté, ils buvaient ou mangeaient quand ils avaient soif ou faim, travaillaient et se reposaient selon leurs envies. Ils étaient si innocents qu'ils allaient tout nus et cachaient assez mal ce qui ne doit point être vu. Ne s'inquiétant de rien, ils passaient leur vie dans la plus grande indolence.

— Mon père, vous avez connu Guacanaric. J'ai vécu avec lui parmi les derniers Arawaks de Saint-Domingue. Je sais tout cela. Croyez-vous que notre guide va nous emmener vers un tel paradis ?

— Eh bien voilà, justement, mon fils, où je voulais en venir. Ce paradis n'était qu'un mirage, une illusion. Car je n'ai trouvé chez ces sauvages, aussi hospitaliers et aussi doux, aucune trace de religion, ni aucune connaissance de Dieu. Puis, en les pratiquant mieux, je me suis aperçu

Le marin des sables

avec horreur que le démon leur apparaissait souvent et leur rendait des oracles sur lesquels ils se réglaient à l'aveugle. Il est même fort vraisemblable que les différentes statuettes par lesquelles ils portraiturent leurs démons représentent exactement les figures de ceux-ci. Or, elles sont toutes hideuses, les plus tolérables prenant modèle sur des animaux répugnants comme les crapauds, les couleuvres ou les caïmans... Quelque chose de bizarre et d'affreux... Lorsqu'ils veulent communiquer avec le diable, ils vont passer la nuit dans les forêts pour le consulter et reviennent avec des prédictions étranges...

L'Olonnois se revoyait dans la tribu Arawak, la nuit, près de Caona. Il entendait des bruits de branches cassées, de feuilles froissées, et Caona lui disait de ne pas bouger, de ne pas regarder, sinon les dieux des hommes rouges risquaient d'être dérangés par l'esprit d'un Blanc. Ah! misère que la perte de ce bonheur! Que ne donnerait-il pas toute sa puissance et sa gloire actuelles pour retrouver cette innocence! Mais le ferait-il vraiment? Guacanaric ne lui avait-il pas proposé de tout abandonner, de se remettre nu, de se teindre de roucou, de redevenir sauvage? Redevient-on jamais sauvage?

Le moine continuait son soliloque :

— J'aimais les Indiens. Je voulais chasser les diables de leur existence et les faire vivre dans la communion du Christ. Les démons entrèrent alors dans les corps des femmes et se mirent à parler par leurs bouches. Ils se nichèrent dans les os des morts et les Indiens les déterrèrent pour les envelopper dans du coton. Ces os prophétisaient lorsqu'on les interrogeait et les Indiens imaginaient que l'âme du mort pérorait. Car s'ils ne croyaient pas en Dieu, ils énonçaient que l'âme était immortelle. Seulement, ils en attribuaient trois à chaque personne : une au cœur, une à la tête et l'autre au bras.

Le sermon du moine importunait l'Olonnois. Il l'interrompit sèchement :

209

Le marin des sables

— Êtes-vous sûr, mon père, que les Indiens sont aussi possédés par le diable que vous le pensez ? Et ne projetez-vous pas plutôt les démons que vous portez en vous sur ces sauvages innocents ?

Le moine sursauta, comme si l'Olonnois l'eût brûlé avec un tison.

Accoudé au bastingage, Antoine qui écoutait ne put s'empêcher de laisser fuser un rire ironique.

Furieux, le père Dominique lança à l'Olonnois :

— Quand on fréquente un hérétique, le diable vous tient à l'œil. Prenez garde, mon fils. Il pourrait bien vous jouer l'un de ses mauvais tours.

Il ne faut jamais tenter le diable. Depuis deux semaines de navigation l'escadre bénéficiait d'une brise favorable. Or, soudain, le vent cessa. Il cessa si brusquement de souffler que l'on eût dit une lumière qui s'éteint. Pas de vent. Des voiles qui retombent, flasques comme des guenilles. Le gabier du *Saint-Dimanche* avait beau se démener, amures, écoutes, boulines et cargues restaient muettes. Les cordages pendaient. Poulies et caps-de-mouton, immobiles, ressemblaient aux rouages d'une machine cassée. La mer, elle-même, se ridait à peine, telle l'eau d'un lac. La bonace tint les navires comme à l'ancre pendant une semaine. Mais le drame, justement, venait de ce que l'éloignement des côtes leur interdisait de mouiller les ancres. Ils dérivaient lentement, emportés par un courant peu perceptible, tellement tout était saisi d'un calme plat.

Ce vent d'Olonne que l'Olonnois avait si souvent maudit lorsqu'il lui emplissait la bouche de sable, lorsqu'il brûlait la vigne et le blé, voilà que soudain il

Le marin des sables

s'évanouissait. L'escadre se trouvait prisonnière de la mer.

Michel-le-Basque possédait un astrolabe qui permettait de calculer la latitude en mesurant à midi la hauteur du soleil. Aucun doute, les bateaux s'éloignaient considérablement du Nicaragua et dérivaient vers le golfe du Honduras. Michel-le-Basque fit mettre une chaloupe à la mer et, à force de rames, s'approchant de la frégate amirale, avertit l'Olonnois de la dérivation de leur route.

— Il faut louvoyer, lui cria-t-il. Pourquoi n'as-tu pas relevé au vent?

L'Olonnois faillit laisser échapper un hurlement. Une nouvelle fois, il se vit en faute. La tempête avait englouti jadis l'*Estramadure* parce que, comme le lui répétait le gabier, il n'était qu'un mauvais marin. Il voulut abandonner à Michel-le-Basque le commandement de l'escadre. Un orgueil stupide l'arrêta. Mais que faisait son maître d'équipage? Il s'en prit au gabier du *Saint-Dimanche* qui le regardait en se croisant les bras.

— Pourquoi n'as-tu pas relevé au vent?

— Quel vent? Si quelqu'un peut trouver une risée qu'il me l'apporte!

— Le courant nous déhale, cria l'Olonnois, furieux. Tu aurais pu y veiller!

— Mille pardons! Ce n'est pas moi l'amiral.

— Fous-moi la paix avec ton amiral. Tu sais bien que tu connais mieux la mer que moi. Tu me laisses tomber.

— La frégate est trop grosse pour louvoyer. Ou bien il aurait fallu le faire avant.

— Pourquoi ne l'as-tu pas fait?

— J'attendais des ordres, dit piteusement le gabier. C'est vrai, tu sais, moi j'ai toujours été accoutumé à être commandé. J'ai du mal à m'habituer à l'idée que l'amiral est mon compère...

— Que peut-on maintenant?

Le marin des sables

— Puisque le courant nous emmène au Honduras, allons-y.

Ce calme plat dura quarante-six jours. Les navires, encalminés, ne pouvaient plus gouverner. De temps en temps l'astrolabe de Michel-le-Basque indiquait un glissement des bateaux vers le nord. Parfois, au matin, on retrouvait autour des navires des déchets que l'on y avait jetés la veille et qui flottaient, au même endroit, parfaitement immobiles. Les équipages, prostrés dans leur inaction, somnolaient sur les ponts, brutalement réveillés d'heure en heure par les lamentations du guide indien. Leurs répétitions ponctuelles prenaient une allure de rite étrange et angoissant. Elles commençaient par des gémissements, puis lentement s'élevait une longue plainte qui atteignait son maximum d'intensité dans une sorte d'aboiement. Cette mélopée démoralisait les matelots. Ils se relevaient à chaque fois d'un bond, couraient regarder la mer, ne voyaient que l'étendue déserte d'une eau dormante, geignaient à leur tour.

L'Olonnois adjura le père Dominique de faire taire l'Indien. Mais le moine lui répondit que le guide se trouvait en proie à ses démons. Il consentit néanmoins à se rendre près du possédé, goupillon dans une main et crucifix brandi dans l'autre. L'Olonnois, qui l'accompagnait, vit l'Indien manifester une si grande terreur à la vue du crucifix qu'il cessa aussitôt ses jérémiades. Le père Dominique l'aspergea quand même d'eau bénite, ce qui eut pour effet de remettre tout à fait d'aplomb le sauvage.

L'Olonnois demanda au père Dominique d'exprimer son mécontentement :

— Dites-lui qu'il est un mauvais guide. Il devait nous

212

Le marin des sables

emmener au lac de Nicaragua et nous dérivons vers le Honduras. Dites-lui qu'un grand homme rouge commanderait au vent. Il nous laisse entrer dans un espace mort d'où il devrait savoir nous écarter.

Le moine et l'Indien discutèrent un long moment. Puis le père Dominique traduisit :

— Il dit qu'il est un mauvais guide et voilà pourquoi il gémit. Il n'a pas vu les ennemis de son peuple jeter un grand filet dans la mer et retenir les bateaux de ses amis blancs, devenus captifs. Il aurait dû montrer plus de vigilance. Toutes les nuits les ennemis de son peuple tirent le filet où les bateaux sont emprisonnés comme dans une nasse. Un matin, dit-il, nous serons tous pêchés et dévorés vivants.

L'Olonnois haussa les épaules.

— Les Espagnols vont nous recevoir à coups d'escopette. Mais ce ne sont pas des cannibales.

— Il ne redoute pas tant les Espagnols que les Indiens du Honduras qui, eux, sont anthropophages.

— Baliverne que tout cela. S'il existe des Indiens cannibales, ils ne font qu'imiter la mer, dont toutes les créatures s'entre-dévorent. Nous flottons sur une nature cannibale qui n'attend qu'un petit trou dans la coque de nos navires pour nous digérer à loisir. Mais aucun de nous n'a peur des dents de la mer. Ce qui nous irrite, ce qui nous angoisse, ce qui nous terrifie, c'est le vent. Ce vent qui, pourtant, est aussi notre force. Ah ! si nous pouvions retrouver du vent ! Enfin, il se lèvera bien un jour !

Le moine plissa tout son visage dans un sourire sardonique.

— Vous avez tenté le diable, mon fils. Je vous ai mis en garde. Souvenez-vous que le diable, prince des vents, dispose de la mer, son royaume. Le souffle de la mer, c'est la respiration du diable. Alors que les terres et tout ce qui les peuple émanent de Dieu. Toutes se souviennent du

213

Le marin des sables

jardin d'Éden. Les terres sont muettes dans la paix de Dieu. Seul l'Océan parle. La voix de l'Océan est la voix du diable.

— Je n'entends pas cette voix, hurla l'Olonnois. Je n'entends rien. Vous mentez, moine, l'Océan reste muet.

— Homme de peu de foi, l'Océan se tait, mais il nous écoute.

L'Olonnois s'avança au bord du bastingage, écouta longuement, puis cria à pleins poumons :

— Je te défie, Lucifer. Tu ne m'auras pas par tes manigances. Laisse-moi débarquer et tu verras si je ne suis pas prince du mal. Les Espagnols me redoutent plus que toi. Je te dépasserai dans l'horreur, Lucifer.

Le père Dominique s'enfuit en se couvrant de signes de croix. Pour ponctuer son défi, l'Olonnois fit sortir les canons et tirer une bordée vers le grand large. Ce tonnerre ébranla enfin le silence qui oppressait tant les hommes depuis une semaine. Mais Satan ne répondit pas.

On dut rationner l'eau et la nourriture. La peur de la soif coupait la faim. Le vieil ennemi de l'Olonnois, le sel, brûlait les gorges. Le sel des viandes, le sel de l'air. Et la hantise de mourir de soif, paradoxalement, prisonniers d'une immense étendue d'eau imbuvable. Les voiliers immobilisés en haute mer, faute d'énergie éolienne, voyaient ainsi souvent périr lentement tout leur équipage, une fois les réserves de vivres et de boissons épuisées. Les jeux étant interdits sur les bateaux, par les lois de la flibuste, les équipages, désœuvrés, s'ennuyaient. Une lassitude générale gagnait les matelots, comme une maladie.

Ces hommes habitués à combattre au sabre, au couteau, à la hache, des ennemis bien tangibles, se trouvaient désemparés. Ils eurent bientôt à subir l'assaut de deux vagues d'adversaires furtifs. D'abord les vers qui s'insinuaient dans les biscuits, les pois, la viande séchée et leur disputaient ces maigres agapes. Puis les rats qui, montant

Le marin des sables

des cales, se mirent à courir sur les dormeurs, à leur mordiller les orteils, à prendre d'assaut les assiettes de nourriture. Lutter contre des rats apparaissait à ces flibustiers comme la pire déchéance. Mais il leur fallait néanmoins défendre leurs hamacs des rongeurs. Il leur fallait les écraser à coups de talon, les poursuivre dans les coursives, armés de gourdins.

Seul homme très occupé sur la frégate, Antoine-le-Chirurgien pansait les cicatrices des blessures anciennes qui, mal guéries, s'ouvraient, opérait des saignées pour dégager les congestionnés, distribuait des émétiques, des purgatifs, des clystères. Aux médecines traditionnelles enseignées en France, il ajoutait des méthodes apprises à la Tortue. Il s'était ainsi approvisionné en pierres-aux-yeux, qui expulsaient les escarbilles et autres nuisances se logeant dans l'œil. Les chasseurs de lamantins lui avaient également appris à se servir de quatre cailloux se trouvant dans la tête de cet animal, deux gros et deux petits, auxquels ils attribuaient la force de guérir la gravelle. Antoine n'avait pas de préjugés. Il savait sa science bien empirique et lui ajouter des remèdes que ne connaissait pas la Faculté ne le choquait pas, du moment que ceux-ci soulageaient les patients.

Seul chirurgien de l'escadre, il devait descendre en chaloupe et aller sur d'autres bateaux où des malades l'attendaient. Bientôt il ne put suffire à la tâche. Sur tous les navires, des hommes pris de frissons s'évanouissaient, tremblaient comme des fiévreux. Il diagnostiqua l'apparition du scorbut.

Chaque matin, des cadavres étaient jetés par-dessus bord. À l'abattement succéda l'effroi. Les bateaux restaient immobiles sur cette mer sans rides, sous ce ciel sans nuages, dans cet Océan qui s'obstinait à ne plus parler.

Le père Dominique distribuait des agnus-Dei, petites médailles de cuivre que les flibustiers s'accrochaient au cou, avec un fil de chanvre. Puis il organisa, de bateau en

Le marin des sables

bateau, de grandes prières collectives. Tous les équipages, avec leurs capitaines, agenouillés sur les ponts, récitaient le cantique de Zacharie, admonestaient la Vierge et les saints, ces ingrats qui les laissaient dans l'affliction alors que jamais aucun flibustier n'avait monnayé les objets pillés dans les églises espagnoles, toujours remis honnêtement dans les trésors des églises françaises.

Quelques jours plus tard, les vigies signalèrent par de grands cris l'apparition de terres. Mais, lorsque les bateaux s'en approchèrent, les maléfices du diable les firent subitement disparaître.

Un matin, le soleil ne se leva pas. L'obscurité de la nuit se poursuivit par un brouillard si dense que l'on ne voyait plus les mâts. Les vigies descendirent des hunes et s'affalèrent dans les cordages enroulés. Pendant plusieurs jours, la mer et le ciel disparurent. L'escadre semblait entrée dans le royaume des ombres.

Puis, comme d'habitude avec la brume, celle-ci s'évanouit comme par magie, aussi brusquement qu'elle était venue. Car le brouillard, voile opaque, cache l'horizon pour mieux s'ouvrir, tel un rideau de théâtre, sur des merveilles.

Les bateaux, dans leur dérive, se trouvaient tout près d'une côte sableuse, d'un accès facile. On se précipita pour mouiller les ancres et mettre les chaloupes à la mer.

L'Olonnois s'embarqua dans la première chaloupe en compagnie du guide indien, du père Dominique et d'une dizaine de rameurs. L'Indien observait attentivement le rivage. On y distinguait très nettement des cases rondes couvertes de feuilles de bananier. De grands cocotiers ondulaient dans le vent qui se levait. L'Olonnois se tourna vers le moine et lui dit, sur un ton de reproche :

— Voilà le vent qui apparaît maintenant que nous touchons terre. Voulez-vous bien me dire ce que tout cela signifie ?

Le marin des sables

Le moine bougonna :

— Puisque vous dialoguez directement avec Lucifer, demandez-le-lui.

Comme les matelots sautaient à l'eau pour tirer la chaloupe sur la grève, le guide s'agita et se mit à débiter un flot de paroles que le père Dominique résuma ainsi :

— Il dit que nous abordons le territoire des Indiens Grandes-Oreilles, qu'il faut repartir immédiatement car ceux-ci sont très méchants et les ennemis de son peuple.

— Les Indiens sont mes amis, dit l'Olonnois qui s'avança vers les cases.

Des flèches le frôlèrent. Il rattrapa au vol une lance qui allait le frapper à la poitrine. Un tambour roulait un appel monotone, au loin, dans la forêt. L'Olonnois s'arrêta. Son cœur battait plus fort, non pas de peur, mais d'émotion. Il pensait à Guacanaric, à Caona, aux Arawaks. Ce mauvais accueil provenait d'une méprise. Les Grandes-Oreilles le prenaient sans aucun doute pour un Espagnol. Ah ! que n'étaient-ils arrivés au Nicaragua où on les attendait !

Les chaloupes des autres navires débarquaient à leur tour. Il vit Michel-le-Basque discuter avec le père Dominique et le guide. Michel-le-Basque entraîna ses hommes, armés des longs fusils de boucaniers vers le village. Des coups de feu claquèrent. On entendit des cris. L'Olonnois se précipita pour rejoindre son associé. Les flibustiers pillaient les cases. Des Indiens morts rougissaient l'herbe des enclos.

— Non, s'écria l'Olonnois, pas les Indiens ! Laissons les sauvages tranquilles ! Pourquoi cette querelle de chiens ?

— Tu étais attaqué, répondit Michel-le-Basque. Et nous avons faim.

— Pas les Indiens. Ce sont mes amis.

— C'est le guide indien qui nous a demandé de tirer.

217

Le marin des sables

La fureur saisit l'Olonnois. Il agrippa Michel-le-Basque par les épaules.

— Pas les Indiens, je te dis. Pas les Indiens !

Michel-le-Basque se dégagea brutalement.

— C'est moi qui commande à terre. Je ne me mêle pas de tes affaires sur mer. Il nous manque de l'eau douce, des vivres. Les hommes ont besoin de se dérouiller. Si nous ne pouvons pas en découdre avec les Espagnols, eh bien nous nous referons la main sur les Indiens.

— Je te l'interdis.

— De quel droit ?

Le père Dominique s'interposa, calmant les deux hommes. Le pillage du village indien n'ayant rapporté que des volailles, quelques cochons et du maïs que l'on appelait alors blé de Turquie, Michel-le-Basque décida d'entrer plus profondément dans les terres à la recherche de villes espagnoles, s'il s'en trouvait. Les tambours signalaient leur avancée. Ils se répondaient, de plus en plus loin, comme un système d'échos décroissants.

Pierre-le-Picard, son équipage, et celui de la *Cacaoyère* restèrent au mouillage, afin de veiller à la sécurité des bateaux. Bien sûr, Antoine-le-Chirurgien attendit sur la frégate les éventuels blessés.

La troupe, forte de plus de trois cents hommes, qui partait à l'aventure dans un pays dont elle ignorait tout, avec un guide apeuré qui ne le connaissait pas mieux, s'empêtra dans un marais plein d'arbrisseaux à travers lesquels elle dut se frayer un chemin à la machette. Boueux, crottés, les jambes dévorées de sangsues, les flibustiers traversèrent plusieurs bourgades incendiées et arrivèrent à une ville où ils s'apprêtaient enfin à montrer leur vaillance. Mais cette ville était aussi morte que la mer sans vent. Aucun habitant dans les maisons, mais dans les rues des cadavres en putréfaction sur lesquels s'acharnaient des vautours. Pas un autre bruit que ces

218

Le marin des sables

froissements d'ailes, sinon les aboiements furieux de chiens abandonnés.

Le capitaine anglais retourna un cadavre, l'examina attentivement et dit :

— Celui-là c'est un flibustier hollandais. La flibuste a attaqué par ici et pas seulement une fois.

Le père Dominique qui s'était rendu dans la grande église revint les mains vides.

— C'est une ville excommuniée, dit-il avec dégoût.

— Ça veut dire quoi ? demanda le capitaine anglais.

— Vous serez sans doute surpris de cette extravagance, mais lorsqu'une ville espagnole succombe plusieurs fois aux assauts des flibustiers, son évêque prononce une malédiction contre cette cité si mal défendue et l'excommunie. Si bien que tous les habitants la quittent et n'enterrent même pas les morts, abandonnés aux vautours et aux coyotes. Car ceux qui se sont laissés tuer par les flibustiers sont jugés indignes de recevoir une sépulture.

— Ma foi, dit le capitaine anglais, vous autres les papistes montrez de bien curieuses manies, mais celle-ci ne me paraît pas sotte.

Il n'empêche que la troupe se sentait bien décontenancée. Le pays, déjà pillé, n'offrait même pas de miettes.

Rancunier et ironique, l'Olonnois dit à Michel-le-Basque :

— Compliments, général, pour cette campagne. Ne crois-tu pas que mieux vaudrait regagner nos navires ? Je me fais fort de les emmener vers un nouveau Marecaye. Pour un peu que le vent m'y pousse.

Lorsqu'ils retrouvèrent l'escadre, les voiles agitées par un fort souffle du sud-est semblaient saluer leur retour

Le marin des sables

comme des drapeaux. Des cris de joie jaillirent des chaloupes. Avec le vent, revenait la chance.

Les six navires, levant l'ancre, parurent saisis d'une fougue de chevaux sauvages. Les matelots étarquaient les cordages en chantant. Les drisses tournaient sur les cabillots sans efforts. Afin de conserver l'avantage du vent, les gabiers halèrent bouline. Le cauchemar de la bonace était oublié.

Le second jour de navigation, les vigies signalèrent un bateau qui se dirigeait vraisemblablement vers la terre. Rattrapé à la course, il révéla par son pavillon blanc chargé de l'aigle royale espagnole qu'il s'agissait d'un navire de guerre. Les bouches de ses vingt-quatre canons glissèrent en effet par ses sabords.

— La barre dessous, timonier, lança l'Olonnois. Tout le monde sur le pont.

La frégate fonça sur le navire espagnol qui tira une première bordée. Mais la mer, trop forte, rendait le pointage difficile. Les boulets passèrent par-dessus les flibustiers qui les saluèrent par des moqueries. Aussi puissamment armé que fût ce navire de guerre, il lui était difficile d'échapper aux cinq bateaux de la flibuste qui le cernaient. Néanmoins les marins, grimpés sur les bastingages et dans les haubans, tiraient au mousquet sur les corsaires. L'Olonnois entendit un son mat et lourd sur le tillac. Il comprit qu'un gabier, frappé dans le gréement par une balle, venait de tomber. Mais il n'y attacha pas d'importance, trop occupé par l'amarinage du navire ennemi. Il aperçut d'ailleurs, dans toute l'escadre, des matelots blessés qui se cramponnaient aux enfléchures et lâchaient finalement prise, culbutant dans la mer. La coque de la frégate touchait celle du navire espagnol qui ne pouvait plus utiliser ses canons.

— À l'abordage ! Hissez les grappins !

À cet ordre de l'Olonnois un rugissement couvrit les claquements des fusils. Comme des fauves qu'ils étaient,

220

Le marin des sables

les flibustiers sautèrent sur le pont du navire espagnol, se servant des cordages comme de catapultes ou de balançoires. Ils déboulaient dans le navire ennemi, hache à la main, bousculaient les carrés de soldats aguerris, pénétrant dans leurs rangs comme des coins dans un fût de chêne, faisant éclater un ordre militaire qui, devant la violence de leurs assauts, devenait dérisoire. Le pont fut bientôt couvert de sang, de blessés, de morts. Les survivants de la boucherie se démenaient dans une cacophonie de cris, de blasphèmes, d'imprécations, de plaintes. Acculés dans le demi-pont, les derniers défenseurs de l'honneur de l'Espagne demandèrent grâce.

Ces prisonniers permirent de savoir que l'escadre se trouvait dans le golfe du Honduras. Le navire arraisonné se rendait à Puerto Cavallo. On le remorqua à la *Cacaoyère* par une haussière et l'on mit aussitôt le cap sur ce port.

Parmi les blessés amenés dans la cabine du chirurgien, se trouvait le maître d'équipage. L'ancien gabier du *Saint-Dimanche* avait reçu une balle en pleine poitrine. En tombant de la vergue où il se perchait, il s'était de plus fracturé les deux jambes. L'Olonnois, prévenu, accourut le voir. Pénétrer dans la cabine d'Antoine n'était guère facile. Tout autour, les blessés qui attendaient ses soins gisaient les uns contre les autres, si serrés qu'ils paraissaient ne faire qu'un seul corps souffrant et leurs plaintes individuelles se mélangeaient dans un seul hululement, interminable. Couvert de sang des pieds à la tête, dans sa cabine rouge, Antoine, qui se faisait aider de nouveau par ses coreligionnaires, dit à voix basse à l'Olonnois que le gabier mourrait avant d'atteindre la terre. Deux matelots prirent le corps du vieux marin et le portèrent sur le pont. Il fallait de la place pour les autres ; aller vite. Comme les flibustiers rattrapaient à la course les navires espagnols, Antoine et ses aides essayaient de gagner la mort de vitesse, de la devancer. À quelques minutes près, couper

221

Le marin des sables

une jambe ou un bras sauvait de la gangrène, enlever un œil préservait de l'infection, recoudre un ventre remettait les boyaux en place. Antoine était méconnaissable dans son travail. Il luttait contre la mort avec la même furie que l'Olonnois contre l'Espagnol ; aussi effrayant à voir, insensible à la douleur, aux hurlements de suppliciés des opérés sans anesthésie. Rien ne subsistait de son indolence, ni de son élégante nonchalance. Il luttait lui aussi, acharné à vaincre non pas la souffrance, mais le trépas. On sentait qu'il jouait une partie où sa propre vie était mise en jeu.

L'Olonnois, accroupi près du corps du gabier du *Saint-Dimanche*, épongeait avec un linge le sang qui coulait de sa blessure à la poitrine. Mais le gabier ne sentait pas ce mal qui allait causer sa perte. Il ne pensait qu'à ses jambes brisées.

— Vaudrait mieux m'achever comme un vieux cheval, petit. Si je peux pas grimper au mât de misaine, ça ne vaut pas le coup.

— Où es-tu tombé ?

— Sur le tillac, juste au début de l'abordage. Voilà ce que c'est que d'être trop curieux.

L'Olonnois l'aurait juré. Ce son mat, entendu au commencement du combat, avait résonné dans sa tête d'étrange façon. Il s'en rappelait, bien qu'alors tous ses muscles, toute son intelligence, se tendaient dans ce saut qu'ils allaient faire sur le bateau adverse et sur la tactique à prendre pour vaincre.

— Tu te souviens, petit, du mât d'artimon... de ton premier mât ?

— Je m'en souviendrai toujours, maître d'équipage. Tu as été ma première chance.

Le sang jaillit de la bouche du gabier, que l'Olonnois essuya en déchirant une manche de sa chemise.

— Si j'avais pas si mal aux jambes, tout irait bien.

— Le chirurgien t'arrangera tout ça.

Le marin des sables

— Ah ! le chirurgien ! Ton matelot...

Sur le visage douloureux du gabier s'esquissa un sourire :

— C'est bien de toi de prendre pour matelot quelqu'un qui n'est même pas marin... Marin d'eau douce, va !

Le sang afflua de nouveau à la bouche du gabier qui étouffa et se mit à hoqueter. Il perdit connaissance, la tête relevée dans les mains de l'Olonnois. L'agonie du gabier lui gâchait sa nouvelle victoire. Il y voyait même un signe inquiétant. Comme un avertissement des puissances invisibles qui lui avaient d'abord retiré le vent, puis maintenant son plus vieux compagnon.

Le moine, qui se hâtait d'un moribond à l'autre, faisant lui aussi une course de vitesse pour arriver à temps auprès de chacun, avant que les âmes ne s'envolent, se précipita vers l'Olonnois.

— Qui est-ce ?

— Notre maître d'équipage.

Le père Dominique traça de ses doigts une croix sur les lèvres et la poitrine du gabier qui rouvrit les yeux. Il eut encore la force de prononcer de sa voix gouailleuse :

— La Sainte Église... Bon Dieu de bon Dieu, quel tralala... L'amiral et le pape...

Et sur ces fortes paroles s'endormit dans la paix du Seigneur.

L'escadre entra à Puerto Cavallo sans tirer un seul coup de canon. Les prisonniers affirmaient que les entrepôts regorgeaient d'indigo, de cochenille, de salsepareille. Mais les magasins étaient aussi vides que les rues et les maisons du port. Prévenus on ne sait comment de

Le marin des sables

l'arrivée de l'escadre, la population avait fui, emportant ses richesses.

L'Olonnois fit aligner trente prisonniers le long du quai et, devant Michel-le-Basque perplexe, dégaina son sabre.

— Quelle est la ville la plus proche ? demanda-t-il.

Personne ne répondit au père Dominique qui, comme à l'accoutumée, servait d'interprète.

L'Olonnois fit sauter une première tête.

— Je cherche un guide qui connaisse bien le pays pour nous emmener vers la ville la plus riche de cette terre.

Personne ne répondit.

L'Olonnois fit sauter une deuxième tête.

Les uns après les autres, lentement, vingt-neuf Espagnols ainsi décapités tombèrent au fur et à mesure dans le bassin du port. Le trentième avoua que la cité la plus importante s'appelait San Pedro et offrit d'y conduire les flibustiers.

— Tu as failli perdre, dit Michel-le-Basque, goguenard. J'ai bien compris que tu voulais m'épater. Mais tu as failli perdre, à une carte près.

— Il ne m'importait que de gagner.

Ils entravèrent les pieds de l'otage avec une sangle, lui lièrent les mains derrière le dos et le poussèrent en avant.

L'arrière-pays, poussiéreux, caillouteux, sans arbres, avec seulement une végétation épineuse de cactus, présentait un aspect bien hostile. Le soleil brûlait les nuques. Dans la mêlée pour la prise du vaisseau royal, les beaux chapeaux avaient disparu et les vêtements conservaient leurs accrocs. Certains flibustiers, pieds nus, maudissaient les silex brûlants du sol, aussi acérés que des couteaux. Comme lors de la précédente descente chez les Indiens Grandes-Oreilles, les flibustiers s'étaient partagés en deux groupes. Cette fois-ci Borgnefesse restait pour surveiller l'escadre et Pierre-le-Picard participait à l'expédition à terre, avec Michel-le-Basque et l'Olonnois. Une centaine d'hommes les accompagnaient.

224

Le marin des sables

Comme ils arrivaient dans un massif rocheux, un tir nourri les accueillit.

— Ta dernière carte nous mène dans une embuscade, lança Michel-le-Basque. Elle était biseautée et tu ne l'as pas vu.

L'Olonnois sortit son sabre du fourreau et trancha la tête du guide.

— Autrefois tu léchais le sang, reprit Michel-le-Basque avec une grimace de dégoût.

Les yeux bleus de l'Olonnois brillèrent de cette lueur d'acier qu'ils prenaient lorsque cet impulsif devait contenir sa violence. Il se contenta de grogner :

— Je n'ai plus soif.

Puis il s'élança contre les rochers d'où partaient les coups de feu, entraînant les hommes de sa frégate. La moitié tomba, fauchée par les tirs. Mais, invulnérable comme à l'accoutumée, l'Olonnois réussit à débusquer les tireurs invisibles, qui se replièrent.

Considérablement affaiblie, la colonne reprit néanmoins sa progression vers San Pedro. Sur le soir, ils atteignirent les avant-postes de la ville que l'on voyait au loin, ocre comme la terre. Un fortin les arrêta qu'il leur fallait enlever d'assaut. Cette péripétie leur paraissait simple. Par contre, la triple haie de cactus géants formant barrière devant le fortin les déconcerta.

Michel-le-Basque, qui avait pris la direction des opérations, envoya des hommes armés de machettes pour détruire les nopals, cependant que des tireurs les couvraient comme ils le pouvaient. Pendant quatre heures la fusillade ne cessa pas. Les assiégés décrochèrent néanmoins et, sur leurs traces, les flibustiers dont les rangs s'étaient singulièrement dégarnis entrèrent à San Pedro.

Là encore, la ville apparut curieusement déserte. Ces villes fantômes jetaient l'Olonnois dans le plus grand abattement. Elles perdaient toute vie devant lui, comme la mer avait perdu son souffle. Elles fuyaient au fur et à

225

Le marin des sables

mesure qu'il avançait. Aucun trésor caché. Rien. À peine de quoi se restaurer et se rafraîchir dans quelques celliers et caves insuffisamment déménagés.

De dépit, ils incendièrent San Pedro et retournèrent à leurs navires.

Quels fieffés joueurs que les flibustiers ! Prendre une caravelle d'assaut au moyen d'une pirogue, c'était jouer son as sans connaître les atouts de l'adversaire. S'élancer avec un brigantin au-devant des canons d'un navire, c'était jouer à pile ou face. L'Olonnois n'aimait ni les dés ni les cartes. Sa passion du jeu, il la mettait tout entière dans les combats. Et il savait qu'il gagnait toujours, ou presque, par une chance folle. Cette chance qui l'avait conduit de l'état d'engagé persécuté à celui de flibustier libre. Cette chance qui lui avait donné la faveur de Monsieur de La Place puis du sieur Ogeron.

Depuis le vent en panne, depuis les villes désertées, il voyait sa bonne fortune s'estomper, le fuir même. Mais à chaque fois qu'il cédait au découragement, sa fabuleuse chance réapparaissait, inattendue. Le guide indien, dont on n'espérait plus rien, et dont Michel-le-Basque se serait volontiers défait si l'Olonnois ne le protégeait, lui affirma à son retour à Puerto Cavallo que des hommes rouges ennemis des Grandes-Oreilles et amis de sa tribu lui avaient indiqué que tous les ans, à pareille époque, un navire arrivait d'Espagne, chargé d'armes, de vin, d'étoffes, d'outils.

L'Olonnois dispersa son escadre dans plusieurs petites baies et l'on attendit. Un mois, deux mois. Aucun bateau n'entrait dans le golfe. Pour se ravitailler, les capitaines

226

Le marin des sables

montaient des parties de chasse. Les flibustiers, dans leur désœuvrement, redevenaient boucaniers.

Il n'empêche que cette immobilité, en lisière d'un pays ravagé, suscitait l'impatience. Michel-le-Basque et Pierre-le-Picard s'agaçaient de plus en plus des directives de l'Olonnois. Quant au capitaine anglais, on s'aperçut un matin qu'il avait profité de la nuit pour décamper avec son bateau et son équipage.

— Ton sauvage ne nous monte-t-il pas un piège? disait Michel-le-Basque. Qui te prouve qu'au lieu de ce navire marchand que nous attendons bien confiants, nous n'allons pas voir surgir dans le golfe une escadre de vaisseaux de guerre, qui nous prendra dans ces nasses, comme des rats. Je sais bien, l'Olonnois, que tu aimes faire la figue. Mais les hommes bougonnent de rester aussi longtemps en échauguette.

L'Olonnois commençait à douter de cet Indien. Non pas sur ses intentions (il ne lui venait jamais à l'idée qu'il puisse les trahir) mais sur ses capacités. Il comprenait mieux maintenant combien Guacanaric était un être exceptionnel. Malgré leur apparence, les sauvages comme les autres hommes ne naissent pas égaux.

Michel-le-Basque, Pierre-le-Picard, les neveux d'Ogeron murmuraient que, puisque cette expédition tournait aussi mal, le mieux serait de retourner à la Tortue.

— D'Ogeron se trompe, disait Michel-le-Basque. Une guerre régulière ne nous convient guère. D'ailleurs l'ennemi se dérobe. Les combats à terre ne sont pas pour nous. Notre territoire c'est l'Océan et, là, nul ne nous résiste. Tu le sais bien, l'Olonnois, pourquoi persister dans une erreur? Appareillons et, dès demain, nous enlèverons sur notre passage des galions chargés d'or que nous ramènerons à la Tortue. Ce n'est pas dans ce maudit pays infesté de maringouins que je ferai la fortune de mon fils.

Seul Borgnefesse soutenait l'Olonnois. Peut-être parce

Le marin des sables

qu'il était son plus vieux compagnon, peut-être aussi parce que, entre l'homme de l'île de Ré et celui d'Olonne, un même souvenir de sable et de sel les rapprochait.

À la fin du troisième mois, une hourque apparut dans le golfe. Une grosse hourque à l'arrière fessu, qui s'avançait lentement et silencieusement vers Puerto Cavallo. On l'avait tant attendu, ce bateau, qu'il semblait un mirage.

L'Olonnois s'attribua l'honneur de s'en emparer à l'abordage. Ce qui indisposa de nouveau ses compagnons. Non pas qu'ils doutassent de l'honnêteté du partage, mais parce que leurs mains les démangeaient et qu'ils rêvaient de laver la tête aux Espagnols.

Ils durent donc assister à ce spectacle qu'ils connaissaient si bien, mais pour lequel, toujours, ils frissonnaient d'enthousiasme et de plaisir. La frégate de l'Olonnois fonça sur la hourque comme une panthère s'attaquant à un éléphant. Il semblait que l'Olonnois et son équipage jouaient réellement un rôle, tellement ils s'appliquaient à exécuter toutes les figures d'un assaut dans les strictes règles de la flibuste. Une fois de plus, l'Olonnois ne résistait pas à en mettre plein la vue à ses compagnons. C'était là son défaut. Les cruautés dont il se rendait coupable n'avaient d'autre sens que d'éberluer ses compères, que de leur prouver qu'il pouvait frapper plus fort qu'eux, aller plus loin dans l'horrible. Le père Dominique le lui reprocha : « La violence est excusable, mon fils, pas la cruauté. Vous devrez rendre un jour compte à Dieu de vos excès. » Et l'Olonnois lui répondit que le Fils de Dieu se laissant crucifier entre deux voleurs n'avait pas résisté à faire de l'épate. Le père Dominique fut si stupéfait par ce sacrilège qu'il se contenta de rabattre son capuchon sur ses yeux et de se signer précipitamment.

Bien sûr, la hourque, pourtant armée de cinquante-six canons, fut prise en un tour de main. Malheureusement la

228

Le marin des sables

cale révéla un bien maigre butin : quelques ballots de toile, mais surtout vingt mille rames de papier et des barres de fer servant de lest.

Ces rames de papier vierge rendirent furieux les flibustiers. Ils avaient l'impression que l'on se moquait d'eux. Seuls le chirurgien et le moine s'approprièrent quelques feuilles. Tout le reste fut jeté à l'eau.

Trois mois d'impatience pour un résultat aussi pitoyable. Michel-le-Basque, exaspéré, vint se planter devant l'Olonnois, se frisa la moustache, dans ce geste de plaisir ou d'impatience qui lui était familier, et tourna les talons sans lui dire un mot.

11.

La terre des délices du cœur

Lorsque, tous les matins, dès les premières lueurs de l'aube, l'Olonnois sortait de l'écoutille du gaillard d'arrière, se hissant des deux mains, puis des coudes, il repensait toujours à ce capitaine obèse du *Saint-Dimanche* qui l'avait tant intrigué avec sa démarche de crabe. Et son premier regard, à lui aussi, se dirigeait vers le timonier. Ensuite il observait la mer et, presque simultanément, les voiles. L'eau et le vent. Puis il se laissait aller à son orgueil : prendre possession, par une vue circulaire, de son escadre. Il la passait en revue, seul. Tous les matins, une sorte d'ivresse le grisait ainsi pendant quelques secondes. Il se sentait alors roi. La mer incarnait son royaume, sans limites, sans frontières. Roi d'un peuple nomade. Chacun des navires qui entourait sa frégate était à la fois palais et château fort. Sa ville, sa capitale, ne connaissait pas d'attaches. Elle glissait sur l'eau, à son commandement, comme des pions sur un jeu d'échecs.

Ce matin-là, il n'en crut pas ses yeux. Trois bateaux manquaient dans la stricte ordonnance des pièces de l'escadre : le vaisseau de Michel-le-Basque, la *Cacaoyère*, la hourque. Les autres navires, ancrés dans le golfe, semblaient somnoler, immobiles, les voiles carguées, comme de grands échassiers dormant la tête sous leur aile repliée.

L'Olonnois fit mettre à la mer une chaloupe et envoya chercher Pierre-le-Picard et Borgnefesse. Tous deux convinrent que Michel-le-Basque avait dû profiter de la

Le marin des sables

nuit pour s'enfuir, avec les neveux d'Ogeron. Qu'ils emportent la hourque ne portait pas à conséquence, par contre la perte de la *Cacaoyère* était catastrophique puisqu'elle contenait toutes les réserves d'armes et de poudre.

— Celui qui déserte une chasse-partie se condamne à mort, s'écria l'Olonnois. Vous allez appareiller immédiatement pour le rattraper. La *Cacaoyère* et la hourque en remorque retardent sa marche. Filez, filez vite et ramenez-le-moi, que je le pende au grand mât !

Pierre-le-Picard ferma son seul œil, comme il faisait communément lorsqu'il se trouvait dans l'embarras, à croire que ne plus rien voir lui évitait de penser. Borgnefesse, venu au rendez-vous avec Vent-en-Panne, se concerta avec lui à voix basse. Ce qui mit en fureur l'Olonnois.

— Quoi ! Que faites-vous ? Que dites-vous ? L'heure n'est pas aux patenôtres ! Le traître court et vous restez plantés là !

Vent-en-Panne osa l'interrompre .

— Les chasses-parties, ça se rediscute. Tu sais combien j'ai gagné et perdu. Il faut être bon joueur, l'Olonnois. Mais tu n'aimes ni les dés ni les cartes. Si bien que tu n'as pas compris que, depuis les débuts de cette chasse-partie, ton jeu n'avait plus d'as...

— Que me chantes-tu là ? Refuses-tu de poursuivre le traître ?

— Nous sommes tes plus vieux compagnons, dit tristement Borgnefesse. Écoute-moi, retournons à la Tortue. On s'expliquera là-bas avec d'Ogeron et Michel-le-Basque.

— Toi aussi, capitaine Gaspard-Athanase-Bénigne Le Braz, tu veux m'abandonner ?

Borgnefesse se mordit les lèvres.

— Où vois-tu que l'on veut t'abandonner ? répondit à sa place Pierre-le-Picard qui s'était résolu à ouvrir son œil. On discute, c'est tout. Michel-le-Basque est un fieffé coquin de nous voler la *Cacaoyère*. Il mérite la mort, c'est vrai. Viens avec nous, nous le rattraperons et le pendrons au grand mât. Puis nous rentrerons tous les trois ensemble à la Tortue.

— Nous avons dérivé trop au nord faute de vent. Mais maintenant la bonne brise ne nous empêchera plus de descendre vers le sud. L'Indien nous guidera à terre vers le lac de Nicaragua.

— Toutes nos réserves de poudre sont parties avec le Basque, rétorqua Borgnefesse.

— Quand nous le rattraperons, nous retrouverons la *Cacaoyère*.

— Si on ne la rattrape pas ?

— Eh bien ! il nous suffira de prendre à l'abordage un navire de guerre espagnol, comme d'habitude, ou d'investir une place forte, sur la côte. Mais enfin, que se passe-t-il ? Vous voilà en barguignage, alors que vous devriez filer toutes voiles dehors ! Le traître détale, pendant ce temps-là !

Le père Dominique, attiré par les bruits de la discussion, crut le moment opportun d'offrir ses bons offices.

— Je vais vous accompagner, mes enfants. Oui, coursons Michel-le-Basque. Et si vous le pendez haut et court, il lui faudra un confesseur. On ne peut pas le laisser se damner sans absolution. Allons, ne perdons pas de temps !

Borgnefesse s'avança vers l'Olonnois, voulut lui dire encore quelque chose, mais le moine l'entraîna vers la chaloupe.

Peu de temps après, la frégate de Borgnefesse et le brigantin de Pierre-le-Picard appareillaient. Sur le tillac de son bateau, l'Olonnois les suivit de sa longue-vue, jusqu'à ce qu'ils ne fussent plus qu'un point imperceptible.

Le marin des sables

Une semaine s'écoula, dans une morne attente. Puis une seconde semaine. Tous les matins, sortant de l'écoutille, l'Olonnois recevait le choc de la disparition de son escadre. Sa frégate flottait seule dans le golfe. Les palais et les châteaux de sa capitale mouvante s'étaient volatilisés. Il ne pouvait s'empêcher de scruter l'étendue des flots, avec l'espoir de plus en plus vain de voir apparaître ses bateaux, revenant en file.

Antoine-le-Chirurgien finit par lui dire :

— Quand décampons-nous ? Les hommes recommencent à dépérir d'ennui. Si nous restons plus longtemps immobiles, c'est d'un lazaret dont tu seras capitaine. Voyons, n'as-tu pas compris depuis le premier jour qu'aucun d'eux ne reviendrait ? Et le moine, si empressé de les pousser à partir... Il craignait trop d'être abandonné avec nous, n'ignorant pas, lui, que tous n'avaient qu'une seule envie : retourner à la Tortue. Ils n'ont pas osé déserter avec Michel-le-Basque, mais puisque tu les invitais à le suivre...

— Pourquoi ne m'as-tu pas averti de ce qui se tramait ?

— Je n'ai pas reçu leurs confidences. Il suffisait de les regarder. D'ailleurs tu le savais bien, mais tu ne voulais pas l'admettre. Tu te croyais roi. Qui t'a fait roi ? Chacun d'eux pouvait prétendre à la couronne. Ils ne t'ont écouté que parce qu'ils se souvenaient que Cortés et Pizarre, partis comme eux d'Hispaniola, se taillèrent un empire aux Amériques. Ils se sont vus imperators. Puis très vite ils déchantèrent, trouvant les places déjà prises. Vous arrivez trop tard. Un siècle trop tard. Le temps des conquistadores est fini. Un siècle plus tôt, et vous auriez

236

Le marin des sables

tous été rois. Il faudra vous résigner, messeigneurs, à n'illustrer l'histoire que comme chefs de brigands.

L'Olonnois sourit de cette tirade d'Antoine. Il eut un hochement de tête approbateur, appela le maître d'équipage, lui donna l'ordre d'appareiller, puis s'approcha du timonier auquel il demanda de mettre cap au sud, en suivant au plus près la côte. Il restait quatre-vingts hommes sur la frégate toujours armée de ses dix canons. Le guide indien reprit sa place vers l'amure de misaine, paré à ne pas manquer cette fois-ci les approches du lac de Nicaragua. Comme le More et l'Abyssin comprenaient l'espagnol et parlaient maintenant assez bien français, ils remplaceraient le moine comme interprètes. Le seul fait de hisser les voiles, de recevoir le vent en poupe, de fendre les vagues dans des gerbes d'écume, d'aller ailleurs, on ne savait pas bien où, mais ailleurs, redonna le moral à tout l'équipage. Du pont aux vergues, des haubans aux balancines, un même chant jaillissait de tous les gosiers, qui ondulait comme le roulis, scandé par un refrain où il était question de pièces-de-huit et de barils de rhum.

La frégate descendit lentement jusqu'à un golfe que le guide désigna comme celui des Indiens Moskitos. Les provisions d'eau douce et de nourriture épuisées, le navire fut ancré au large et une chaloupe envoyée à terre. Le guide entraîna une dizaine d'hommes armés. Ils restèrent absents toute une journée et revinrent très troublés. S'ils apportaient de l'eau fraîche, par contre ils n'avaient pu atteindre aucun gibier. Ils affirmaient avoir poursuivi un animal aussi gros qu'un bouvillon, aux jambes courtes, ressemblant à un âne, avec un nez plus pointu. En marchant, cette bête imprimait sur le sol la figure d'un

Le marin des sables

trèfle, image familière de leurs jeux de cartes, qui les étonna tellement qu'ils en oublièrent de tirer et virent le bouvillon descendre dans un lac et se promener au fond de l'eau aussi naturellement que sur terre. Ils dépistèrent bien des cochons sauvages, mais comme ceux-ci montraient sur leur dos une ouverture en forme de nombril, ils se demandèrent s'il ne s'agissait pas d'une de ces créatures monstrueuses de la nuit créées par le diable pour épouvanter les chrétiens. Enfin, s'ils débusquèrent dans les arbres des singes gros comme des moutons, qu'ils étaient sûrs d'avoir tués, ceux-ci ne tombèrent pas car, en mourant, ils eurent l'adresse de tourner leur queue, fort longue, autour de la branche sur laquelle ils étaient perchés et d'y rester suspendus.

L'Olonnois et le chirurgien écoutèrent ce récit avec stupéfaction. Les hommes de la chaloupe auraient-ils contracté une fièvre maligne ? Mais la disparition du guide indien les inquiéta beaucoup plus. Les hommes de la chaloupe l'avaient vu s'effacer dans la forêt comme par enchantement.

On l'attendit pendant une semaine. Chaque jour une chaloupe était envoyée à terre, avec de nouveaux hommes. Mais comme si une curieuse contagion se propageait dans l'équipage, tous rentraient le soir en parlant de sortilèges. L'une des expéditions affirma que, trempée par une ondée, il se forma aussitôt entre leur peau et la chair des vers gros comme le tuyau d'une plume et longs comme la moitié d'un doigt. Le chirurgien examina attentivement leur épiderme et ne trouva aucune trace de ces vers.

Mentaient-ils tous ? Mais pourquoi ? L'Olonnois, préoccupé par ces comportements étranges, n'osait abandonner la frégate en descendant lui-même à terre.

Un matin, en sortant sur le pont, à l'aube, suivant son habitude, il se crut lui-même le jouet d'une hallucination. Le guide le saluait, accroupi près du bastingage. Comme

238

Le marin des sables

si sa disparition et son retour étaient choses naturelles, il mâchonnait une grosse boule de tabac et crachait avec jubilation. Puis il se lamenta brusquement, avec force gestes.

L'Olonnois appela le More et l'Abyssin qui lui traduisirent tant bien que mal le flot de paroles sortant maintenant de la bouche de l'Indien.

Il racontait avoir couru vers son peuple. Mais qu'en son absence celui-ci dut se soumettre aux Espagnols. Toute la région du lac de Nicaragua était maintenant sous le joug des hommes blancs. Les amis des hommes rouges arrivaient trop tard.

Il se mit à hululer, comme il le faisait si désagréablement lors de la dérobade du vent. Mais, en plus, il se griffait le visage et se frappait le front contre la rambarde.

— Demande-lui s'il a vu Guacanaric.

Le More traduisit et l'Indien consentit à ne plus hululer quelques instants.

— Il dit que Guacanaric pêche des perles au fond de la mer. Il y a une douzaine de pirogues avec des plongeurs et au milieu une barque avec des Espagnols armés de fusils et de fouets. Guacanaric plonge, plonge, plongera jusqu'à en mourir, comme tous les autres hommes rouges.

— Où se trouve Guacanaric?

— Dans une baie, plus au sud. Un navire de guerre espagnol surveille la pêcherie. Il est armé de vingt-quatre pièces de canon.

— Peut-il nous guider jusqu'à cette baie?

— Oui, mais lorsque nous arriverons Guacanaric sera mort.

Parlaient-ils du même Guacanaric? Si l'Olonnois ne savait trop comment prendre les indications du guide, l'idée d'aborder le vaisseau espagnol lui redonnait du tonus. De toutes manières ils avaient besoin de poudre, de nourriture. L'Olonnois fit aussitôt appareiller.

Chose étrange, les sortilèges qui frappèrent à terre

Le marin des sables

les flibustiers prirent alors possession du navire. Deux hommes aussi importants pour la survie de l'équipage que le chirurgien (mais peu présents car ils vivaient dans la cale qu'ils ne cessaient d'ausculter) le charpentier et le forgeron, apparurent sur le pont et dirent à l'Olonnois que des montagnes aimantées arrachaient les fers du navire. Ils ne savaient comment suffire à calfeutrer les brèches de la coque. L'Olonnois mit le cap loin de la côte et le phénomène cessa.

Mais le bateau se trouva entouré de sirènes. Elles nageaient tout contre la frégate, leurs grands yeux aux longs cils regardant les marins avec une telle douceur que ceux-ci s'apprêtaient de nouveau à s'enchaîner. L'Olonnois lui-même en fut troublé. Il revoyait les grands yeux si faussement innocents de Nicolette. D'où venaient ces femmes dont on apercevait les seins lorsqu'elles se soulevaient de l'eau, comme pour mieux observer les matelots et les appeler ?

Antoine lui conseilla de tirer un boulet de canon. À la détonation toutes ces créatures plongèrent. En se retournant, comme la fée Mélusine des contes de bonne femme du pays d'Olonne, elles montrèrent des queues de poisson. Puis disparurent comme elles étaient venues.

L'Indien, qui hululait sans discontinuer sur le pont, indisposait au plus haut point l'équipage. Beaucoup murmuraient que ce sauvage portait malheur, qu'il n'était pas possible de supporter plus longtemps ces gémissements de bête, qu'on en deviendrait fou. Un matin, l'Olonnois fut tout surpris de ne pas entendre la sinistre mélopée de l'Indien. Il ne le vit pas sur le pont, le chercha près de l'amure de misaine, demanda aux uns et aux autres s'ils savaient où le trouver. Tous les matelots adoptaient un air stupide et s'étonnaient si profondément de la disparition de l'Indien que l'Olonnois les soupçonna de l'avoir balancé par-dessus bord pendant la nuit. Il entra dans une grande fureur, mais le mal était fait.

Le marin des sables

Comme si l'âme errante de l'Indien revenait se venger, dans le jour qui suivit les trois grands mâts de la frégate s'embrasèrent soudain, silencieusement. Toutes les extrémité des vergues, entourées de flammes effilées, blanches, brûlaient sans se consumer. L'équipage, saisi de frayeur, demeurait prostré. Les mâts, dans ce feu pâle, semblaient des candélabres allumés pour une messe des morts.

L'Olonnois ne comprenait plus. Il regardait cet incendie étrange, se demandant si Lucifer ne l'avait pris au mot et, voulant l'accueillir comme associé, entraînait la frégate en enfer.

— C'est le feu du diable ! s'écria-t-il à l'adresse du chirurgien.

— Non, répondit doucement Antoine, tu vas voir, il s'éteindra de lui-même. L'air, si sulfureux, allume la pointe des mâts. Le feu de Saint-Elme... Les marins appellent ainsi depuis longtemps ce phénomène. Ils en ont grand-peur. Ce feu est pourtant bien moins dangereux que l'eau sur laquelle ils naviguent.

— Quand même tu avoueras que depuis la fuite de nos compères on pourrait se croire ensorcelés.

Antoine sourit, de ce sourire ironique qui déconcertait toujours l'Olonnois.

— Le diable a bon dos, à supposer qu'il existe. Mais ne serait-ce pas toi, le diable, qui mènes ce bateau on ne sait où ?

L'Olonnois hésita.

— Toi aussi, Antoine, tu voudrais rentrer à la Tortue ?

— Je sais très bien que tu ne retourneras jamais à la Tortue. Je suis le seul sur cette nef folle qui le sache, bien que tu ne me l'aies jamais dit.

L'Olonnois marqua une vive surprise. Le chirurgien reprit :

— Tu cherches le passage...

— Quel passage ?

— Souviens-toi, quand tu scrutais l'horizon sur la jetée

des Sables-d'Olonne... Tu voulais savoir ce qui se trouvait de l'autre côté de la mer. N'es-tu pas toujours cet enfant curieux ?

L'Olonnois resta silencieux, songeur. Puis il dit lentement :

— À la Tortue tout le monde rêve de rentrer en France sur un bateau chargé d'or. C'est vrai que je ne regarde jamais à l'est, toujours à l'ouest. Toujours devant. Jamais derrière. Revenir en France, ça ne me vient jamais à l'idée. Lorsqu'on a fui la misère et l'injustice, on ne cesse de courir pour qu'elles ne vous rattrapent pas ! Et toi, Antoine, voudrais-tu retrouver, un jour, ton pays ?

— Je n'ai pas de pays. Le roi a fait de nous des proscrits. Seuls les flibustiers nous traitent en frères. Écoute, je vais te raconter l'histoire d'un des nôtres qui, lui aussi, a rêvé d'une vie meilleure au-delà des mers. Il était poitevin comme toi, s'appelait René Goulaine de Laudonnière et, bien sûr, il était protestant comme moi. L'un de nos premiers chefs, Gaspard de Coligny, sachant que l'avenir sur la terre de France serait pour nous plein de douleurs, le chargea de fonder une colonie calviniste en Floride. De l'autre côté de Cuba voilà plus de cent ans, il existait donc une Tortue huguenote nommée Fort-Caroline. Les Espagnols s'en emparèrent et pendirent mes coreligionnaires, non pas comme Français mais, disait une inscription placée sur la poitrine de chacun d'eux, comme hérétiques. Tu vois, je n'ai pas le choix : les galères en France ou la potence dans la Nouvelle-Espagne. Mieux vaut me damner avec toi en te suivant au diable, puisque tu y crois.

Antoine ajusta entre ses jambes la basse de viole et se mit à jouer un air nasal qui irrita l'Olonnois. L'instrument, avec sa coque galbée et ses cordes, ressemblait à un bateau miniaturisé. L'Olonnois s'en apercevait seulement maintenant, tout comme il découvrait que le chevillier se

Le marin des sables

terminait par un animal sculpté qui n'était autre qu'une tortue.

Plus la frégate descendait vers le sud, plus la côte se découpait en multiples petites baies. Les flibustiers, retrouvant leur instinct de chasseurs, épiaient le vaisseau espagnol et la pêcherie de perles signalés par le guide indien. Mais tout apparaissait désert. Les récifs de coraux, le sable doré des plages, le vert cru des palmiers et des cocotiers, la mer aussi bleue que le ciel, une chaleur languide, tout invitait à mouiller l'ancre. L'Olonnois mettait à l'eau la chaloupe qui se rendait à terre pour y chercher de l'eau potable, des fruits, du gibier et tenter d'entrer en contact avec les Indiens. À chaque fois, la petite expédition se heurtait à l'impénétrable forêt vierge où s'accumulaient des siècles d'arbres morts, enchevêtrés, la plupart rongés de pourriture et sur lesquels se tissaient des réseaux de lianes, de plantes monstrueuses qu'elle prenait pour des serpents, dans la demi-obscurité causée par les immenses frondaisons centenaires. Monde hostile, où, dans un silence inquiétant, l'irruption de craquements, de reptations, de cris d'oiseaux et de fauves, faisait tressaillir les plus aguerris. Les flibustiers détestaient ce monde mou, moite, putride. Habitués à la nudité de la mer, aux grands espaces ventés, au bois poli des ponts et des mâts de leurs bateaux, aux toiles rêches, ils répugnaient à s'introduire dans des forêts épaisses et apathiques. Très vite, ils puisaient de l'eau douce à une fontaine, cueillaient des fruits, abattaient quelques oiseaux et revenaient à la frégate en souquant très fort sur les rames. Pour un équipage aussi important, le ravitaillement devenait de plus en plus difficile. Si aucun navire

243

Le marin des sables

espagnol ne se présentait, que l'on puisse prendre à l'abordage, il deviendrait nécessaire d'opérer une expédition à terre.

Dans cette perspective, l'Olonnois guettait avec sa longue-vue l'apparition d'un fleuve. Les estuaires ont toujours fasciné les marins. Ces brèches dans la continuité rocheuse des côtes, comme dans la frontière verte des forêts, offrent l'attrait d'une porte ouverte. Et son mystère. Croyant apercevoir une embouchure, l'Olonnois fit avancer la frégate. Le bateau voguait paisiblement grand largue quand il s'immobilisa soudain, avec une telle brusquerie que toute la mâture craqua et que les matelots, juchés dans les haubans, furent précipités sur le pont. Le gouvernail ne répondait plus au timonier, qui cria à l'Olonnois :

— On est pris par un banc de sable !

— La marée nous désengagera.

— Peut-être. Si elle ne nous ferre pas plus fort sur le cul.

La chaloupe, descendue avec le maximum d'hommes, libéra le bateau d'un peu de poids. Puis on jeta par-dessus bord tout ce qui n'était pas indispensable.

À la marée haute la frégate ne bougea pas d'un pouce. On entendit seulement un bruit sinistre et incongru, comme si un monstre marin mordait la coque.

L'Olonnois étouffait de rage. S'échouer ainsi, se laisser prendre bêtement par le fond, quelle pire humiliation pour un marin ! Il arpentait le pont, impuissant, regardant les voiles qui ne servaient plus à rien. L'équipage, lui-même, décontenancé, ne sachant quelle manœuvre entreprendre, échafaudait d'irréalisables plans.

Puisque la frégate n'était pas suffisamment délestée, l'Olonnois fit jeter à l'eau quatre canons. Elle ne s'éleva pas pour autant. On en poussa par-dessus bord deux autres. Sans plus de succès. Les dix y passèrent. La frégate semblait fichée sur le fond pour l'éternité.

244

Le marin des sables

La chaloupe remonta le fleuve qui se trouvait bien dans la direction prise par l'Olonnois. Aucun village, aucune trace de vie humaine. Seuls la forêt vierge, les cris stridents des singes et des aras, les miaulements des fauves. On se réinstalla sur la frégate immobile, espérant l'impossible : une soudaine crue, une bourrasque qui l'arrachent au sable.

Un soir, une nuée d'oiseaux vinrent se jucher sur les vergues et s'y maintinrent comme s'ils considéraient qu'ils s'agissait d'un navire perdu, d'une épave, et qu'ils se l'appropriaient comme des perchoirs. Image lugubre, de mauvais augure, qui mit en fureur les flibustiers disputant leur bateau aux charognards. Mais si les oiseaux s'envolaient sous les coups de gaffe, ils revenaient très vite se poser dans la mâture. Ces oiseaux prenant possession du navire, c'était comme si la forêt avançait, avec le projet d'engloutir l'embarcation échouée, et ses hommes.

L'Olonnois se rendit alors auprès du charpentier et du forgeron.

— Si je vous demande de dépecer la frégate, pourriez-vous construire une grande barque pour une cinquantaine d'hommes ?

— Casser un si beau bateau, dit le charpentier, me fera grande peine. Mais mieux vaut travailler de ses mains que continuer à se douloir.

Le forgeron, avec son tablier en peau de requin, dit qu'il ne voyait aucune malaisance à réemployer le fer de la frégate, bien que cette dernière en comportât peu.

— Combien de temps mettrez-vous ?

— Cinq mois.

— Bien. Prenez dans l'équipage tous les hommes qui vous sont utiles. Avec les autres, nous allons bâtir des cases sur le rivage.

Pendant cinq mois, les flibustiers vécurent donc à terre, retrouvant pour la plupart leurs habitudes premières de boucaniers. De leurs huttes, ils regardaient chaque jour la frégate qui se démontait. Toute en bois, assemblée par chevilles, avec des pièces dont la longueur conditionnait celle du bateau, elle se transformait peu à peu en squelette, sorte de baleine échouée dévorée lentement par des prédateurs. Le gréement lui-même, en chanvre, comme tous les câbles, même celui de l'ancre (mais qu'avait-on besoin, maintenant, d'une ancre !), était replié, ainsi que les toiles. La grande barque comporterait deux mâts et de nouvelles voiles qu'il fallait retailler.

Le charpentier et le forgeron s'appropriaient le navire. Ils en devenaient les nouveaux maîtres. L'Olonnois, près d'eux, n'existait plus. L'heure était aux deux artisans, que l'on voyait si peu lorsque le bateau voguait et qui, pourtant, par leur surveillance constante de la coque, par les rapiéçages qu'ils effectuaient, par les sondages, par cette patiente écoute du bateau, au plus profond de son ventre, assuraient la sécurité. Ces deux obscurs, remontés à la surface, devenaient les héros du jour. Peu à peu, sous leurs mains, le nouvel esquif se façonnait qui, arraché à la carcasse immobile, flotterait avec allégresse.

Les cinq mois écoulés, une grande barque pontée, aux voiles dressées hardiment vers le ciel, naquit de la frégate. Elle se balançait au vent, légère, comme si la mer n'eût pas de fond. L'Olonnois demanda qu'une trentaine de volontaires l'accompagnent sur la chaloupe, cependant que cinquante flibustiers prendraient la mer pour aller chercher du secours. Les candidats au départ furent vite trouvés. On se bousculait pour en être. Lors de l'embarquement pour le lac de Nicaragua, les flibustiers avaient cassé hardiment leurs chaînes, mais après l'échec au

Le marin des sables

Honduras, ces chaînes les réagrippaient. Une nostalgie des femmes délaissées les amollissait.

Les deux Nègres et, bien sûr, Antoine-le-Chirurgien restèrent dans la petite équipe de l'Olonnois. Il fut convenu que la troupe se scinderait toujours en deux, la moitié des hommes tenant une permanence près des cases pour guetter un éventuel secours, alors que l'autre moitié partirait explorer les alentours.

C'est ainsi que l'Olonnois découvrit qu'ils séjournaient dans un archipel aux îles si agréables et si belles que cette obsédante vision de la terre des délices du cœur conduisant depuis l'enfance son utopie l'envahit de nouveau avec force. Une hypothèse qu'il s'était faite dans ces Caraïbes au doux climat, sans hiver, sans neige, sans glace, devenait pour lui certitude : si les arbres ne perdent pas leurs feuilles, si les plantes demeurent toujours vertes, si la terre ne meurt pas, l'homme doit être aussi immortel, quelque part au-delà de ces contrées. Les mots d'Antoine : « Tu cherches le passage... » lui arrivèrent comme un coup de fouet. Le passage... Le passage vers cette terre heureuse, aussi heureuse que celle des Arawaks, ne se trouvait-il pas devant lui ? La chaloupe glissait entre les îles, au rythme des rameurs. Des fleurs énormes, aux coloris éclatants, pendaient en guirlandes sur les berges. Des oiseaux multicolores jaillissaient des arbres. On entendait leurs ramages, infiniment mélodieux. Soudain, l'Olonnois crut apercevoir des silhouettes humaines. La chaloupe vira de bord, fila vers une petite crique où ils abordèrent.

Deux hommes et une femme, nus, peints en rouge, les observaient. Dès qu'ils accostèrent les Indiens s'enfuirent. L'Olonnois et ses compagnons les poursuivirent et finirent par les débusquer dans une caverne. L'Olonnois s'efforça de leur parler par signes, se souvenant de gestes appris chez les Arawaks. Mais les deux hommes et la femme refusaient de le regarder, fixant la terre à leurs

Le marin des sables

pieds. L'Olonnois donna à la femme un petit miroir, lui montra comment reconnaître son visage dans la glace, mais la femme jeta le miroir à terre, qui se brisa. Il offrit aux deux hommes des hameçons, des couteaux, une hache. Ils s'obstinaient à tenir leurs yeux baissés, dédaignant les cadeaux dont leurs semblables étaient pourtant si friands. Ils ne répondaient à aucune question. Ils ne se parlaient même pas entre eux. À la fois immobiles et muets. L'Olonnois se désespérait de ce refus de communiquer. N'était-il pas l'ami des Indiens ? N'avait-il pas vécu comme eux, avec eux ? Il leur lançait le nom de Guacanaric, comme une bouée. Mais ils paraissaient sourds. En tout cas ces syllabes, dont les sonorités auraient dû au moins leur évoquer quelque résonance dans leur propre langue, ne suscitaient aucun écho.

L'Olonnois leur mit de force dans les mains la hache et les couteaux et leur dit :

— Va... donne à Guacanaric...

Ils s'enfuirent, abandonnant la hache et les couteaux.

L'Olonnois rentra au campement à la fois déçu et plein d'espoir. Ces sauvages allaient relater dans leur tribu la rencontre avec des hommes blancs. Malgré l'immensité de la Nouvelle-Espagne, il se persuadait qu'il approchait du *passage* et que Guacanaric vivait dans ces îles.

C'est alors que le malheur s'abattit une nouvelle fois sur son expédition. Plusieurs flibustiers furent atteints par une maladie soudaine, qui semblait gagner de l'un à l'autre, comme la peste. Leur peau jaunissait. Ils vomissaient du sang noir. Antoine diagnostiqua le mal de Siam. Comme toujours lorsqu'il se trouvait en présence de la mort, le chirurgien se dépensait sans compter pour sauver les malades, multipliant les saignées, les vomitifs. Mais malgré son dévouement, son acharnement, les malades trépassaient.

L'Olonnois avait ainsi perdu le tiers de sa troupe quand il crut s'apercevoir, épouvanté, que le visage

248

Le marin des sables

d'Antoine se décolorait. Les os saillaient sur sa figure amaigrie. Une lassitude inhabituelle chez cet être flegmatique le fit tomber rapidement dans une faiblesse extrême. Lui si acharné à guérir les autres ne s'occupait plus ni des agonisants ni de lui-même. Il restait prostré, hagard. L'Olonnois assistait, impuissant, à la dégradation physique de son ami. Lui aussi s'en allait. Chaque soir, il l'observait qui s'éloignait un peu plus, prostré, muet, déjà dans un autre monde Le surprenant qui se cachait pour vomir, il l'agrippa par sa chemise et le secoua avec rage.

— Antoine, tu ne vas pas m'abandonner, toi aussi, comme tous les autres. Tu m'entends ! Tu n'as pas le droit de mourir. Pas toi ! Tu dois nous survivre à tous, jusqu'au dernier. C'est toi le garant de notre vie. C'est toi qui sauves. C'est toi qui repousses la mort. Antoine...

Antoine vomissait du sang noir. Il respirait péniblement, tout le corps saisi de tremblements spasmodiques. Dans un grand effort, il prononça lentement, cherchant ses mots :

— Le crachat à la face de l'univers... Tu te souviens... Je te disais... Eh bien ! nous n'avons pas craché assez fort. Il nous est retombé dessus.

Le troisième jour de sa maladie, Antoine resta couché sur le dos, sans pouvoir remuer. Son corps entier jaunit et, entre ses dents, sa langue saillit, noire et desséchée. La belle image de l'ange blond se désagrégeait. Antoine devenait hideux. De l'écume apparaissait à ses lèvres. Il eut encore la force de dire, en détournant les yeux pour ne pas lire l'épouvante dans ceux de l'Olonnois :

— C'est moi qui ne suis qu'un crachat, une glaire. Je dois être affreux. Ne me regarde pas.

L'Olonnois, pendant cinq jours, ne le quitta pas un instant. Et pourtant il ne reconnaissait plus Antoine dans ce corps qui se couvrait de taches charbonneuses, qui se décomposait, rongé par la gangrène. L'ange échappé du corps d'Antoine, il ne restait plus que cette défroque de

249

Le marin des sables

chair abominable. Dans son délire comateux, Antoine s'écria soudain en s'accrochant aux épaules de l'Olonnois :

— Le passage... Tu vas trouver le passage !

Antoine semblait regarder quelque chose, d'à la fois terrible et stupéfiant. Il fixait un point, derrière l'Olonnois, avec une telle intensité, que ce dernier se retourna brusquement. Mais il ne remarqua rien d'anormal.

— Le passage... là... je le vois, répéta Antoine en haletant.

Puis il s'effondra dans ses vomissures et ses déjections.

L'Olonnois bondit dans la chaloupe, écarta d'un brutal mouvement les deux Nègres qui le suivaient et, seul, rama de toutes ses forces vers l'île où il avait rencontré les trois Indiens.

Comme précédemment, la profusion d'oiseaux dont les chants se répandaient de branche en branche le frappa. Des bougainvillées rouges montaient le long des troncs. Les arbres fruitiers abondaient également : bananiers, goyaviers, sapotilliers, cayemites, junipas, courbaris, cahimens. Il retrouvait tous les fruits des Arawaks dans leur jardin d'Éden.

Il alla directement à l'orée de la forêt, où les trois Indiens s'étaient engouffrés, pénétra sous la voûte des grands arbres. L'humidité et la semi-obscurité le saisirent avec une telle force qu'il frissonna. Comme tous les flibustiers, il n'aimait pas la forêt tropicale, trop épaisse, trop sombre, pleine de pièges, de dédales, de crevasses. Homme du sable et de l'eau, cet enchevêtrement de branches, de lianes, cette odeur de moisi et de pourriture lui répugnaient. Mais il savait qu'il devait surmonter sa répulsion s'il voulait retrouver Guacanaric. Il se persuadait que, de l'autre côté de ce couloir plein d'embûches, se tenait cette terre des délices du cœur vers laquelle il s'était embarqué voilà plus de vingt ans.

Il avança lentement, sans armes, dans un silence total.

Le marin des sables

Seules les reptations des serpents dans les feuilles mortes annonçaient une forme de vie. Il lui sembla soudain voir un arbre qui remuait d'étrange façon et il se souvint que certains Indiens sauvages s'enroulaient dans des lianes et des branches, se confondant ainsi avec la végétation, pour mieux surprendre leur proie. Il continua à avancer. Était-ce la fatigue, l'émotion ? Des arbres marchaient vers lui. La forêt bougeait. Il cria de toutes ses forces :

— Guacanaric !

Une volée de flèches le transperça. Des hommes rouges sortirent de leur camouflage de verdure et ramassèrent le corps sanguinolent de l'Olonnois, qu'ils emportèrent comme du gibier.

L'Olonnois a réellement existé. Né en 1630, au pays d'Olonne, province du Bas-Poitou, aujourd'hui département de la Vendée, il disparut en 1671 dans la forêt vierge du golfe de Darien.

Le premier ouvrage qui fasse état brièvement de ses aventures est celui du chirurgien de la flibuste Alexandre-Olivier Exquemelin, dit Oexmelin : Histoire des aventuriers qui se sont signalés dans les Indes, contenant ce qu'ils ont fait de plus remarquable depuis vingt années, les mœurs des habitants de Saint-Domingue et de la Tortue et une description exacte de ces lieux, *édité d'abord en langue néerlandaise, à Amsterdam, en 1678 et traduit en français en 1686.*

La deuxième mention de l'Olonnois fut faite par un missionnaire, le père Pierre-François Xavier de Charlevoix : Histoire de l'Isle espagnole ou de Saint-Domingue, écrite particulièrement sur des mémoires manuscrits du père Jean-Baptiste Le Pers, jésuite, missionnaire à Saint-Domingue et sur les pièces originales qui se conservent au dépôt de la Marine, *2 vol. in-4, 1730.*

Notons que l'Olonnois, auquel les écrivains modernes ont donné des patronymes les plus fantaisistes, mais dont Oexmelin et le père J.-B. Le Pers, ses premiers biographes, ont toujours dit que nul n'avait su son nom, est absolument contemporain de Robinson Crusoé. Ce qui, bien sûr, m'a beaucoup fait rêver.

Le gouverneur Bertrand d'Ogeron est également un personnage bien réel, qui fut si célèbre en son temps que l'on peut encore lire cette plaque armoriée, en l'église Saint-Séverin à Paris, à gauche de l'entrée, sur le mur au-dessus d'un bénitier :

*« Le dernier jour de janvier MDCLXXVI
sur cette paroisse de Saint-Séverin
est mort rue des Mâcons-Sorbonne
Bertrand Ogeron
Sieur de la Bouère-en-Jallais
qui de MDCLXIV à MDCLXXV
jeta les fondements d'une société
civile et religieuse au milieu des
flibustiers et des boucaniers des îles
de la Tortue et de Saint-Domingue.
Il prépara ainsi,
par les voies mystérieuses de la providence
les destinées de la république d'Haïti.
R.I.P. »*

TABLE

1. Le gabier du *Saint-Dimanche* 11
2. Les boucaniers 33
3. Les Arawaks 51
4. La flibuste 69
5. Le naufrage de l'*Estramadure* 87
6. La frégate de Cuba 103
7. L'or de Maracaïbo 127
8. Antoine-le-Chirurgien 157
9. « Je vous donnerai des chaînes ! » 175
10. Le lac de Nicaragua 203
11. La terre des délices du cœur 231

Du même auteur

ROMANS
Éditions Albin Michel

Le cycle vendéen :
L'Accent de ma mère (et Livre de Poche)
Ma sœur aux yeux d'Asie (et Livre de Poche)
Les Mouchoirs rouges de Cholet (et Livre de Poche)
La Louve de Mervent (et Livre de Poche)

Drôles de métiers
Drôles de voyages
Une place au soleil
Trompe-l'Œil
Les Américains
Le Jeu de Dames
Les Quatre Murs
Nous sommes 17 sous une lune si petite

LITTÉRATURE
Histoire de la littérature prolétarienne de langue française, Albin Michel
Bernard Clavel, Seghers
La Peau des choses, poésie 1946-1957, J. R. Arnaud

CRITIQUE ET HISTOIRE DE L'ART

25 ans d'Art vivant, 1944-1969 Galilée
Naissance d'un art nouveau, Albin Michel
Les Maîtres du dessin satirique, Pierre Horay
L'Art, pour quoi faire ? Casterman
L'Art abstrait, tomes 3 et 4 (avec M. Seuphor), Aimé Maeght
L'Art abstrait, tome 5 (avec Marcelin Pleynet), Adrien Maeght
Agam, Appel, Atlan, Barré, Bille, Calder, Courbet, Dubuffet, Étienne-Martin, Fautrier, Guitet, Kemeny, Koenig, Pan, Poliakoff, Schneider, Soulages, monographies chez divers éditeurs.

URBANISME ET ARCHITECTURE

Histoire mondiale de l'architecture et de l'urbanisme modernes :
  tome 1, *Idéologies et Pionniers, 1800-1910,* Casterman
  tome 2, *Pratiques et Méthodes, 1911-1985,* Casterman
  tome 3, *Prospective et Futurologie,* Casterman
Où vivrons-nous demain ? Robert Laffont
Esthétique de l'architecture contemporaine, Griffon, Neuchâtel
L'Homme et les Villes, Albin Michel (édit. illustrée, Berger-Levrault)
L'Architecte, le Prince et la Démocratie, Albin Michel
L'Espace de la mort, Albin Michel
L'Architecture des gares, Denoël
Claude Parent, monographie critique d'un architecte, Dunod
Goldberg dans la Ville, Paris Art Center
Le Temps de Le Corbusier, Hermé

La composition de ce livre
a été effectuée par Bussière à Saint-Amand,
l'impression et le brochage ont été effectués
sur presse CAMERON
dans les ateliers de la S.E.P.C. à Saint-Amand-Montrond (Cher)
pour les Éditions Albin Michel

AM

Achevé d'imprimer en novembre 1987.
N° d'édition : 10048. N° d'impression : 1751-1287.
Dépôt légal : novembre 1987.

Imprimé en France